KNAUR

Von Tommy Krappweis außerdem bei Knaur erschienen:
Das Vorzelt zur Hölle. Wie ich die Familienurlaube meiner Kindheit überlebte (78476)

Über die Autoren:
Tommy Krappweis, geboren 1972 in München, ist Musiker, Comedian, Autor, Regisseur und Produzent. Nach Stationen in der Westernstadt »No Name City« und bei »RTL Samstag Nacht« erfand er die Kultfigur Bernd das Brot, für die er mit dem Grimme-Preis ausgezeichnet wurde. Tommy Krappweis lebt und arbeitet als Produzent, Autor und Multitalent in München.
Heinz J. Bründl ist Gründer und Erfinder von »No Name City«. Zudem war er in seiner Jugend erfolgreicher Boxer im Mittelgewicht. Heute arbeitet er weltweit als Ausstatter für Museen, Parks und Events rund um das Thema Wilder Westen.

TOMMY KRAPPWEIS
HEINZ J. BRÜNDL

VIER FÄUSTE FÜR EIN BLAUES AUGE

Wie der Wilde Westen
nach Deutschland kam

KNAUR

Besuchen Sie uns im Internet:
www.knaur.de

FSC
www.fsc.org
MIX
Papier aus verantwortungsvollen Quellen
FSC® C083411

Originalausgabe August 2013
Knaur Taschenbuch

Ein Unternehmen der Droemerschen Verlagsanstalt
Th. Knaur Nachf. GmbH & Co. KG, München

Redaktion: Maren Ziegler
Umschlaggestaltung: ZERO Werbeagentur, München
Umschlagabbildung: FinePic®, München; Tommy Krappweis; Heinz Bründl
Alle Fotos aus dem Privatarchiv der Autoren
Satz: Veronika Preisler, München
Druck und Bindung: CPI – Clausen & Bosse, Leck
Printed in Germany
ISBN 978-3-426-78572-0

2 4 5 3 1

Prolog

Ich erinnere mich noch sehr gut an meinen ersten Besuch in No Name City – und auch an diesen ungewöhnlichen Claim: »Die authentischste Westernstadt Europas« …

Mal abgesehen davon, dass es gar nicht so einfach ist, das Wort »authentischste« im Verbund mit dem direkt folgenden Wort »Westernstadt« auszusprechen, lässt einen die Behauptung zunächst ein bisschen grübeln. Schließlich gibt es in ganz Europa historisch und kulturell bedingt keine einzige wirklich echte Westernstadt. Somit muss auch die allerauthentischste Westernstadt in Europa zwingend künstlich geschaffen sein. Allerdings kann ja auch etwas, das künstlich ist, trotzdem das authentischste Exemplar aller anderen künstlichen Exemplare sein. Und hier setzt entweder der Kopfschmerz ein, oder man lässt es einfach auf sich beruhen.
Meine Eltern störte all das nicht. Warum auch? Denn schließlich gab es mit No Name City in Poing bei München einen Ausflugsort, den tatsächlich beide ihrer Kinder ganz wahnsinnig toll fanden. Wenn Sie mein Buch »Das Vorzelt zur Hölle« gelesen haben, dann wissen Sie, dass ich als Kind kaum etwas toller fand, als zu Hause Lego zu bauen oder Bücher zu lesen, und in gewisser Weise trifft das auch heute noch zu. Doch mit einem Besuch in einer Westernstadt könnte man mich tatsächlich immer noch recht einfach motivieren, die Wohnung zu verlassen.

Es gibt sogar zwei Fotos von diesem ersten Besuch in No Name City anlässlich des Geburtstags meines kleinen Bruders Nico.

Auf dem ersten Foto stehen wir einander gegenüber wie bei einem Duell. Auf dem zweiten Foto schießt mich mein Bruder mit seiner Spielzeugpistole über den Haufen. Die imposanten Qualmwolken auf dem Foto stammen nicht aus dem armseligen Zündkapselring, der nur in unseren Köpfen BAMM machte und in Wirklichkeit so etwas Ähnliches wie petsch, petsch, petsch. In den Achtzigern gab es aber noch keine App für solche Fotoeffekte und auch noch keine Digitalfotografie. Die Veteranen unter den Lesern erinnern sich vielleicht noch an diese Zeit: Fotos wurden meistens weggeschickt und maschinell entwickelt, und man wusste nie so genau, was man in ein paar Tagen zurückbekommen würde. Die einzige Alternative war, dass man die Fotos selbst von Hand entwickelte. Glücklicherweise hatte ich im Fotolabor der Fachoberschule für Gestaltung die Möglichkeit dazu. Also legte ich beim Entwickeln des Fotos ein paar Wattefetzen auf das Fotopapier, was dafür sorgte, dass diese Stelle mehr oder weniger weiß blieb und somit einigermaßen qualmige Formen entstanden. Sollte es mir zu denken geben, dass das erklärte Lieblingsfoto meines jüngeren Bruders ein Bild ist, auf dem er seinen großen Bruder über den Haufen schießt? Ich hoffe mal auf ein »Nein«…

Ansonsten weiß ich noch sehr genau, wie lustig wir es fanden, dass hier pro Tag zweimal die Bank überfallen wurde. Immer pünktlich um 11.30 Uhr und um 15.30 Uhr. Und falls der Sheriff mal vergessen hatte, seinen Wecker zu stellen, um das Ersparte seiner Schutzbefohlenen vermittels doppelläufiger Schrotflinte zu verteidigen, konnte er sich darauf verlassen, dass ihn eine sonore Stimme fünfzehn Minuten vorher via Lautsprecher daran erinnerte: »Um 11.30 Uhr wird in No Name City die Bank überfallen. Die Wildwest Stuntshow mit Banküberfall um 11.30 Uhr auf der Mainstreet.« Praktisch.

Somit standen wir also überpünktlich hinter der sekundenschnell errichteten Absperrung und warteten gespannt. Musik von Ennio Morricone ertönte, und die Spannung stieg. Mein kleiner Bruder fingerte nervös an seinem Colt herum, jederzeit bereit, sich mit petsch, petsch, petsch in die Schießerei zu stürzen. Ich stand daneben, mit dem betont skeptischen Blick eines sechzehnjährigen Möchtegern-Showmans, der kaum etwas gut finden kann, bei dem er nicht selbst möglichst ursächlich beteiligt ist. Einerseits war ich total fasziniert von den so unglaublich echt wirkenden Gebäuden und der fast schon schmerzhaften Detailverliebtheit in der Ausstattung. Nicht ohne Grund hatte No Name City immer wieder als Filmset für Werbespots und dergleichen hergehalten. Andererseits wollte ich so sehr Teil dieser ganzen Sache sein, dass ich kaum klar denken und erst recht keine Show passiv genießen konnte.

Allerdings machte ich mir da keine Hoffnungen. Denn auch die Mitwirkenden sahen aus, als hätte man sie extra designt. Da konnte ich beim besten Willen nicht mithalten. Nie zuvor hatte ich eine solche Ansammlung ungewöhnlicher Gesichter und Gestalten auf so kleinem Raum gesehen. Der hakennasige Halbindianer, der Sheriff mit dem mächtigen Schnauzbart, der Totengräber mit einem Gesicht, als hätte ihn während der Zahn-OP ein Lastwagen überfahren. Alles, was man in den Lucky-Luke-Comics gezeichnet vor sich sah, lief hier mehr oder weniger lebendig herum und verkörperte all diese Klischees so perfekt, dass zu keiner Sekunde der Verdacht kam, dies alles wäre nur gespielt. Was vermutlich daran lag, dass hier eben niemand spielte. Zumindest nicht so, wie ich das aus dem Schultheater kannte. Diese Leute verkörperten das, was sie hier darstellten, so sehr, dass sie vermutlich außerhalb von No Name City mehr spielen mussten, um halbwegs den Eindruck normaler Staatsbürger zu erwecken. Hier auf dem Gelände dieses ungewöhnlichen Freizeitparks waren diese Menschen ganz bei sich, authentisch, wie einem überdrehten Spaghetti-Western entsprungen und trotzdem einfach »echt«.

Dass ich nur zwei Jahre später einer von ihnen sein sollte, ahnte ich damals nicht.

Dieses Buch entstand zunächst in Form eines mehrtägigen Gesprächs zwischen dem Initiator, Erbauer und Ausstatter von No Name City namens Heinz Bründl und mir. Gemeinsam tauschten wir Erinnerungen aus, Heinz erzählte mir, wie alles begann, lange bevor ich zu der Truppe stieß, und wir versuchten zusammen, ein paar der verrücktesten Geschichten zu rekonstruieren. Daraus wurde dann eine etwa tausendseitige Abschrift angefertigt, die ich auf den nun folgenden deutlich weniger Seiten versucht habe, so zusammenzufassen, dass man es flüssig lesen kann.

Dieses Buch ist ein etwas ungewöhnliches Experiment, von dem ich hoffe, dass Sie es genauso genießen werden wie wir. Manche Geschichten erzähle ich, und andere erzählt der Heinz. Die Kommentare des jeweils anderen habe ich fettgedruckt eingefügt. Manchmal waren wir auch beide vonnöten, um die Anekdoten zusammenzuklauben.

Viel Spaß mit den Erinnerungen an eine Zeit, die mir heute wie ein seltsamer, staubiger Traum vorkommt.

Tommy Krappweis
November 2012

KAPITEL 1:

»Dein depperter Hut …« oder: Wie ich zum Cowboy wurde

VON TOMMY KRAPPWEIS

Ich war etwa achtzehn oder neunzehn Jahre alt, als ich meine erste eigene Wohnung bezog. Die Miete war kein Problem, denn ich hatte mir ausgerechnet, dass ich nur einmal pro Woche in der Münchner Fußgängerzone Straßenmusik machen musste und zusätzlich an jedem Wochenende einen Auftritt mit meiner Band brauchte, um locker alle laufenden Kosten zu decken. Easy-peasy.

Der erste Monat verging wie im Flug, ich hatte viermal in der Fußgängerzone gespielt – öfter war auch nicht erlaubt –, dabei richtig gut verdient und immerhin einen Gig mit der Band gehabt. Geld hatte ich irgendwie trotzdem keins.

Der zweite Monat verging noch schneller, ich hatte wieder wöchentlich einmal alte Rock-'n'-Roll-Songs zur Gitarre quer über den Marienplatz geplärrt, diesmal sogar zweimal mit der Band gespielt und am Ende des Monats 100 DM Schulden bei unserem Schlagzeuger.
Im dritten Monat wurde mir langsam klar, dass irgendetwas an meiner Rechnung nicht stimmte. Die Antwort war einfach: Alles stimmte nicht. Was ich verdient hatte, ging drauf für Essen, U-Bahn-Fahrkarten und Gitarrensaiten. Miete hatte ich noch

keine überwiesen, und die Chancen standen schlecht, dass sich dieser Zustand bessern würde. Verschlechtern ja, verbessern nein.

Im vierten Monat schließlich beschloss die Vermieterin, mit mir ein ernstes Wort zu reden. Ich wäre natürlich bereit gewesen, jeder Person auf diesem Erdenrund irgendwas von einem reichen Onkel aus Liechtenstein zu erzählen, der mir demnächst all seine Reichtümer überweisen würde, nur nicht dieser. Denn die Vermieterin war meine eigene Mutter. (Hier dräuenden Tusch einsetzen.)

»Sohn …«, hub sie an zu sprechen, teilte das Brot, gab mir zu Essen und sprach: »Sohn, warum gehst du keiner Arbeit nach.«
»Mutter …«, sprach ich, nahm das Brot, schlang es gierig hinunter, hub an zu antworten, wurde jedoch sofort unterbrochen.
»Da, schau«, resolutete sie mir dazwischen und knallte mir den Stadtanzeiger vor die Nase. Ich weiß noch wie heute, dass die Stellenanzeigen bereits aufgeschlagen und passende Jobs grün eingekringelt waren. Vor meinem geistigen Auge sah ich mich bereits irgendwo Kartons an einem Fließband füllen.
Ein Blick genügte, und ich wusste, dass keines dieser Angebote die Dienste eines Straßenmusikanten oder Leadsängers erforderte. Ich hatte zwar auch schon ein paar Mal fürs Fernsehen als Darsteller und kurioserweise auch als mein eigenes Stuntdouble gearbeitet, in Hörspielen gesprochen und ein bisschen Theater gespielt, aber selbst diese weiträumigen Betätigungsfelder fanden sich in den Anforderungen der diversen Jobofferten nicht wieder.

Wir diskutierten ein wenig über das Spannungsfeld von Realität und Lebenslüge und über die Tatsache, dass ich kurz vor Einzug in die eigenen vier Wände noch meinen gutbezahlten Job in der Tonträgerabteilung vom Hugendubel gekündigt hatte. Damit

hatte ich mich selbst positiv unter Druck setzen wollen, endlich die Musikkarriere zu starten. Der Druck war da, aber das positive Element ließ auf sich warten.
Es ging eine Weile hin und her, und schließlich sprach meine Mutter den Satz aus, der meine kommenden Jahre – und wenn man so will mein gesamtes folgendes Leben – maßgeblich beeinflussen sollte:

»Du hast doch den depperten Hut, gehst halt nach No Name City.«

In der Tat trug ich schon seit der siebten Klasse Realschule einen Cowboyhut und hatte mir dafür auch schon ein paar saubere Fressepolituren abgeholt. Denn damals gab es in unserem sozialen Brennpunkt mit dem hübschen Namen Neuperlach nur drei Arten von Jugendlichen: Rapper, Popper oder Heavys. Wer außerhalb dieser Kategorien versuchte, zu existieren oder gar irgendeine Art von Individualität zur Schau zu tragen, hatte es mitunter verdammt schwer. Da ich aber erstens einen Dickkopf hatte, mit dem man Wände einschlagen konnte, und zweitens durch mein langjähriges Judotraining nicht ganz wehrlos war, hatte ich am Ende triumphiert, und man ließ mich als eine Art Sonderling durchgehen. Außerdem spielte ich ab der achten Klasse in der Schulband und durfte trotz meiner episch beschissenen Zensuren mehrfach das Amt des Schülersprechers bekleiden, was es mir ermöglichte, noch weniger Zeit in der Klasse und noch mehr Zeit mit Planungen für die Faschingsfeier und diverse Aktionstage zu verdödeln. Und das alles und noch mehr absolvierte ich mit ebendieser Kopfbedeckung, die meine Mutter schon seit Jahren »den depperten Hut« nannte. Diesen trug ich also auf meinem Haupt, als ich mit der S-Bahn schnurstracks raus nach Poing in die Westernstadt No Name City fuhr.

Und plötzlich passte der Hut. Und ich auch.

Na ja, a bissl sehr normal hast du schon ausgeschaut.
Das war nicht so günstig …
Nein, das war nicht so günstig.
Aber du hast trotzdem gesagt, ich kann übermorgen anfangen.
Weil mir grad wer abgesagt hatte und wir übermorgen die Saison eröffnen wollten.
Ach so, drum.
Ja, drum.

Vor mir stand ein Mann, der mich nicht nur um einen Kopf überragte, sondern auch ansonsten deutlich mehr Schatten auf die staubige Mainstreet warf als ich. Sein Name war Heinz Bründl, und er war hier der Chef. Wie ich bald erfuhr, hatte dieser Mann mit der Statur eines Ex-Boxers, dem Bauch eines Metzgers und dem Schnauzbart eines Bankräubers unter anderem gearbeitet als Boxer, Metzger und Bankräuber. Letzteres Gott sei Dank nur innerhalb der Stuntshow von No Name City. Allerdings kamen auch die anderen beiden Berufsbereiche immer mal wieder zur Anwendung – doch davon später mehr vom Heinz persönlich.
Ich zählte also auf, was ich bisher so gemacht hatte, der Heinz brummte irgendwas in tiefstem Bayrisch, nickte, und ich war eingestellt. Und das zu einem Gehalt, das mir im Vergleich zu meinen bisherigen Jobs geradezu unglaublich vorkam. So viel Geld für so viel Spaß? Mit einem dümmlichen Grinsen im Gesicht unterschrieb ich den hingehaltenen Wisch, jemand machte ein Foto von mir – auf dem ich bitte etwas bankräuberischer dreinschauen sollte … noch ein bisschen mehr … noch ein bisschen … na ja, passt schon – und ich war ab sofort ein Cowboy.

Dann ist aber ein paar Tage später gleich deine Mutter zu mir gekommen.

Bitte was?! Davon weiß ich gar nix!

Ja mei, sie wollt halt wissen, ob das nicht gefährlich wär und ob dir da auch nichts passiert und so. Und ich hab gesagt: Naa, selbstverständlich nicht.

Ja, und dann kam gleich am ersten Wochenende eine Busladung voll betrunkener Österreicher.

Richtig. Aber dir is' ja nix passiert.

Nix, was nicht wieder verheilt ist.

Genau.

Ich möchte nicht unerwähnt lassen, was für ein Depp ich war. Nicht wegen der Unterschrift oder weil ich den Job angenommen hatte. Nein, das war die prägende richtige Entscheidung meiner frühen Lebensjahre. Vielmehr meine ich das Gespräch unmittelbar danach, in dem es darum ging, was ich denn nun konkret beitragen konnte. Der Heinz zählte in den folgenden Minuten ein paar mögliche Betätigungsfelder auf, und ich schrie alle zwei Sätze: »Mach ich!« Weil ich ein Depp war. Und was für einer.
Somit war ich nun in der Stuntshow als Bankräuber eingeteilt und hatte mich zweimal am Tag auf der Mainstreet zu prügeln, herumzuballern und möglichst effektvoll in den Staub zu werfen. Kein Problem! Was ein Spaß!
Außerdem war ich Teil der Saloonshow, in der ich mehrere Lieder mit Gesang und Gitarre zum Besten geben sollte. Kein Problem! Was ein Spaß!
Dann hatte ich zusammen mit den beiden Saloongirls und Kollege Long John eine Westernpolka zu tanzen, bei dem ich am Ende in einen Spagat sprang, um dann am Ende in Frauenkleidern als »Miss Annie Oakley, die Scharfschützin« aufzutreten und mit einem Gewehr über der Schulter und einem Taschen-

spiegel rückwärts drei Ballons kaputt zu schießen. Dabei musste ich eine halbe Zigarre rauchen, einen Flachmann in einem Zug leeren, wie ein Brett nach vorne aufs Gesicht fallen und am Ende von einem Tisch aus kopfüber durch eine Saloontür in den Gambling Room nebenan stürzen. Dort stand ein Stapel Stühle, die ich umzutreten hatte, um auch ein entsprechendes Poltern zu erzeugen. Kein Problem! Was ein Spaß …

… am ersten Tag.

KAPITEL 2:

60 Steaks pro Woche oder: Vom Boxen zum Büffel

VON HEINZ BRÜNDL

Bevor wir gleich in die vielen Anekdoten und Erinnerungen abtauchen, würde ich gerne erzählen, wie es eigentlich dazu kam, dass von 1987 bis 1995 eine Westernstadt in Poing bei München stand.

Eigentlich hatte ich ja Metzger gelernt. Der Vater eines damaligen Freundes von mir hatte einen Lebensmittelmarkt, und der fragte mich irgendwann mal: »Magst du Kaufmann oder Metzger werden?« Ich dachte mir, Kaufmänner gibt's schon so viele, also hab ich mich recht pragmatisch für Metzger entschieden. Aber kaum hatte ich ausgelernt, zog es mich mehr in den kreativen Bereich.

Und deswegen bist du dann erst mal Boxer geworden?

Ich war ein kreativer Boxer.

Für mich hat das immer gleich ausgesehen: »Batsch«, und da liegt er.

Aber die lagen immer anders.

Hab ich nicht drauf geachtet.

Für so was muss man auch einen Sinn haben.

Ich hatte relativ früh angefangen zu boxen, weil mein Bruder ein sehr bekannter deutscher Mittelgewichtler war. Ich selbst war dann mit siebzehn Jahren deutscher Vize-Meister im Mittelgewicht, Bayerischer Meister und so weiter. Bald hatte ich so gut wie alles erreicht, was man als Amateur in Deutschland so erreichen konnte, und dann war das für mich erledigt. Ich war eh immer recht trainingsfaul, sonst wäre ich vielleicht noch weiter gekommen. Aber nach sechzig Kämpfen hatte ich keine Lust mehr.

Zählen da die Kämpfe auf der Mainstreet in No Name City dazu?

Das waren keine Kämpfe. Das waren Diskussionen über die Hausordnung in einem Freizeitpark.

Selbstverständlich.

Zum Wilden Westen kam ich aber durch meine Arbeit als Metzger. Denn da gab es einen Kunden, der holte jeden Freitag immer achtzig Steaks. Irgendwann war ich einfach neugierig und fragte ihn, wozu man so viele Steaks braucht. Er antwortete mir: »Ich bin im Cowboy-Club. Magst mal mitgehen?« Und von diesem Moment an nahm das Ganze seinen Lauf.

Denn ich bemerkte sehr schnell, dass dort eine große Marktlücke klaffte. Fast jeder machte sich damals ja seine Ausrüstung selbst. Und das war manchmal recht gelungen, viel öfter aber eben überhaupt nicht. Und außerdem war es 1976 noch ganz schön schwierig, an das richtige Zubehör und das Material zu kommen. Um den Mangel zu beheben und natürlich auch aus geschäftlichen Überlegungen gründete ich schließlich die erste »Hudson's Bay Indian Trading Post« in München. Ich glaube sogar, dass das der erste Laden dieser Art in Europa war.

Entsprechend den Vorbildern aus dem Wilden Westen konnte man dort alles kaufen, was man brauchte, um sich authentisch auszurüsten. Ich besorgte originalgetreue Decken aus England, Büffelfelle aus den USA oder Glasperlen aus Italien – und zwar aus Murano. Dort war ich pro Jahr sicher fünfmal, denn daher stammten auch viele Glasperlen der damaligen Indianer. Natürlich auch in den richtigen Farben, denn gewisse Perlfarben waren damals recht selten und kaum zu bekommen.
Ich weiß noch, wie ich den Namen meines Ladens auf die Fenster malte und ein älteres Ehepaar vorbeikam. Sie schauten sich lange den Schriftzug an, und irgendwann fragte er dann seine Frau: »Ja, was wird jetzt des?« Daraufhin las sie – natürlich deutsch ausgesprochen – vor: »Hudsons Bai Indian Traading Post.« Und er nickte und sagte: »Aha, ein Postamt.«
Das war damals schon alles recht ungewöhnlich für München – aber eben auch recht erfolgreich. Und so konnte ich bald meinen ursprünglichen Beruf an den Nagel hängen und mich nur noch dem Handel mit Wildwest- und Indianermaterial widmen. Mein Sohn schrieb daraufhin in einem Schulaufsatz: »Mein Vater ist Indianerhändler.« Und ich durfte mal wieder in der Schule antanzen.
In einem anderen Aufsatz schrieb mein Sohn, dass er auf einem Berg irgendwo in Frankreich als Trapper verkleidet zusammen mit mehreren Indianern gecampt hätte. Dort sei ihm nachts ein Wiesel über die Hände gelaufen, und außerdem habe es auf dem Berg gespukt. Daraufhin erteilte ihm die Lehrerin eine Sechs und zitierte mich wieder einmal zu sich, weil das Thema nicht »Fantasiegeschichte« gewesen sei, sondern »Meine Ferien mit der Familie«. Als ich ihr dann erklärte, dass Christian nichts als die Wahrheit aufgeschrieben und noch ein paar Details aus meinem Beruf hinzugefügt hatte, musste ich nie wieder in die Schule. Vielleicht hatte sie Angst.

Heute gibt es ja viele Familien, die zusammen »Reenactment« als Hobby betreiben, egal ob als Cowboys, Ritter oder Wikinger. Damals war das nicht nur ungewöhnlich, sondern oft auch irgendwie verdächtig.

Im Cowboy-Club war am Wochenende immer Remmidemmi und eine Mordsgaudi, aber ich wollte tiefer in die Materie einsteigen.
In der Bibliothek des Clubs fand ich das berühmte Buch von Prinz Maximilian zu Wied-Neuwied über seine Reise 1832 nach Nordamerika. Also zu einer Zeit, als die Indianerstämme noch weitestgehend frei und ungebunden lebten. Sein Bericht faszinierte mich so sehr, dass ich im Jahr 1974 zum ersten Mal selbst nach Amerika reiste, um die Stationen von Prinz Maximilians Reise zu besuchen. Gleichzeitig war das auch der Beginn meiner Sammlerleidenschaft für Originalstücke der Indianer.
Da man diesen Stücken in den Siebzigern noch keine sonderliche Bedeutung beimaß, war die Wahrscheinlichkeit sehr hoch, dass es sich auch um Originale handelte. Erst viel später erzielten Kunstobjekte oder Ausrüstungsgegenstände dann wahnwitzige Preise in schwindelnden Höhen. Und damit hielten natürlich auch die Fälschungen Einzug in das Geschäft. Davon war man damals noch weitestgehend verschont.

Manche Originale verkaufte ich in meiner Trading Post in München, andere behielt ich. Aber das Hauptgeschäft war nach wie vor …

… Glasperlen für die Westernfans.
Na ja, eher für die Indianerhobbyisten.

Es gab in Deutschland damals etwa 300 Vereine mit Schwerpunkten unter anderem in Köln und Freiburg. Und einmal im Jahr zu Pfingsten fand das sogenannte »Indian Council« statt, zu dem Cowboys, Indianer und Trapper aus ganz Deutschland anreisten. Ich hatte eine mobile »Trading Post« und machte dort immer ein recht gutes Geschäft.
Nun war es so, dass das Council jedes Jahr von einem anderen Verein ausgerichtet wurde, und wir Münchner wollten eben etwas Besonderes machen.

Und damit nahm sozusagen das Schicksal seinen Lauf …

KAPITEL 3:

Das erste Council oder: Wildwest am Chiemsee

VON HEINZ BRÜNDL

Im ersten Jahr, 1984, waren wir mit unserem Council in Ising am Chiemsee. Und als die Clubs dann aus ganz Deutschland anreisten, fielen den Leuten natürlich die Augen aus dem Kopf: Sie standen auf der Mainstreet einer Westernstadt, mit Blick auf einen Platz, auf dem sich nach und nach über 300 Indianerzelte sammelten.

Man kann davon ausgehen, dass bis dahin auch in Amerika noch nie so viele Tipis auf einem Haufen versammelt waren wie damals im bayrischen Ising. Wir hatten die Kulissen schon damals sehr originalgetreu gestaltet und man darf nicht vergessen, dass damals auch die Goldsucherstädte ähnlich aus dem Boden gestampft wurden. Mein Stiefvater war Zimmermannsmeister, und wir hatten das alles mit zwanzig Mann aufgebaut, inklusive Deko, Requisiten, Pferden und …

… und Matsch.

Und wie. Auf der Mainstreet versanken wir teilweise bis über die Knöchel im Schlamm.

Sehr originalgetreu.

Sehr.

Das Gelände gehörte einem der größten Großgrundbesitzer am Chiemsee. Er war ein riesiger Westernfan und hatte einen Mordsspaß, seinem Freundeskreis etwas zu präsentieren, was die nicht hatten. Geld hatten alle mehr als genug, aber eine Westernstadt und Hunderte Indianertipis – das hatte nur er. Entsprechend durften seine Freunde und Bekannten das Gelände auch nur in seiner Begleitung betreten, vorausgesetzt, sie hatten originalgetreue Kostüme. Ich weiß noch, dass er nicht einmal seinen eigenen Bruder auf den Platz ließ, bevor der sich nicht ein Trapperhemd und ein Bowiemesser gekauft hatte.

Bei dir.

Logisch, bei mir.

Traurigerweise starb der Mann dann zwischen zwei Councils, sonst hätte No Name City höchstwahrscheinlich nicht in Poing, sondern in Ising am Chiemsee gestanden.

Insgesamt lief das Ganze damals noch recht gesittet ab, vor allem wenn man bedenkt, dass von den zweitausend Besuchern bestimmt ein Drittel mit scharfen Waffen im Holster durch die Gegend lief. Wäre irgendeine brenzlige Situation entstanden, hätte das natürlich schnell eskalieren können. Vermutlich war allen bewusst, dass echte Leichen auf der Mainstreet keinen sonderlich krönenden Abschluss eines Vereinstreffens darstellen würden, und so passierte in der Tat rein gar nichts.

Was soll ich sagen, heute ist dieses Council 84 so etwas wie eine Legende. Bis dahin hatte noch niemand so einen Aufwand betrieben.
Diese Mühe und die Liebe zum Detail waren allerdings nicht ansatzweise kostendeckend zu betreiben. Es waren zwar tatsächlich

zweitausend Menschen da, aber natürlich nur Vereinsmitglieder. All das war sozusagen eine gigantische »geschlossene Veranstaltung« für geladene Gäste. Also wiederholten wir das Ganze ein Jahr später und hofften ehrlich gesagt auch darauf, ein bisschen was von den Verlusten wieder reinzuholen.

Spätestens beim zweiten Mal bemerkte ich, dass unser Spektakel für die Außenstehenden, die Anwohner, die Touristen und so weiter, unheimlich attraktiv war. Nicht nur, weil sie nicht aufs Gelände durften, sondern schlichtweg weil auch jemand, der nicht in einem Verein organisiert ist, Spaß und Freude am Thema »Western & Indianer« haben kann.
In meinem Kopf wuchs also die Idee, eine Westernstadt zu bauen, die jeder betreten durfte. Zunächst dachte ich gar nicht an einen Freizeitpark, sondern einfach an eine begehbare Goldgräberstadt. Nur fehlten mir dazu natürlich die finanziellen Mittel. Keines der Councils hatte sich so gerechnet, dass ich davon ein derartiges Investment hätte stemmen können. Ehrlich gesagt, sogar ganz im Gegenteil. Also setzte ich kurzerhand ein skurriles Inserat in die Zeitung. Es lautete: »Saloon zu verkaufen«…

»Saloon zu verkaufen«? Wer kauft sich denn einen Saloon?
Der, der sich daraufhin gemeldet hat, kaufte nicht nur den Saloon, sondern sogar auch noch viele andere Gebäude.
Ich sag schon nix mehr.
Glaub ich dir nicht.

Der Immobilienhändler Wilhelm P. hatte zwei seiner Geschäftsführer auf das Gelände geschickt und …

... die durften dann ohne Kostüm auf den Platz?
Nix da. Die haben wir natürlich vorher auch in originalgetreue Kostüme geschossen. Du wolltest aber eigentlich auch nix mehr sagen.
Nicht möglich.

Die beiden Herren waren schließlich so begeistert, dass dieser Wilhelm P. schließlich eine ganze Westernstadt kaufte, ohne sie vorher selbst einmal gesehen zu haben, geschweige denn ein Gelände zu besitzen, auf dem er seine Errungenschaft aufstellen konnte.

Wenig später aber stellte sich heraus, dass der Baugrund eines geplanten Hotels in Miesbach zumindest vorübergehend geeignet war, um so etwas wie einen Probelauf zu starten. Also stellten wir dort, wo später das Hotel Bayerischer Hof Miesbach stand, unsere Kulissen auf. Und das, was dann folgte, war wirklich »Wilder Westen«.

Alles war ganz genau so, wie man es sich vorstellt. Nicht nur die Gebäude und die Ausstattung, auch das Gefühl, die Atmosphäre und natürlich der unvermeidliche Schlamm. Authentischer konnte man sich zumindest in diesem Land nicht in den Wilden Westen hineinversetzen. Außerdem machte es so auch geschäftlich endlich Sinn. Wir schenkten pro Wochenende etwa 100 Hektoliter Bier aus, und die Brauereien waren einfach nur baff.

Aber es gab dann doch auch ein paar Schwierigkeiten, oder?
Ja, schon klar. Da hat's jedes Wochenende geknallt. Aber nicht so wie heute, sondern ...
Mehr so »nett«?
Ja, die wollten rankeln.

Rankeln??

Ja, rankeln. Aber ich verstand damals keinen Spaß und hab …

… mitgerankelt?

Ja, ich hab mitgerankelt.

Und da kam dann nicht die Polizei?

Doch schon, aber die hatten ja ihre Waffen abgegeben.

W…

Die Miesbacher Polizei kam immer gegen Abend geschlossen bei uns an und gab dann ihre Waffen im Saloon zur sicheren Aufbewahrung an der Theke ab – ganz so wie früher auch. Somit war ein gewisses Gleichgewicht hergestellt, und es gab auch keine ausrüstungstechnischen Vorteile beim Rankeln. Und währenddessen schraubten die Miesbacher Burschen draußen dem Polizeiwagen alle vier Räder ab.

Fanden die Polizisten das dann lustig?

Ganz ehrlich, ich glaub, ein bisschen schon. Aber da gab's auch andere Situationen …

Raus damit.

KAPITEL 4:

Zähne pflastern seinen Weg oder: Tantiemen vom Zahnarzt

VON HEINZ BRÜNDL UND TOMMY KRAPPWEIS

Also, Heinz, wer stand wo? Du standst in der Mitte …?
Ja, wir standen an der Theke, und ich stand in der Mitte. Ein Polizist stand links neben mir und ein anderer Typ rechts.
Links von dir stand ein Polizist?
Ja, das war noch in Miesbach, bei unserem Probelauf. Da war ja oft die Polizei da …
… zum »Rankeln«.
Nein, der wirkte eigentlich eher entspannt.

Aber der andere Typ hat dann angefangen, mich zu beschimpfen. Da war natürlich auch der Alkohol verantwortlich, aber dann darf man eben nicht so viel saufen, wenn man es nicht verträgt. Ich weiß noch, wie der Polizist zu mir gesagt hat: »Sie müssen sich hier ja ganz schön was gefallen lassen.« Aber was sollte ich machen, als Geschäftsführer sollte man schon die Fähigkeit haben, ruhig zu bleiben. Und ruhig bleiben kann ich wirklich gut bis zu einem gewissen Punkt.
Der war dann allerdings irgendwann überschritten. Nicht wegen der Beleidigungen, da steh ich drüber. Aber plötzlich spür ich schräg hinter mir eine Bewegung und wusste sofort: Da holt grad einer zum Schlag aus. Ich bin sofort ausgewichen, so dass er mich

nur gestreift hat, und bevor ich nachdenken konnte, lag er auch schon am Boden, und ihm hat ein Schneidezahn gefehlt. Ich hatte einfach nur reflexartig reagiert, vermutlich wegen meiner Zeit als Boxer.

Der Typ rappelt sich aber sofort wieder auf, holt noch mal aus, ich tauch unter dem Schlag weg, hinter mir macht's »batsch«, und neben mir fällt der Polizist ins Bild.

Da war der Polizist wohl nicht mehr so entspannt …

Nein, war er nicht. Und er wollte wohl auch nicht nur rankeln.

Der Beamte steht auf, seufzt und gibt mir dann in aller Seelenruhe sein Funkgerät. Dann zieht er sich die Jacke zurecht, dreht einmal den Kopf, um seinen Hals zu lockern … und dann serviert er dem Typen eine dermaßene Watschn, dass der sich fast zweimal um die Achse dreht. Es hat nur ein paar Sekunden gedauert, und schon rollen sich die zwei am Boden. Irgendwer brüllt »Schlägerei!«, und schon kommen alle angelaufen und feuern die beiden an.

Arg viel mehr Wilder Westen geht eigentlich kaum.

Ja, das stimmt. Das war schon echt wild.

Du hast einmal gesagt, der Zahnarzt von Miesbach müsste dir eigentlich Tantiemen zahlen.

Der hat gut an mir verdient.

Es hatte sich dann auch irgendwann rumgesprochen, dass es da in diesem Saloon einen gibt, der irgendwie nie umfällt. Dafür aber eine hohe Trefferquote hat. Ich glaub, nach zwei Wochen war kaum einer in der Burschenschaft, dem nicht mindestens ein paar Zähne gewackelt haben. Die hatten angeblich sogar Wetten abgeschlossen, wer mich »packt«. Es war schon wirklich grenzwertig. Ich war dauernd auf der Hut, und meine Leute haben natürlich auch rund um die Uhr patrouilliert. Trotzdem haben die mich dann doch immer wieder erwischt, wenn grad niemand neben mir stand.

Hat ihnen aber dann auch nix geholfen.

Nein. Nix.

Ich hatte dann nur die Chance, entweder wegzugehen oder eben zu schauen, wer gerade ausholt. Und dann schneller zu sein. Oft wurde auch mit irgendwas potenziell Schmerzhaftem ausgeholt, wie zum Beispiel mit Bierkrügen, Aschenbechern oder eben auch mit Stühlen, Brettern, was gerade da war. Dafür hab ich genau gewusst, wo ich hinhauen muss. Und so haben wir eben nachts nach der Sperrstunde beim Saubermachen auch immer mal wieder ein paar Schneidezähne rausgekehrt.

Ich hab mir schon mal überlegt, ob ich vielleicht anstatt einer Trading Post lieber einen Barbershop hätte aufmachen sollen. Der Friseur hat ja damals auch die Zähne gezogen, und da war ich anscheinend recht geschickt drin.

Aber etwa nach vier Wochen wurde es dann doch nervig. Es ging nur noch drum: »Wer packt den Dicken im Saloon?«, und ich hab das ganze Wochenende über Watschn verteilt. Klar, wenn dir drei so Burschen am Kragen hängen und du die nacheinander aus dem Saloon raus in den Schlamm schmeißt, dann kommst du dir erst einmal vor wie der Bud Spencer von Miesbach. Aber irgendwann hab ich mich dann doch gefragt, ob ich das mein Leben lang machen will.

Deine Boxerkarriere hattest du ja schließlich aufgegeben.
Die Metzgerlaufbahn auch, und das war manchmal nicht viel anders.

Also hab ich dann mit unserem Finanzier und Besitzer, dem Wilhelm P., geredet, und wir haben einen Sicherheitsdienst engagiert, der aufpassen sollte. Das hat nur leider nicht so viel gebracht, weil es denen ja schon lang nicht mehr darum ging, mit irgendwem zu rankeln, sondern mit *mir*.

Der Alkohol war natürlich oft der hochprozentige Tropfen, der das Fass zum Überlaufen bringt. Gib ihnen etwas zu viel, und die Leute werden laut, gib ihnen viel zu viel, und sie werden aggressiv …

Gib ihnen noch viel mehr, und die Leute werden wieder still.
Ja, das stimmt. Ach, da erinnere ich mich noch an was …

Die damalige Bardame in der »Mexican Cantina« hat mal für einen unvergesslichen Anblick gesorgt. Allerdings nicht so, wie man das nun vielleicht falsch verstehen könnte, sondern deutlich anders.
Ich war wirklich nur kurz unten in Miesbach gewesen, und als ich wiederkam, krochen mir die Leute auf der Mainstreet entgegen. Mehrere Menschen krabbelten da auf allen vieren, brachen immer wieder zusammen und landeten mit ihren Gesichtern im Schlamm, wo sie leise blubbernd liegen blieben. Ich versuchte, einen zur Rede zu stellen, und er lallte nur: »Tequillaaa …«

Sofort stellte ich die Frau an der Bar der Cantina zur Rede. Sie rechnete mir seelenruhig vor, wie viele 0,1-l-Schnäpse in einer Flasche Tequila enthalten seien und dass sie daraufhin dazu übergegangen sei, das Zeug flaschenweise zu verkaufen: für 7 DM die Flasche. Das Zeug kostete damals schon 20 DM im Einkauf, insofern hatte sie sich geradezu epochal verrechnet. Die Besucher der Cantina allerdings konnten – zumindest eine halbe Stunde zuvor – noch recht gut kopfrechnen, und somit setzte sofort ein Ansturm auf die Bar ein, der innerhalb kürzester Zeit zu einem Besäufnis führte, das mit ebendiesen Alkoholleichen auf der Mainstreet sein vorläufiges Ende fand. Ebenso wie das Arbeitsverhältnis zu der Bardame.

Na ja, drei Monate später war der Probelauf dann beendet, wir waren um viel Erfahrung reicher und Miesbach um viele Schneidezähne ärmer. Wir hatten trotz allem ein irres Geschäft gemacht. Die Brauerei war völlig aus dem Häuschen. Darum war klar: Wir suchen jetzt einen festen Platz für unsere Westernstadt – No Name City, die authentischste Westernstadt Europas. Aber: Wir machen einen Zaun drum und verlangen Eintritt.

Weise Entscheidung.
Allerdings.

KAPITEL 5:

Ein Indianer kennt keinen Schmerz oder: Ich bin ja auch ein Cowboy

VON TOMMY KRAPPWEIS

Wie oben schon mal erwähnt, hatte ich als Double für Bodystunts gearbeitet, und mein langjähriger Judounterricht mit der fürchterlich nervigen, immer gleichen Fallschule hatte sich hier wirklich ausgezahlt. Ich konnte mich schon als Kind ganz wunderbar jede beliebige Treppe hinunterstürzen, ohne nennenswerten Schaden zu nehmen. Bei Handgreiflichkeiten in der Schule mit übermächtigen Gegnern war mir das mehrmals ein guter Ausweg gewesen. Denn wenn der kleine Junge mit dem Cowboyhut plötzlich recht verdreht und mit rasselndem Keuchen am unteren Ende einer Betontreppe lag, dachte keiner mehr an irgendetwas anderes als SCHEISSESCHEISSESCHEISSE und WEGWEGWEGWEGWEG.

Wenn ich gewusst hätte, dass du auch Treppenstürze machst …

Gott sei Dank hab ich da ausnahmsweise meinen Mund gehalten.

Schade, dabei hatten wir so eine schöne Treppe am Caféhaus. Der Mad Dog ist vor deiner Zeit in jeder Stuntshow einmal da runtergefallen. Das war super.

Ich hätt' mir mit meiner »Technik« irgendwann alles gebrochen, was man sich brechen kann.

Ja mei, das ist halt das Showgeschäft.

Ja, irgendwie stimmt das sogar. Es ist nämlich ein großer Unterschied, ob man sich an einem einzigen Drehtag fünf- bis sechsmal in einen Müllhaufen fallen lässt und danach ein paar Wochen lang den kleinen Kratzer ausheilen darf oder ob man tagaus, tagein immer und immer wieder hinfällt, aufsteht, hinfällt, schlägt, blockt, pariert, erschossen wird …
Außerdem hatte ich mir ja das meiste entweder bei den alten Super-8-Filmen mit Buster Keaton oder bei den Stuntmen von Bud Spencer & Terence Hill abgeschaut. Das hatte ich dann im Selbstversuch mit meinen Kenntnissen der Judo-Fallschule und eigenen Überlegungen zur Schmerzvermeidung kombiniert und daraus so was wie eine eigene Technik entwickelt, die ein professioneller Stunt-Coordinator zu Recht als »eigenwillig« bezeichnen würde.
Manches war tatsächlich sehr effektiv und würde auch heute noch funktionieren, andere Techniken waren alles Mögliche, aber eben keine solchen. Hinzu kam die ganz normale Ermüdungserscheinung eines wörtlich zu nehmenden Knochenjobs, gepaart mit restpubertären Konzentrationsschwächen, die ich mir unbedingt austreiben musste, wenn ich das länger als ein paar Tage überleben wollte.

Schon an meinem zweiten Arbeitstag prellte ich mir bei einem besonders überambitionierten Todessturz auf der Mainstreet das Steißbein so hart, dass ich minutenlang Atemnot hatte. Direkt danach zerrte ich mir beim Spagatsprung der Westernpolka den Unterschenkel und humpelte von der Bühne wie ein angeschossener Fahnenträger. In der Schlussnummer als bärtige Scharfschützin schließlich hatte mir irgendein Scherzbold echten Whiskey mit Tabascosoße statt Cola-Mix in den Flachmann gefüllt, was meinen gesamten Rachenraum in Flammen setzte. Ich hielt durch, bezwang die Nummer durch einen Tränenschleier, während mein

Puls den Square Dance tanzte, und fiel am Ende wie geplant über die halbhohe Saloonschwingtür in den Nebenraum. Dort trat ich die Stühle um, mit denen die Soundkulisse und somit das Kopfkino der Zuschauer angereichert werden sollte, erwischte sie etwas arg schräg unten und wurde unter einem Haufen Sitzmöbel begraben.
Ein typischer Arbeitstag in No Name City. Und der zweite von vielen, vielen weiteren Tagen, monatelang, täglich außer montags von 8.00 Uhr bis 18.00 Uhr und an den Wochenenden bis Mitternacht.

Genau so war's. Aber du hast ja immer »hier« gschrien.
Nach einer Woche hab ich gedacht, ich sterbe. Aber ich war die zwei Jahre über an keinem Tag krank. Ich war immer da.
Das stimmt. Aber so gehört sich's halt auch.

Schon am Freitag meiner ersten Woche in No Name City war ich völlig am Ende. Ich war erschöpft, überfordert, und immer war überall Sand. In den Schuhen sowieso, aber auch in den Ohren, in der Nase, zwischen den Zähnen und überall sonst, wo man Sand nicht haben will. Dort blieb er dann und ging aufgrund stetiger Sonneneinstrahlung unter Leder und Denimstoff mit diversen Körpersäften unterschiedlichste Symbiosen wechselnder Viskosität ein.
Natürlich duschte ich mich immer täglich, aber kaum hatte ich mich für die Stuntshow wieder auf der Mainstreet herumgerollt und dabei ausreichend eingeschwitzt, war der Zustand des Vortags wiederhergestellt. Blärch.
Hinzu kam noch das ständige Aus-, An- und Umziehen. Ich war schon früher in der Schule nach dem Sportunterricht immer der Letzte in der Umkleide gewesen – vorausgesetzt, ich hatte meinen Turnbeutel dabei. Auch heute noch versage ich gerne und

ausgiebig beim An-, Um- und Ausziehen meiner vierjährigen Tochter Finja. Ich weiß nicht, warum das so ist. Aber irgendwie passiert es mir laufend, dass der Kopf meiner Tochter in einem mehrlagigen Konglomerat aus Unterhemdchen, T-Shirt und Pullover feststeckt, während ihr Arm recht unbequem senkrecht nach oben aus dem Halsausschnitt ragt und sie dumpf irgendwas von »Aua Papa, mein Ohr!« durch die Stoffschichten ruft.
In No Name City war die Fähigkeit zu schnellem Kleidungswechsel fast so etwas wie ein Einstellungskriterium. Nicht gut für mich. Der typische Ablauf war etwa so:
Am Morgen stiegen wir aus unseren S-Bahn-kompatiblen Klamotten in die hundertprozentig authentische Westernkluft. Für die Stuntshow wechselte man in die entsprechend stabileren Klamotten, was weitere vier Umzüge pro Tag bedeutete, und direkt drauf durfte ich mich noch ein paar Mal während der Saloonshow umziehen, weil der Typ, der am Lagerfeuer »Rawhide« sang, nicht so aussehen sollte wie der Typ, der die Westernpolka tanzte, der nicht so aussehen sollte wie der »Gambler«, der nicht so aussehen sollte wie Miss Annie Oakley, die zauberhafte Scharfschützin. Da ich mein Mittagessen nicht als Miss Annie Oakley hinunterschlingen wollte, zog ich mich direkt nach der Show abermals um. Dann war es wieder Zeit für den Banküberfall. Darauf folgte die Saloonshow. Dann zog ich mich zum letzten Mal um, denn es war wieder Zeit für die Heimreise mit der S-Bahn.

Und wenn ihr mal zu erledigt wart, habt ihr euch schon mal auf die Pritschen im Gefängnis gehauen.

Ja, ab und zu kam das vor. War aber saumäßig unbequem.

Kaltschaummatratzen gab's damals eben noch nicht.

Im Wilden Westen?

Da auch nicht.

Zusammenfassend kann ich sagen, dass mich schon die ersten fünf Arbeitstage an meine körperlichen Grenzen gebracht hatten. Und dann kam das Wochenende. Und mit dem Wochenende kamen die Reisebusse. Und in diesen Reisebussen saßen sie.

Die Österreicher.

Dabei hab ich gar nix gegen Österreicher an sich.
Aber man hat dann doch so eine Art Antipathie entwickelt …
Ja, weil die halt immer schon besoffen angekommen sind und dann gedacht haben, sie sind im Wilden Westen.
Waren sie ja auch irgendwie.
Dem Wyatt Earp hätt' auch keiner auf der Mainstreet vor die Füße gebieselt.
Einmal halt.
Maximal.

KAPITEL 6:

Die Zeugenvernehmung oder: Der Österreicher

VON HEINZ BRÜNDL UND TOMMY KRAPPWEIS

Also, Heinz, ich finde, diese Zeugenvernehmung ist eigentlich ein guter Vorgeschmack auf die Kapitel, die beschreiben, wie es an den Wochenenden so zugegangen ist.

Ja, da hast du recht. Ich freu mich auch, dass ich das Dokument noch hab.

Da wurde dein damaliger »Hilfssheriff« als Zeuge von der Polizei verhört, richtig?

Ganz genau. Das hier ist das Originalprotokoll von der Polizei, Dienststelle Poing. Ich les' das mal vor.

Polizeidienststelle, Poing
Zeugenvernehmung/Strafanzeige wg. Körperverletzung u. Sachbeschädigung in »No Name City«
10. 09. 1989

»Ich bin Hilfssheriff in No-Name-City. Am 2. 9. 89 nachmittags fiel mir ein Österreicher auf, der sich über das Essen beschwerte. Als Hilfssheriff bin ich für die Ordnung in der Westernstadt verantwortlich und ging deshalb dazwischen.

Weil sich einer übers Essen beschwert hat, geht er »dazwischen«?
So steht's da.

Der Österreicher, der meiner Ansicht nach sehr viel getrunken hatte, drohte mir dann, das Essen ins Gesicht zu schütten. Wir haben ihn dann so weit gebracht, dass er Ruhe gegeben hat.

»Wir?« Jetzt sind es also schon mehrere.
Aber sie haben ihn ruhiggestellt.
Wie?
Das steht da nicht, Gott sei Dank. Hör zu.

»Kurze Zeit später hat er dann in der Bank randaliert. Da ich der ganzen Sache nicht getraut habe, bin ich ihm gefolgt. In der Bank wollte er D-Mark in unsere Währung »Nuggets« umtauschen. Da er allerdings nur fünf Nuggets für sein Geld bekam, wurde er wütend und packte den Bankier am Kragen. Ich bin dann hin, hab ihn gepackt und hinausgeschafft. Draußen – wir standen dann vor dem Saloon – wehrte sich der Österreicher und zerriss mir meine Weste und meine Uhrkette. Außerdem verpasste er mir einen blauen Fleck am linken Oberarm. Daraufhin kam unser Chef, Schmidtbauer Georg …

Sein Chef? Du warst doch der Chef!
Der Schmidtbauer war der Sheriff damals. Das war also für ihn sein Chef, weil er selbst ja Hilfssheriff war.
Ah.

»Daraufhin kam unser Chef, also der Sheriff, und sagte dem Österreicher, dass er das Gelände verlassen muss. Als sich der Mann daraufhin wehrte und unserem Chef in den Unterleib schlug, verpasste dieser ihm einen Schlag mit der Faust. Dann wurde der Österreicher vor die

Tür gesetzt. Was draußen geschah, weiß ich nicht. Ich habe allerdings von ein paar Leuten gehört, dass der Österreicher draußen auf dem Parkplatz zusammengeschlagen worden sei.

Hat er gehört.
Vom Hörensagen, ja. Aber jetzt kommt's:

»Da der Österreicher sich so unheimlich aufführte und mir meine Weste und meine Uhrkette zerstörte und mich am Arm verletzte, stelle ich Strafantrag gegen den Österreicher wegen Sachbeschädigung und Körperverletzung.«

Dazu fällt mir nix mehr ein.
Das steht ja auch gut für sich.
Lieber Heinz, ich muss dir was sagen. Andere Leute lernen Werte wie Disziplin, Durchhaltevermögen und Verantwortungsbewusstsein in der Ausbildung. Ich hab nie eine Lehre gemacht, studiert oder andere klassische Wege zur Berufsbildung unternommen. Dafür warst du mein Lehrmeister.
Das ehrt mich.
Gott sei Dank hab ich bei dir nicht Metzger gelernt.
Wirst lachen, das war schon manchmal ganz praktisch. Kennst du die Geschichte von der Samantha?
Falls das jetzt etwas ist, was man strafrechtlich verfolgen müsste, erinnere ich noch mal daran, dass es dieses Buch bald öffentlich zu kaufen gibt.
Die Samantha war ein Büffel.
Ah.

KAPITEL 7:

Samantha oder: Die Büffelballade

VON HEINZ BRÜNDL

Ich habe sozusagen meinen eigenen Privat-Saloon. Na ja, so ganz privat ist er nicht, denn er ist Teil meiner Ausstellung. Meine Firma *Winona* stattet Freizeitparks, Museen und andere Arten von Ausstellungen aus. Wir versorgen die Kunden mit echten und originalgetreuen Exponaten und bauen auf Wunsch auch authentische Gebäude, Räume oder eben ganze Westernstädte und Indianerdörfer im Innen- und Außenbereich.
In einer Musterausstellung kann ich den Kunden direkt zeigen, was wir leisten und wie das alles früher wirklich ausgesehen hat. Und zwar bis ins kleinste Detail: die Zimmerdecken, die Tapetenmuster und auch die Wandpfeiler, die Pilaster sind hundertprozentig authentisch. Es ist eben einfacher, wenn man sich nichts vorstellen muss, sondern alles direkt vor sich sieht.

Das, was es letztlich dann meistens ausmacht, sind aber die Kleinigkeiten: präparierte Klapperschlangen oder originale Satteltaschen vom historischen Ponyexpress in einer Ecke. Diese ganz speziellen Satteltaschen trug das Pferd vorne im Halsbereich, um mehr transportieren zu können. Durch solche Details machen es meiner Meinung nach erst aus: da entsteht plötzlich »Leben« in einer Dekoration. Weniger lebendig ist allerdings der mächtige Büffelkopf über der Bar. Und das ist die Samantha.

Du kennst diese Büffeldame persönlich?

Ja, und ich hab sie auch persönlich … na ja …

Erzähl ruhig.

Hm, na gut. Ist aber vielleicht für Tierliebhaber ein bisschen »rustikal«.

Liebe Tierfreunde, bitte blättern Sie jetzt vor zum nächsten Kapitel.

Also, mein Freund, der Klaus, hatte damals einen Bauernhof in der Nähe von Erding. Der war so eine Art Tiersammler und hatte alles Mögliche an Viehzeug: von unzähligen Hunden und Pferden über Schlangen und Angus-Rinder bis hin zu einem schlechtgelaunten Krokodil namens Maria von über zwei Meter Länge.
Außerdem hatte der Klaus mehrere Büffel, und unter ihnen war ebendiese Samantha, die Büffelkuh. Die überkam eines Abends wohl der mächtige Wandertrieb, den Büffel nun mal haben, und deshalb hüpfte sie immer und immer wieder über den Zaun mitten in die Kühe der benachbarten Weide des Bauern.

Ein Büffel, der hüpft?

Ja, Büffel haben doch diesen kräftigen Oberbau und vergleichsweise schlanke Hinterbeine.

So wie du.

Ja, nur kann ich nicht so gut hüpfen.

Der Bauer wurde irgendwann fuchsteufelswild, weil seine Kühe immer in Panik ausbrachen und die Samantha sich, vorsichtig gesagt, auch nicht gerade entspannt verhielt. Es war aber auch nicht möglich, den Büffel in einen Stall zu stellen.

Der Klaus hatte sich das mit den Büffeln also sehr gut überlegt.

Ja, in etwa so wie mit dem Krokodil.

Gar nicht.

Kaum. Aber er hat sich immer sehr um seine Tiere gekümmert, und denen ging es allesamt wirklich nicht schlecht.

Das stimmt, ich war ja mal dort und hab für ein Messevideo über seine Quarterhorses gedreht. Ich hatte den Eindruck, dass es den Tieren besserging als ihm. Allein dieses »Hundezimmer«...

Du meinst sein Wohnzimmer, wo die vielen Hunde auf dem Sofa immer ferngesehen haben?

Ja, da war kein Platz mehr für Menschen in dem Raum. Als ich reinkam, schauten sie gerade die Tagesschau. Seine Hunde waren immer gut informiert über das Weltgeschehen.

Eines Nachts klingelte mein Telefon, ich schreckte hoch und nuschelte verschlafen in den Hörer. Es war der Klaus, der mich bat, vielleicht doch mal vorbeizukommen. Na ja, das stimmt so eigentlich nicht. Ehrlich gesagt, klang er total hysterisch und rief ins Telefon, ich müsse sofort kommen! Ihm sei die Samantha wieder einmal ausgebüxt, einige Kühe hätten in Panik den Weidezaun durchbrochen, seien in alle Himmelsrichtungen verteilt, und der Bauer würde nun vermutlich demnächst Amok laufen. Es sei nur eine Frage der Zeit, bis die Polizei und Hinz und Kunz auf der Bildfläche erscheinen, dem Klaus den Hof zusperren und seinen ganzen Zoo in die nächsten Tierparks verteilen würden. Die Samantha müsse leider sofort verschwinden und ich sei dafür aufgrund meines Berufs der richtige Mann.

Ich ahne, dass das nix mit deiner Qualität als Geschäftsführer eines Freizeitparks oder Boxer zu tun hatte.

Richtig.

Ich fuhr also mitten in der Nacht raus nach Erding. Die Samantha war tatsächlich mitten zwischen den restlichen Kühen, rannte hin und her und versetzte die Herde immer und immer wieder in Aufruhr. Der Bauer hatte dem Klaus bis zum Morgengrauen Zeit gegeben, das Problem zu lösen, und drohte mit einer Anzeige. Wir kletterten also über den Zaun auf die Weide, bahnten uns einen Weg durch die aufgescheuchten Kühe und versuchten irgendwie, uns dem aufgebrachten Büffel zu nähern. Nach einem ewigen, schweißtreibenden Hin und Her mit viel Gebrüll und Armerudern hatten wir es dann tatsächlich geschafft, das bullige Tier in eine Ecke zu treiben. Da stand ich nun Aug in Aug mit diesem massigen Tier, und ehrlich gesagt war mir schon recht mulmig zumute. So ein Büffelkopf ist schon ein brutal wuchtiges Ding – vor allem aus einem halben Meter Entfernung. Der Samantha war mein Anblick wohl auch nicht gerade geheuer, denn sie brüllte mir wütend entgegen und senkte bedrohlich den Kopf. Wir hatten aber jetzt so lange gebraucht, um sie von der Herde zu trennen und in die Ecke zu treiben, dass ich nicht gewillt war, jetzt einfach auf die Seite zu treten und sie wieder auf die Weide zwischen die Kühe rennen zu lassen. Also hielt ich dem Blick stand und versuchte, irgendwie »bullig« zu wirken, bis der Klaus endlich so weit war.

Bis er so weit mit was war?

Na ja, der Klaus ist Jäger.

Ist er das?

Ja, bestimmt. Sonst hätt' er den Büffel ja nicht erlegen dürfen.

Dann ist der Klaus bestimmt ein Jäger.

Garantiert.

Ja, und ich als gelernter Metzger habe die Samantha dann direkt zerlegt, während der Klaus den Rest der Nacht die Kühe wieder eingesammelt hat – natürlich stilgerecht, mit Hut und auf einem seiner Quarterhorses.

Als der Bauer in der Früh nachgeschaut hat, war das Problem bereits in mehreren Kühltruhen verschwunden, seine Kühe hatten wieder ihren Frieden und wir alle über lange Zeit hinweg mehr Büffelfleisch, als irgendwer hätte essen wollen.

Den Kopf ließen wir präparieren, und jetzt hängt die Samantha bei mir im Saloon. Leid tut sie mir ehrlich gesagt schon, aber wir wussten in dem Moment keine andere Lösung.

Verkaufen?

Damit sie dann ein anderer zerlegt? Ja nix da.

So gesehen …

Die Geschichte ist aber noch nicht zu Ende. Denn die restlichen Fleischteile hatte ich mit nach Hause genommen und in meiner Kühltruhe verstaut. Als ich dann im Sommer wieder aus dem Urlaub zurückkam, stand der Raum förmlich unter Wasser: Das Aggregat hatte versagt, die Kühltruhe war abgetaut und das Fleisch darin sah, vorsichtig gesagt, nicht mehr so richtig gut aus. Also, eigentlich sah es eher ziemlich schlecht aus, nämlich so ein bisschen grün. Wenn ich allerdings bedenke, was man früher alles in den Leberkäs hineingeschmettert hat, war das noch vergleichsweise harmlos.

Will ich das wissen?

Wissen schon, aber essen vermutlich nicht.

Was hat man denn früher in den Leberkäs »hineingeschmettert«?

Das willst du nicht wissen.

Okay.

Ich habe die Fleischteile dann mit Kaliumpermanganat abgewaschen, ging rüber ins Schlachthofviertel, kaufte Speck dazu und machte Büffelwurst aus den Resten von der Samantha. Einschränkend muss ich aber bemerken, dass ich die vorrangig zu Dekorationszwecken eingeplant hatte. Original Büffelwurst machte sich natürlich toll an den Balken meiner »Hudson's Bay Indian Trading Post«. Dort hing sie dann auch die nächsten Jahre, und immer wenn sie Schimmel ansetzte, wusch ich den mit Seifenlauge ab.

Wie das der Metzger so macht.
Nein, wie das der Ausstatter so macht.
Warum hab ich das Gefühl, es ist noch nicht vorbei ...

Na ja, irgendwann kam dann einer und wollte unbedingt so eine Wurst kaufen.

Ich wusste es!

Ich erklärte ihm, dass das eine »Dekowurst« sei und deshalb unverkäuflich. Daraufhin wurde der Kerl plötzlich ungemütlich. Er moserte herum, es sei ja bekannt, dass ich die guten Stücke nie verkaufen würde und an die Kunden nur den billigen Schund zu Wucherpreisen verkaufen würde und was weiß ich noch alles.

Was nun wirklich nicht stimmt.
Überhaupt nicht, ich hab eher das Problem, dass ich zu wenig auf den Gewinn achte, weil mir das alles viel zu viel Spaß macht.
Das ehrt dich irgendwie.
Warts ab.
O Gott.

Der Kerl ging mir nämlich richtig auf die Nerven, und seine Anschuldigungen machten mich schließlich ganz schön sauer. Also tat ich schließlich so, als hätte er mich breitgeschlagen, und verkaufte ihm eine von meinen uralten Samantha-Salamis zu einem horrenden Preis.

Ich hatte ihm wirklich mehrfach sehr deutlich gesagt, dass diese Würste nicht zum Essen, sondern nur zur Dekoration gedacht waren. Er hatte mir kein Wort geglaubt, und das war nun wirklich sein Problem. Der Kerl war ein erwachsener Mann und außerdem Sanitäter. Wenn ihm also der Genuss meiner seifengereinigten Ladendekoration erwartungsgemäß schlecht bekommen würde, dann konnte er sich entweder selbst behandeln oder zur Not ein Krankenhaus aufsuchen, um sich die Wurst wieder rauspumpen zu lassen.

Was soll ich sagen … Am nächsten Tag stand der Typ doch tatsächlich wieder vor mir, und sein Gesichtsausdruck war undurchdringlich. Als er in seinen Taschen wühlte, rechnete ich schon mit allem Möglichen: einer Anzeige, seiner Krankenhausrechnung oder einem Schreiben von seinem Anwalt oder dem Gesundheitsamt …

Nichts von alledem. Stattdessen zückte er seinen Geldbeutel und legte feierlich sein gesamtes Geld auf den Tisch. Dann sprach er feierlich, er habe noch niemals in seinem gesamten bisherigen Leben so eine fantastische Wurst gegessen und er sei bereit, nahezu jeden Preis zu zahlen, wenn ich ihm den Rest auch noch verkaufen würde.

Hast du es getan?
Was schätzt du?
Sag mir den Preis.
Nein.

KAPITEL 8:

Harte Schule, weiche Rippen oder: Schmerzwochen in No Name City

VON TOMMY KRAPPWEIS

Zwei Wochen lang war ich nun schon Bankräuber und Hans Dampf in allen Gassen von No Name City. Ein paar meiner Glieder schmerzten schon ziemlich arg, weil ich immer und immer wieder mit der gleichen falschen Technik auf die gleichen geplagten Knochen fiel. Aber ich war jung und irgendwie hielt ich zusammen. Noch.

Denn dann machte ich bei einer der nachmittäglichen Stuntshows einen richtigen Fehler: Ich war gerade von meinem Partner Frankie verabredungsgemäß niedergeschlagen worden und wusste plötzlich nicht mehr, ob ich richtig lag, damit er mir den geplanten Fußtritt in den Bauch verabreichen konnte. Natürlich war dieser Tritt nicht echt, sondern wurde mit gestrecktem Rist flach gegen meinen Gürtel ausgeführt, woraufhin ich mich dann so zur Seite zu werfen hatte, als hätte er mich hart getroffen. Dummerweise entschied ich mich aber für die falsche Position und drehte mich hektisch herum. Genau in dem Moment kam auch schon Frankies bestiefelter Fuß angeflogen und traf nicht den Gürtel, sondern landete sauber zwischen meinen Rippen.

Davon weiß ich ja gar nix.

Ich hab's dir auch nie erzählt.

Ein stechender Schmerz nahm mir die Luft, und ich knickte ein wie ein Streichholz. Mir schossen die Tränen in die Augen, und als ich erschrocken einatmen wollte, wurde das effektiv verhindert durch irgendetwas, das sich in das dafür vorgesehene Organ zu bohren schien. Keuchend und kalkweiß absolvierte ich noch den Rest der Show, versuchte die ganze Zeit über, ganz flach zu atmen, weil sich jeder Atemzug wie ein glühendes Messer in meine Brust bohrte. Am schlimmsten war das Finale, wo ich vom Schuss des Marshalls getroffen auf den Rücken fallen, mich noch einmal aufrappeln und dann ein zweites Mal zusammensacken musste. Meine Schreie hatten noch nie so echt geklungen, waren es aber auch vorher nie gewesen.
In der Tat hatte der Tritt zwei meiner Rippen sauber durchgebrochen. Zu Hause zu bleiben und auszukurieren stand aber absolut nicht zur Debatte! Ich hatte natürlich Angst um meinen Job. Denn würde ich die nächsten Tage nicht erscheinen, lief ich Gefahr, dass der Heinz einen Ersatz suchte und vielleicht auch noch fand.

Ich glaub nicht, dass ich so leicht wen gefunden hätt', der so viel gleichzeitig abdeckt.
Du meinst noch so einen Deppen, der immer »Hier!« schreit.
Oder so, ja.

Außerdem wollte ich natürlich um nichts in der Welt zugeben, dass ich mich verletzt hatte. Schließlich war es mein eigener Fehler gewesen, und ich hatte schon genug damit zu tun, den Eindruck aufrechtzuerhalten, dass ich bei den Stürzen und allen anderen Eskapaden immer genau wusste, was ich tat.
Also schleppte ich mich rasselnden Atems zu dem Orthopäden, der auch meinen Vater immer wieder instand setzte, egal wie er sich wieder einmal zerschmettert hatte. Dort schilderte ich meine

Not. Der Arzt verstand mein Dilemma und verordnete mir im Wesentlichen eine Art Strumpf vom Durchmesser eines Unterschenkels. Den sollte ich mir allerdings nicht über selbigen stülpen, sondern hochziehen bis über den Brustkorb, um diesen zu stützen. Erstaunlicherweise war das Ding nicht nur fürchterlich unbequem und juckte wie verrückt, sondern linderte tatsächlich die Schmerzen. So stolzierte ich also abends arg aufrechten Ganges nach Hause und legte mich ebenso erschöpft wie vorsichtig ins Bett.

Nach einer durchwachten Nacht quälte ich mich mit zusammengebissenen Zähnen vom Bett unter die Dusche, in die Klamotten und dann mit der S-Bahn nach Poing zu meiner Arbeitsstelle. Schon das morgendliche Rechen der Mainstreet stach mir in der Brust.

Das hat euch genervt, gell?
Dass jeder in der Früh immer erst einen Teil der Mainstreet vom Abfall befreien musste? Was denkst du denn?
Die Alternative war, in der Show draufzufallen.
Die Alternative war, Reinigungsfachkräfte anzustellen!
Nicht für mich.
Ich weiß.

Ich hatte Schwierigkeiten, den Korsett-Strumpf beim gemeinsamen Umziehen in der Garderobe vor meinen Kollegen geheim zu halten, und scheiterte erwartungsgemäß. Zu laut war mein Gekeuche gewesen – was aber schnell von diversen, fraglos allesamt brillanten Witzen und dröhnendem Gelächter übertönt wurde. Mich trieb nur die Sorge vor der ersten Show um, denn zu gut waren mir noch die betäubenden Schmerzen vom Vortag in Erinnerung …

Was soll ich sagen, die erste Show kam, mein erster Sturz fand statt, und tatsächlich linderte das Korsett die Pein gerade so, dass es auszuhalten war, wenn ich ganz flach atmete. Unabdingbar dafür war aber, dass ich keinen einzigen Fehler machte und immer so fiel, dass die Erschütterung möglichst minimal war. Natürlich ohne dass ich dabei aussah, wie ein gebrechlicher Greis, der ungelenk zum Mittagsschläfchen niedersinkt. Leider war meine mangelhafte Stunt-Technik dafür bislang nicht ausgelegt gewesen, und mir blieb die nächsten langen, langen Wochen nichts übrig, als intensiv an ebenjener Technik zu feilen, bis es zwar aussah, als würde ich entsprechend effektvoll aufschlagen, der Aufprall aber in Wirklichkeit kaum stattfand.

Also das, was man »Stunt« nennt und nicht ...
... »Hinfallen«, ja ich weiß.

Trotz allem war dieser Job natürlich alles andere als förderlich für den Heilungsprozess zweier geborstener Rippen. Normalerweise beträgt der Heilungsprozess einer Rippenfraktur wenige Wochen, aber nicht in meinem Fall. Hier zog sich das Ganze über zwei Monate hin, bevor ich das elende, juckende Scheißding in einem feierlichen Ritual endlich den Flammen des Ofens im Sheriff's Office übergeben konnte.
Seitdem beherrsche ich aber die vier Stürze, die in der Stuntshow vorkamen, nach wie vor meisterlich und kann sie auch ohne Aufwärmen oder Vorbereitung wie im Schlaf so ausführen, dass ich nicht einmal eine temporäre Rötung davontrage.

Siehst, schon wieder was fürs Leben gelernt bei mir.
So kann man das sehen.
So sieht man das.

KAPITEL 9:

Spezielles Personal oder: Ganz natürliche Profis

VON TOMMY KRAPPWEIS UND HEINZ BRÜNDL

Lieber Heinz, ich würde gerne mit dir über deine spezielle Technik bei der Mitarbeiteranwerbung sprechen.
Na ja, mein Anspruch an Authentizität war halt nicht nur bei den Gebäuden und der Ausstattung relativ hoch, sondern auch beim Personal.
Relativ ist gut.

Normale Menschen waren für mich uninteressant. Ich wollte Typen haben. In den Westernclubs habe ich mich natürlich als Erstes umgeschaut, aber da war selten was dabei. Wenn aber jemand gut beziehungsweise passend aussieht, ein bisschen Hirn hat und dazu noch schauspielerisches Talent, dann hat man schnell ein Problem.

Welches denn?
Wenn diese Person das alles auch *weiß*, dann ist sie für mich nicht bezahlbar. Trotzdem brauche ich richtige Profis. Alles andere macht keinen Sinn.
Ach so, und drum hast du dich dann in Bahnhofskneipen umgeschaut?
Das war nur ein einziges Mal!

Und dieses eine Mal auch nur zufällig, weil ich gerade im Auto unterwegs war und neben der S-Bahn-Station Poing angehalten hatte. Und dann stand da an dem »Stand'l«, wie man einen Kiosk bei uns in Bayern nennt, ein Typ, den ich besser nicht hätte casten können: schlohweißes, langes Haar, dafür wenig Zähne, einen Cowboyhut auf, in einem abgewetzten Mantel … Mit anderen Worten: Da stand ein Goldwäscher.

Der Toni? Der Toni Nugget?
Ganz genau, der Toni.

Ich steig aus und sag: »Servus, ich bin der Heinz. Wer bist du?«
»Ich bin der Toni.«
»Hast du Arbeit?«
Sagt er: »Nein.«
Sag ich: »Jetzt schon. Steig ein.«

Und der Toni war einer dieser Profis, von denen du …
Der Toni *war* ein Profi! Der war einfach von Haus aus ein Profi.
Das kommt vielleicht doch ein bisschen drauf an, wie man Professionalität definiert.

Der Toni musste nix spielen. Er war mein Goldwäscher. Auch wenn er das selbst noch nicht wusste. Aber ich hab's sofort gesehen.

Hatte der nicht auch so eine völlig wahnsinnige Waffe?
Ja, er hatte einen Colt mit einer Trommel, in die nur fünf Patronen passten und nicht sechs, wie üblich.

Tonis ganz spezielle Patronen waren nämlich daumendick. Drum mussten auch die Bohrungen in der Trommel entsprechend sein. Und so stand er von da an jeden Tag vor seiner Goldmine und die Kinder konnten bei ihm Gold aus dem Teich waschen. Wer ein paar Nuggets gefunden hatte, bekam ein bisschen echtes Blattgold auf einem kleinen Täfelchen. Eine schöne Sache und für die Kinder eine tolle Beschäftigung, manchmal sogar für mehrere Stunden. Doch eines Tages wollten dann die Kinder plötzlich nicht mehr Goldwaschen …

Erste Beschwerden der Eltern brachten uns dann darauf, dass es im Eingangsbereich der Mine etwas arg streng roch. Es stellte sich heraus, dass der Toni sich zum einen den Weg zur Toilette hinter dem Saloon sparen und zum anderen die Aufsichtspflicht über die Kinder nicht verletzen wollte.

Ach drum …

Ja, drum hat er dann gelegentlich die kleine Höhle unserer Goldgräberdekoration zweckentfremdet, um, sagen wir mal, Zeit zu sparen.

Daraufhin hast du zu ihm gesagt: »Weißt du was, Toni, vielleicht bist du auch ein ganz ein toller Parkplatzwächter.«

War er ja dann auch!

Darf ich das erzählen?

Gern.

KAPITEL 10:

Parkplatz-Django oder: I hob a System

VON TOMMY KRAPPWEIS

Also, man sollte dazu wissen, dass wir ein Signal hatten für den Fall, dass es irgendwo Ärger gab oder ein Notfall war. Wenn außerhalb der Shows zweimal in die Luft geschossen wurde, dann war für die Stuntleute klar: alles stehen und liegen lassen und sofort hin!

Oft genug war es auch wirklich notwendig und im wahrsten Sinne des Wortes auch höchste Eisenbahn – zum Beispiel wenn selbige mal wieder entgleist war. Aber das Signal ertönte natürlich auch des Öfteren während der berüchtigten Samstagabende, wenn es immer mal wieder irgendwo auf dem Gelände zum handfesten Austausch wechselseitiger Argumente kam.

Das war schon sehr sinnvoll. Aber wichtig war eben, dass alle das ernst nahmen und keiner nur aus Blödsinn herumballerte.

Das hat eigentlich gut geklappt, ich kann mich an keinen Fehlalarm erinnern.

Stimmt. Aber an ein paar Momente wie diesen da schon …

Nun, eher ungewöhnlich war es in der Tat, wenn das Signal schon um 9.00 Uhr morgens ertönte. Und dann auch noch aus Tonis

berüchtigtem Fünfschüsser, der klang wie eine Mischung aus Dirty Harrys .44er und einer abgesägten Schrotflinte! Der Toni schoss in schneller Reihenfolge seine ganze Trommel leer, irgendetwas Furchtbares musste passiert sein!
Sofort rannten alle Stuntleute noch halb in der Straßenkleidung zum Eingang und strömten auf den Parkplatz. Dort sahen wir noch, wie ein kleiner Fiat Punto mit quietschenden Reifen den Parkplatz verließ und auf der Straße Richtung Autobahn davonsauste.
Alle Blicke wandten sich zum Toni, der immer noch stumm dahin schaute, wo das kleine Auto hinter dem Gebäude des Baumarkts verschwunden war. Dann schließlich seufzte er, steckte seine Waffe weg und machte seiner Verwunderung Luft.

Aus dem nun folgenden Gemisch aus Dialekt und mangelhaftem Zahnaufkommen destillierte sich schnell Folgendes heraus: Des Rätsels Lösung war der Toni selbst. Er wollte seine Rolle als Parkplatzsheriff nämlich besonders ernst nehmen und hatte sich darum ein »System« überlegt, und das ging wie folgt.

Wenn die großen Reisebusse anrollten, sollten diese doch am besten ganz vorne direkt neben der Kasse parken können, damit die vielen Leute nicht so weit zu laufen hatten. Das bedeutete aber im Umkehrschluss, dass die normalen Pkws deutlich weiter weg von der Kasse zu parken hatten, denn es sollte ja genug Platz für die Busse zum Parken und Rangieren sein.
Bislang waren wir dienstags zwar von Reisebussen weitestgehend verschont geblieben, und es sah nicht danach aus, als würde sich das in den nächsten Jahren ändern, aber der Toni wollte eben ein System für *alle* Tage. Er war nun einmal der Parkplatzwächter, und ein bisschen eigene Gestaltungsmöglichkeit macht den Arbeitnehmer ja bekanntermaßen auch glücklicher.

Da diese arg technokratische Neuerung aber bislang nirgends beschildert oder sonstwie kenntlich gemacht worden war, musste der Toni vorübergehend jeden einzelnen Kraftfahrer von seinem System überzeugen. So auch diese Familie mit Kind, die nichtsahnend in ihrem Fiat Punto auf den Parkplatz eingebogen war und kurz vor Parköffnung einen vollkommen leeren Parkplatz vorgefunden hatte. Was sprach also dagegen, sich direkt neben das Kassenhäuschen am Eingang zu stellen? Nichts, außer Toni Nugget und sein System.

Als der Kleinwagen auf ihn zurollte, winkte der Toni erst ein bisschen, und die Familie winkte erfreut darüber, schon auf dem Parkplatz in Westernstimmung gebracht zu werden, zurück. Der Toni jedoch fühlte sich unverstanden und versuchte sich nun an diversen »Nein, hier nicht parken«-Gesten. Da es solche Gesten in der westlichen Kultur nicht wirklich gibt und das seltsame Gewedel vom Toni für den Vater am Steuer folglich wenig Sinn machte, schaute der zwar dem wunderlichen Mann gerne weiterhin bei seinen ausladenden Bewegungen zu, steuerte aber nach wie vor seinen avisierten perfekten Parkplatz an. Es war ja auch nirgends ein Verbotsschild, Flatterband oder sonst irgendein Anzeichen für Parkverbote zu sehen, warum also nicht?

Das hat der Toni anders gesehen …

Ja. Und wie.

Weil nämlich alles Gefuchtel nichts half, zückte er in seiner tonihaften Hilflosigkeit den Revolver of Doom und schoss auf das Auto! Dass es sich hierbei nur um Platzpatronen handelte, war insofern unerheblich, als dass auch die Druckwelle aus Tonis Kanone durchaus physische Auswirkungen haben konnte.

Da es sich außerdem um eine Schreckschusswaffe mit dichten Kammern und angeblich auch einem nachträglich geöffneten

Lauf handelte, sorgte der Feuerstoß an der Mündung auch während der Stuntshow immer wieder für ein großes »Hallo«.
Bei der Familie im Punto hingegen sorgte das unterarmlange Mündungsfeuer, gepaart mit dem Geräusch eines explodierenden Benzinkanisters, nicht für ein großes »Hallo«, sondern für ein schreckhaft verkürztes »Und Tschüss«. Mutter und Kind schrien panisch auf, der Vater riss das Steuer herum, drückte das Gaspedal durch den Boden, und schon schoss das kleine Auto davon, als wolle es die vermeintlichen Kugeln aus Tonis Revolver einholen. Zugleich bedeutete diese Episode auch das Ende von Tonis Parkplatzwächter-Karriere.

Stimmt ja nicht.

Nein?

Nein. Ich erzähl's dir.

Ich bin gespannt.

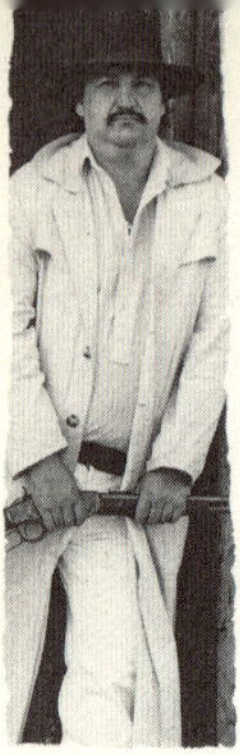

KAPITEL 11:

Fahrgeschäfte oder: Wenn die Grenzen verschwimmen

VON HEINZ BRÜNDL

Die Sache trug sich ein paar Tage nach Tonis Parksystem-Versuch zu. Noch durfte er diese Position ausfüllen, und darum war er direkt neben der Kasse postiert, wo er auch optisch einen guten Eindruck machte. Er war ja auch kein schlechter Kerl, aber man wusste halt nie so genau, wie »authentisch« er gerade drauf war.

Das hast du sehr schön ausgedrückt, Heinz.
Danke.

Ich kam gerade an die Kasse und wollte die Geldkassetten tauschen, als eine Frau mit Kind vor dem Toni stand, die irgendwas von »Freizeitpark« gelesen hatte und darum wissen wollte, welche Fahrgeschäfte wir hätten. Damit meinte sie eben Karussells, Achterbahnen und so was in der Art.
Bevor ich etwas antworten konnte, zückte der Toni seinen Colt, hielt ihn der Frau unter die bleiche Nase und nuschelte: »Fahrgeschäfte ham wir keine, aber a Fahrkarte ins Jenseits kannst haben.« Das war sogar mir dann eine Spur zu authentisch.

Erst aufgrund dieser zwei einschneidenden Erlebnisse mit dem Toni als Parkplatzfee entschlossen wir uns schließlich, ihm eine andere vertrauensvolle Aufgabe zu geben.

Genau. Du hast ihm gesagt, er möge doch bitte jeden Tag bei der Parade mit einer Schaufel auf dem Rücken einmal die Mainstreet rauf und runter laufen.
Richtig.
Das hat er aber ganz gut gemacht.
»Fehlerfrei«, möchte ich sagen.

Neben der Tatsache, dass der Toni innerhalb von No Name City wirklich sehr authentisch aussah, zeichnete er sich aber dadurch aus, dass er auch in der Privatzeit sehr authentisch aussah. Er hat sich ja nie umgezogen.
Der Toni sah morgens in der S-Bahn genauso aus, wie er auch tagsüber in No Name City herumlief, und er ist auch so wieder heimgefahren. Immer in diesem gefütterten Ledermantel mit dem Hilfssheriffstern drauf und darunter auch grundsätzlich den Fünfschüsser im Holster.

Auch im wirklichen Leben allzeit bereit.

Er hat ja auch den Hilfssheriffstern durchgehend getragen.

So was verpflichtet natürlich.

Und ich erinnere mich an eine schöne Situation, wo er mal sauber zu spät kam. Ich hatte ihn zur Rede gestellt, und er nuschelte in seinem unverwechselbaren Idiom durch den Bart: »Na ja, i hob den Sheriffs a Hilfestellung geben müssen.«
Damit meinte er aber nicht unsere Sheriffs, sondern die sogenannten Schwarzen Sheriffs, wie damals die S- und U-Bahn-Wache genannt wurde. Irgendwer war wohl schwarzgefahren und wollte abhauen. Oder der Toni dachte, der Typ würde abhauen wollen, genau weiß man es nicht. Auf jeden Fall hat er »den Kollegen

assistiert«, indem er dem Schwarzfahrer seinen Revolver unter die Nase gehalten hat. Die haben sich dann bedankt, indem sie ihn der Polizei übergeben haben.

Das hat der Toni nicht verstanden.
Nein, das hat er nicht verstanden.
Aus seiner Sicht war das ja total undankbar, dass sich keiner bei ihm für die Unterstützung bedankt hat.

Richtig, er war ja auch wirklich nett zu seinen Berufsgenossen, hat immer alle Polizisten, Sicherheitsleute oder anderen Personen in Uniform gegrüßt mit lässigem Finger an der Hutkrempe und einem jovialen »Hallo, Kollege«.
Und als er dann nicht nur gegrüßt, sondern eben auch aktiv ausgeholfen hatte, musste er zum Dank auf die Polizeiwache und stundenlang erklären. An diesem Tag kam er erst am frühen Nachmittag. So lange hatte er gebraucht, allen zu erklären, dass er wirklich »Goldgräber« ist. Heutzutage tät er vielleicht gar nicht mehr kommen, weil das SEK sofort alles abgeriegelt, den Bahnsteig gestürmt und ihn umgelegt hätte.

Der Toni hätte ihnen einen Gunfight geliefert, den sie nie vergessen hätten.
Um Gottes willen ...

Es ist schon verrückt ... Auf der einen Seite sind zwanzig Jahre ja gar nicht so arg lang, dennoch ist es unglaublich, was sich alles verändert hat. Vieles wäre heute gar nicht mehr möglich.

Weißt du, Heinz, das ist manchmal schon ein bisschen schade, aber manchmal auch ein kleines bisschen gut.
Na ja, wie man's sieht ...

KAPITEL 12:

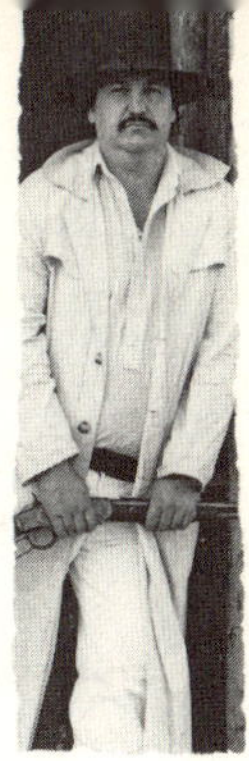

Der innere Film oder: Eine Stadt voller Djangos

VON HEINZ BRÜNDL

In unserer Westernstadt herrschte diese ganz besondere, sehr authentische Atmosphäre, die den Leuten das Gefühl gab, sich tatsächlich im Wilden Westen zu befinden. Ich sag immer: No Name City aktivierte bei den Leuten innere Filme.

Auch beim Personal.

Ja, und wie. Aber ihr habt euch ja dann irgendwann …

… dran gewöhnt? Eher hineingesteigert.

Da ist was dran.

Insgesamt war natürlich hilfreich, dass viele der Besucher in einem entsprechenden Outfit kamen. Bei einigen ging die Authentizität sogar so weit, dass sie ständig einen Sattel durch die Gegend schleppten und sich alle paar Minuten Staub ins Gesicht warfen.
Und wie das eben so war in Europas authentischster Westernstadt – wenn dann dazu auch was besonders Authentisches getrunken wurde, kam es natürlich auch mal zu besonders authentischen Schlägereien.

Einmal wurde ich mal wieder gerufen, weil drei Männer in der Mexican Cantina Ärger machten. Was genau, weiß ich nicht mehr, aber als ich sie sah, war mir schon klar, dass sie sich vermutlich nicht über zu wenig Zucker im Tee beschwert hatten. Die drei hatten allerdings mitbekommen, dass man mich gerufen hatte, und erwarteten mich schon mitten auf der Mainstreet. Eine Szene wie in einem Spaghetti-Western …

Kannst du das näher beschreiben, bitte?
Na ja, ich versuch's.

Also, es war schon Abend und aus der Cantina hörte man leise die Musik der Mariachi-Band. Es waren kaum mehr Leute auf der Straße, die meisten waren im Saloon, und die Stimmung war schon irgendwie … na ja … toll. Genau so, wie man sich das eben vorstellt für so ein Shootout.

Ein Shootout?
Na ja, ein Duell halt. Aber ohne Waffen natürlich.

Ich hatte ja nie einen Revolver, um das verabredete Signal für Probleme zu geben. Als Geschäftsführer hätte das schon ein wenig seltsam gewirkt. So stand ich jetzt also ganz alleine vor diesen zugegebenermaßen ziemlich wild und entschlossen aussehenden Typen in ihren langen, mutwillig verdreckten Staubmänteln.
Eins war klar: Der innere Film dieser drei Djangos lief gerade in voller Lautstärke, und Sergio Leone führte die Regie. Von dem linken sah ich die Augen gar nicht, weil der Hut so tief in die Stirn gezogen war und der mittlere kaute auf einem kalten Zigarillo. Doch was mir gar nicht passte: Der Django ganz rechts spuckte doch glatt aus dem Mundwinkel einen dicken Strahl Kautabak auf die Straße.

Auf deine Straße.
Auf meine Straße.
Und das mochtest du ja gar nicht.
Nein, das mochte ich überhaupt nicht.

Es wäre wirklich besser gewesen, wenn er das nicht getan hätte. Denn wenn es eins gab, was mich immer wieder in drei Sekunden von null auf hundertachtzig beschleunigte, dann waren es Wildbiesler, Spucker oder sonstige Verunreiniger meiner gehegten und gepflegten Mainstreet! Jeden Tag kratzte das gesamte Team seinen jeweiligen Teil der Straße sauber, sammelte Kaugummis, Zigarettenstummel und anderen Müll ein, um sich dann mehrfach täglich an dieser Stelle für die Zuschauer in den Sand zu schmeißen, wo Deppen wie er am Vorabend noch ihren Kautabaksud reingespuckt hatten. Ganz abgesehen davon, dass dies ein Park für die ganze Familie war und nicht nur für betrunkene Randalierer, die meinten, mit der Eintrittskarte das Recht erworben zu haben, sich danebenzubenehmen!

Du wirst ja wieder richtig sauer.
Da kann ich mich heut noch drüber aufregen!
Merkt man.

Mein innerer Filmprojektor lief ratternd los und projizierte »Spiel mir das Lied vom Tod« in mein Hirn. Ab sofort sah ich die drei in meinem Kopf in Zeitlupe auf mich zugehen. In meinem Kopf dudelte schrill eine Mundharmonika.
Trotzdem riss ich mich zusammen. Es kostete mich wirklich viel Energie und Überwindung, aber als wir nur noch ein paar Meter voneinander entfernt waren, sprach ich betont ruhig: »Guten Tag, ich bin hier der Geschäftsführer. Dürfte ich bitte erfahren, was gerade in der Cantina los war?«

Die drei waren nicht stehen geblieben, und als sie nur noch einen halben Meter entfernt waren, holte der Kautabak-Django doch tatsächlich zu einem Schlag aus! Ich »zog« schneller.

Und traf.

Der Typ fiel wortlos rückwärts um, als hätte ihn der Blitz gestreift, die beiden anderen drehten sich in identischem Tempo einfach auf der Ferse um und gingen ebenso zügig in entgegengesetzte Richtungen davon. Kehrt, Marsch, Schwenk. Weg waren sie.

Wenn ich den ersten nicht gleich so, na ja, perfekt getroffen hätte, dann hätten die mich zu dritt natürlich komplett zerlegt. Sie hätten mich bloß umrunden müssen, und ich wäre chancenlos gewesen. Aber so hatte ich ihren inneren Film wohl recht abrupt ausgeschaltet – mit meiner Faust.

Und das Gesicht vom Kautabak-Django war dann wohl die Fernbedienung.

Ja, hab ich Glück gehabt, dass ich genau den erwischt hab.

KAPITEL 13:

Die fast tödliche Schwingtür oder: Beiß auf dieses Holz …

VON TOMMY KRAPPWEIS

Wie bereits erwähnt, war ich in der No-Name-City-Saloonshow »Miss Annie Oakley, die wunderbare Scharfschützin«. Ich möchte diese Nummer im Folgenden noch einmal etwas eingehender beschreiben, damit sich das Nachfolgende erschließt.
Ich war noch nie besonders wild darauf, Frauenkleider zu tragen, egal ob vor der Kamera oder auf der Bühne. Da ich aber einen Bart trug und mich auch nicht wie eine Frau verhalten musste, sondern vielmehr wie ein unfreiwillig verkleideter Depp, war das den Umständen entsprechend auszuhalten.
Heinz Bründl hatte die Grundidee zu der Nummer gehabt und auch gleich ein Kleid schneidern lassen, das er mir dann zusammen mit der Idee als einen unausweichlichen Fakt in meinem kommenden Arbeitsleben präsentierte. Buffalo Bill, kongenial verkörpert von Stuntman Cyrus Thibeault, sollte seine größte Attraktion – Annie Oakley – ankündigen und daraufhin feststellen, dass diese seit hundert Jahren tot sei. Dass das auch auf Buffalo Bill selbst mehr als zutraf, wurde an dieser Stelle effektvoll ignoriert.

Ich wurde dann als scheinbar willkürlich ausgewählter Ersatz vermittels eines vorgehaltenen Revolvers dazu überredet, das Kleid anzuziehen. Buffalo Bill drückte mir Gewehr und Handspiegel in die Hände, und ich sollte mit dem Rücken zum Ziel drei Ballons am anderen Ende der Bühne abschießen.

Die war gar nicht so schlecht, die Nummer.

Ja, nur der Whiskey und die Zigarren …

Der Whiskey war doch nur Cola-Mix.

Außer, irgendwer von den Kollegen wollte mal wieder sehen, wie ich mir auf der Bühne das Kotzen verkneife. Dazu täglich zwei grausige Zigarren für den achtzehnjährigen Nichtraucher-Bub.

Die Zigarren waren halt schon ein bisschen älter.

Ich hoffe, nicht aus deinem Cowboy-und-Indianer-Museum?

Die mussten eben günstig hergehen, weil du ja so einen enormen Verschleiß hattest. Pro Tag zwei Havannas wär nicht im Budget gewesen.

Der Höhepunkt der Nummer erwuchs aus meinem Versuch, eine bessere Schussposition zu finden. Diese fand ich dann natürlich ausgerechnet auf dem vordersten Tisch im Publikum. Ich selbst hasse es, als Zuschauer Teil einer Nummer zu sein, und man findet mich bei Aufführungen jeglicher Art niemals an vorderster Front. Die bemitleidenswerten Personen, deren Tisch ich dräuenden Auges fokussierte, hatten wirklich jedes Mal alle Hände voll zu tun, mir eiligst den Weg frei zu räumen. Denn schon wenige Sekunden später stiefelte ich zwischen deren Speis und Trank hindurch, um mich mit dem anderen Fuß an der Wand abzustützen. Da exakt dort aber keine Wand war, sondern der Eingang zum nicht beleuchteten Gambling Room und Schwingtüren sich vor allem dadurch auszeichnen, dass sie nur die untere Hälfte des Durchgangs verschließen, war oben genug Platz, um über die Schwingtüre hinweg ungebremst vom Tisch aus hinunter in den Nebenraum zu stürzen.

Von den Zigarren, dem Whiskeyersatz, dem Sturz und dem Stuhlhaufen, den ich für die Geräuschkulisse umzutreten hatte, mal abgesehen, war es keine sonderlich schwierige Nummer. Der Teufel steckte hier im Detail – und zwar in einem solch winzigen Detail, dass ich es die ersten Tage gar nicht bemerkte.

Erst Anfang der zweiten Woche in No Name City spürte ich etwas an meiner Wade. Ich hatte mich offenbar irgendwo aufgekratzt. Nun, das konnte immer mal irgendwie passieren in diesem Job, und ich schenkte dem keine weitere Beachtung.

Nach wenigen Tagen bemerkte ich allerdings, dass dieser kleine Kratzer nicht etwa verheilt war, sondern sich vielmehr vergrößert hatte. Ich beschloss, darauf zu achten, um herauszufinden, von wo diese mysteriöse Verletzung herrührte, vergaß es aber dann leider sofort wieder.

Als ich dann während der letzten Saloonshow dieses Tages abermals gemäß der Annie-Oakley-Nummer über die Schwingtür in den Gambling Room stürzte, erinnerte ich mich sofort wieder. Denn nun hatte ich deutlich gespürt, was die Ursache für den seltsamen Kratzer sein musste: Die Schwingtür, über die ich mein Bein streckte, bevor ich darüber hinweg stürzte, war aus Holz. Und oben auf dem höchsten Buckel des linken Türflügels stand eine Art Spreißel heraus. Der hatte seit vielen Tagen immer und immer wieder an der gleichen Stelle diesen Kratzer vertieft und verbreitert, bis er nun aus meinem gesamttäglichen Schmerzkonzert nicht mehr wegzudenken war.

Noch während ich auf der Sturzmatte landete und mit dem anderen Bein den Stuhlhaufen umtrat, beschloss ich, diese verdammte Türe nachher einfach abzuhobeln. Dann rappelte ich mich auf, kletterte so schnell wie möglich wieder aus der Tür, um zum Schlussapplaus ohne Kleid auf der Bühne stehen zu können, und vergaß mein drängendes Vorhaben innerhalb weniger Sekunden.

Schon am nächsten Tag wurde ich natürlich hoch wirksam an den Türspreißel erinnert, als der sich nämlich abermals entlang meiner Wade ins Fleisch ritzte. Fluchend landete ich auf der Matte, trat, wütend über mich selbst, etwas zu heftig in den Stuhlhaufen und bereute sofort zwei Dinge: zum einen meine Vergesslichkeit und zum anderen den etwas zu heftigen Tritt.
Ich schaffte es gerade noch so, mich unter den fallenden Stühlen zusammenzurollen und das Gesicht zu schützen. Dann prasselten die Sitzmöbel auf mich hernieder und schlugen mir jegliche Gedanken an hervorstehende Holzsplitterchen polternd aus dem Kopf.

Als sich das verfluchte Hölzchen aber am Nachmittag bei der zweiten Show schon wieder schmerzhaft in meine Wade bohrte, schwor ich mir halblaut fluchend, dass ich es diesmal nicht vergessen würde! Den ganzen Schlussapplaus über dachte ich an nichts anders und behielt die ganze Zeit über die elende Schwingtür neben der Bühne im Blick, die mich mit ihrem schwarzen Türloch müde angähnte, als würde sie sagen: »Vergiss mich.«
Diesmal lag die Tür allerdings nur teilweise richtig, denn ich erinnerte mich tatsächlich zum ersten Mal noch vor der ersten Show am nächsten Tag an sie. Und zwar, als ich am nächsten Morgen meine lederne Stunthose anziehen wollte und feststellte, dass mein Unterschenkel sichtbar geschwollen war. Erschrocken stellte ich mich vor den Spiegel in der Garderobe, und trotz des dämmerig-staubigen Lichts erschrak ich gleich noch einmal, als ich meine Wade im Spiegelbild erblickte: Eine gelbliche, nässende Wunde von der Größe eines Handballens leuchtete mich hämisch an. Von dort aus war außerdem ein dunkelroter Striemen das Bein entlang nach oben gewandert und schien keinerlei Anstalten zu machen, auf seinem Weg Richtung Herz so etwas wie eine Pause einlegen zu wollen.

Ich hatte mir also eine recht umfassende Blutvergiftung erstürzt, die Wunde heilte nicht mehr zu, es hatte sich eine stattliche Eiterblase gesammelt, und ich musste etwas tun. Jetzt. Mein erster Weg führte mich ins Sheriff's Office zum Sani-Peter.

Stimmt, der Sani-Peter. Der war bei der Bundeswehr Sanitäter gewesen.

Weißt du was? Ich begreif's wirklich erst jetzt!

Was denn?

Na, mir fällt jetzt erst das Wortspiel auf: »Sani-Peter / Sanitäter«! War das von dir? Verdammt, und ich brauch zwanzig Jahre, bis ich es raffe, ich glaub's nicht.

Wortspiel? Welches Wortspiel?

Ach … nix.

Der Sani-Peter war nicht nur ein saunetter Kerl, sondern eben oft auch eine große Hilfe, wenn es darum ging, etwas so zu verarzten, dass es zumindest bis zum Eintreffen des Krankenwagens nicht die gesamte Mainstreet besudelte.

In diesem Fall nickte er mir nur beruhigend zu. Das sei überhaupt kein Problem, ich müsse mir keine Sorgen machen. Diffuse Erinnerungen an die Campingurlaube mit meinem Vater schrien irgendwo in meinem Unterbewusstsein danach, von mir richtig gedeutet zu werden. Es drohte Gefahr. Aber ich kombinierte den damaligen Wildcamper-Wahnsinn mit seinen Feuerquallen, Seeigeln, Gasexplosionen und anderen lebensgefährlichen Momenten nicht mit dieser Situation. Darüber, ob das gut oder schlecht war, dürfen Sie jetzt gleich selbst urteilen. Der Sani-Peter wies mich an, ich solle schon mal im Sheriff's Office die Hose hochrollen, er müsse nur noch schnell etwas besorgen.

In der Annahme, dass er sich nun um so etwas wie Jod und Verbandsmaterial bemühen würde, rollte ich mit einiger Mühe die

Hose über das geschwollene Bein und setzte mich artig auf den wackeligen Stuhl zwischen Gefängniszelle und Ofen, um auf seine Rückkehr zu warten.

Wenig später betrat der Sani-Peter den halbdunklen Raum. Hinter ihm duckte sich eine weitere, hochgewachsene Person durch die niedrige Türe und sah mich undurchdringlich an: Es war einer meiner liebsten und talentiertesten Kollegen mit dem Namen Robert Böhnlein, in No Name City höchst adäquat nur Long John genannt. Nebenbei bemerkt, erfuhr ich seinen richtigen Namen erst Jahre später durch Zufall, als er irgendwas unterschreiben musste und ich daneben stand. Bis dahin war er für mich einfach immer Long John gewesen, und irgendwie ist er das heute noch.

Long Johns Blick erklärte sich auch recht schnell, denn er kniete sich wortlos neben mich und holte ein Bowiemesser heraus.

»Wollt ihr mir jetzt den Haxn amputieren?«, witzelte ich noch, verstummte aber sofort, als der Sani-Peter eine Flasche Tequila zückte und dessen hochprozentigen Inhalt über das Messer laufen ließ. Long John öffnete die Ofenklappe und hielt das Messer hinein. Der Alkohol fing sofort Feuer und tanzte über die blitzende Schneide des Messers.

»Da«, sagte der Sani-Peter dann und hielt mir ein daumendickes Stück Holz entgegen. Seltsamerweise verstand ich sofort, was er meinte. Schweigend fischte ich mir aber zuerst die Tequila-Flasche aus seiner Hand, nahm einen mehrzügigen Schluck daraus und gab sie ihm wieder zurück. Dann erst nahm ich das Holz zur Hand und schob es mir quer zwischen die Zähne.

Was nun geschah, konnte ich selbst nicht sehen, da ich knien musste, damit der Sani-Peter meinen Unterschenkel bearbeiten konnte. Long John beschreibt die ganze Prozedur aber bis heute immer wieder gerne an diversen Lagerfeuern, und ich durfte einige Male dabei sein, damit er jemanden hatte, auf den er lachend zeigen konnte. Da er später sowohl als Darsteller als auch als

Feuerwerker für unsere Produktion »Bernd das Brot« beschäftigt war, gab es immer wieder Gelegenheiten, diese Geschichte zum Besten zu geben, um damit beim restlichen Team folgendes Bild im wahrsten Sinne des Wortes einzubrennen:
Ihr Regisseur Tommy K. kniet mit einem Holz in der Fresse vor einem Ofen, während ihm ein Hilfssheriff namens Sani-Peter mit einem heißen Messer jede Menge Eiter aus dem Schenkel schabt. Die unterdrückten Gurgellaute des Herrn K. ignorierend, wird daraufhin das Ganze mit Tequila aufgefüllt, der – vermutlich des Effekts wegen – kurz angezündet und flugs unter einem Tuch erstickt wird, bevor er mehr in Brand setzt als die umliegende Beinbehaarung.

So war das halt im Wilden Westen.
Ja, aber wir waren eigentlich in einem Freizeitpark.
»Europas authentischste Westernstadt« bitte. Gibt's da ein Foto von der Operation?
Nein, aber eine Narbe.
Ist doch eine wirkungsvolle Erinnerung an eine schöne Zeit.
Siehst du, wie ich nicht lache?
Ja, haha!

Das Nächste, was ich spürte, war etwas seltsam Sähmig-Zähes, das abermals mit dem Messer auf die Wunde aufgetragen wurde. Long John klärte mich später auf, dass es sich um sogenannte Pferde-Zugsalbe handelte: Ein teerartiger, rabenschwarzer Bampf, den man gemäß dem Namen bei Pferden benützt, wenn sie sogenannte Drusen, Abszesse oder andere Entzündungen haben. Das Ganze ist erwiesenermaßen recht effektiv und schmettert sich wohl recht vehement in den Organismus, denn es kommt bei Nutztieren gerne mal zu »Geschmacksveränderung von Fleisch und/oder Milch«.

Ja, das kann ich als ehemaliger Metzger bestätigen.

Danke, dass du mich nicht notgeschlachtet hast.

Hättst eh nach Zugsalbe geschmeckt.

Mein Glück.

Die Blutvergiftung war von der Operation insgesamt wohl noch geschockter als ich, denn sie zog sich schneller zurück als die Indianer bei Erklingen der Kavallerie-Trompeten. Innerhalb kürzester Zeit war die Schwellung zurückgegangen, der gruselige rote Strich verschwunden, und die Verletzung heilte anstandslos ab.

Heute kann ich drei Dinge sagen: Erstens hatten der Sani-Peter und der Long John wirklich ganze Arbeit geleistet und mich perfekt verarztet. Zweitens ist es ein ganz besonderes Erlebnis, eine Stuntshow zu absolvieren, wenn man eine viertel Flasche Tequila in der Birne (und ebenso viel im Bein) hat.

Und drittens hilft dem Gedächtnis nichts so gut auf die Sprünge wie die Erinnerung an ein heißes Messer im Unterschenkel. Jedes Mal, wenn ich mich an irgendetwas so richtig dringend erinnern muss, kanalisiere ich kurz diesen Moment in meiner Vergangenheit, spüre noch einmal die Spreißel von dem Holzstück an meiner alkoholschweren Zunge und verbinde dann diese eindringlich stechenden Schmerzen mit dem, an was ich mich erinnern muss.

Ganz so, wie mich damals mein erster, humpelnder Weg in die Werkstatt führte, um dort *endlich* einen Hobel und Schleifpapier zu besorgen, kann ich heute sagen, dass ich dank dieser Erfahrung nie wieder etwas potenziell Lebensbedrohliches vergessen habe.

Allerdings ist dir so was auch nie wieder passiert.

Da hast du auch wieder recht.

War schon irgendwie eine tolle Zeit.

Ja, irgendwie.

KAPITEL 14:

Ein Haufen Originale oder: 420 Pfund Authentizität

VON HEINZ BRÜNDL UND TOMMY KRAPPWEIS

Also, Heinz, man könnte fast meinen, du hättest Menschen genauso gesammelt wie deine Indianersachen.
Ja, zumindest hat sich das so angefühlt.

Ich wollte ja meine Westernstadt mit passenden Cowboys, Indianern, Saloongirls, Totengräbern und all den anderen Figuren auffüllen, die man an so einem Ort eigentlich erwartet.
Unser Sheriff zum Beispiel war 420 Pfund schwer. Er hieß eigentlich Willi Doss, aber alle in No Name City kannten ihn als Willie Roy Bean, benannt nach dem berühmten Saloonbesitzer und selbsternannten Friedensrichter Judge Roy Bean. Leider ist Willi später, lang nach No Name City, im Krankenhaus gestorben. Er hatte einmal sehr erfolgreich abgenommen, dann aber leider wieder zugenommen, und soweit ich weiß, hat sein Herz den nochmaligen Versuch, die Pfunde wieder loszuwerden, nicht mehr mitgemacht.

Ich hab ihn bei seiner ersten Kur besucht. Es war unglaublich, was er geschafft hatte. Erkannt hab ich ihn natürlich sofort, aber er sah trotzdem ganz anders aus. Während ich bei ihm war, hat er tatsächlich ein Schwarzbrot mit Salatblättchen gegessen. Das hab ich während der ganzen Zeit in No Name City kein einziges Mal erlebt.

Gab's ja auch nicht bei uns.

Nein, das hätte auch nicht so gut in die »Cantina« zwischen die Burger und Pommes gepasst.

Ach, da fällt mir auch noch was dazu ein. Erinnere mich bitte später dran.

Das mach ich, obwohl ich Angst davor hab.

Warum?

Weil wir als Personal auch da gegessen haben.

Also, in jedem Fall war unser Willi derjenige, den die Stammgäste immer als Ersten und am allerherzlichsten begrüßten, wenn sie No Name City betraten. Er war beliebt und ein wirklich herzensguter Mensch. Er wohnte auch auf dem Gelände in einem kleinen Wohnwagen hinter der Hudson's Bay. Da er mit seinem Umfang viel zu voluminös war für unsere Personaldusche und das Duschen alleine auch nur schwer bewerkstelligen konnte, half ihm eines unserer Saloongirls dabei, indem sie ihn im Freien immer mit einem Gartenschlauch abspritzte.

Weißt du eigentlich, was der Willi für ein Hobby hatte?

Na ja, er hat Gitarre gespielt und gesungen …

Ja, das auch. Aber er hatte in seinem kleinen Wohnwagen außerdem einen alten Computer: Einen C64 mit Datasettenlaufwerk und Nadeldrucker. Das war damals schon ein Oldie.

Das wusste ich gar nicht. Was hat er denn da gemacht?

So genau weiß ich das auch nicht, denn es gab ja noch kein Internet.

Solang er das Ding nicht im Sheriff's Office aufgebaut hat …

Zumindest nicht so, dass du es gesehen hättest.

Aha.

Der Willi war auch einer der vergleichsweise wenigen, die ihre Rolle zwar perfekt und mit Hingabe verkörperten, aber trotzdem den Bezug zur Realität nicht verloren hatten. Der Sheriff und Friedensrichter war für ihn eine Mischung aus Rolle und Bestimmung, aber er war sich völlig darüber im Klaren, dass er keine echten Verhaftungen und Verurteilungen ausüben durfte.

Auch keine Lynchmobs.
Auch keine Lynchmobs.

Wenn ich so drüber nachdenke, hatten wir eigentlich doch mehrere Mitarbeiter, die das Ganze eher professionell sahen. Mehmet Aralli zum Beispiel war ein hundertprozentiger Showprofi und zudem kleinwüchsig. Bei uns trug er den passenden Namen Rattlesnake Joe, und zusammen mit Sheriff Willie Roy Bean war er ein Gespann, wie man es nur aus den Lucky-Luke-Comics kennt. Der kleine Mehmet neben dem gigantischen Willi war natürlich eins der beliebtesten Fotomotive in No Name City.

Das hat super ausgesehen. Auf die beiden war ich echt stolz.
Zu Recht. Gibt's da nicht so eine Geschichte mit einem Holster …
Ach, hör doch auf.
Ein Holster für Willi in der Größe von Mehmet, damit er da seinen Kopf rausstrecken kann und …
Das erzählen wir jetzt bitte nicht.
Aber wir erzählen es noch.
Aber nicht jetzt.
Na gut.

Ein anderer richtiger Profi war der Peter »Pierre« Bento. Auch er ist leider 2008 verstorben. Er entstammte einer berühmten Zirkusfamilie und konnte schon damals auf ein sehr bewegtes Leben zurückschauen. Sein Vater Peter Bento senior und dessen Familie wurden während der Nazizeit von Adolf Althoff, dem berühmten Zirkusmann, gerettet, indem er sie bei sich im Zirkus versteckte. Althoff wurde dafür vom Staat Israel in den sogenannten Kreis der Gerechten aufgenommen. Wer mehr drüber wissen will, dem empfehle ich das berühmte Buch *Der Clown und die Zirkusreiterin* nach den Erinnerungen von Bentos Frau Irene.

Peter Bento junior war Teil der berühmten Clownformation »Bento und Co.«, allerdings war er angeblich nie so glücklich als Weißclown. Er hat oft erzählt, dass er aus Krankheitsgründen ein paar Mal den August spielen musste – oder durfte – und dass die Leute dabei viel, viel mehr gelacht hätten als sonst, ohne wirklich den Unterschied zu bemerken. Allerdings war Peter auch ein Allrounder. Er konnte reiten, schießen, Lasso werfen und jonglieren, hatte am Hochseil gearbeitet und andere athletische Nummern gemacht. Drum hatte er eine Figur wie ein »V« – mit schmaler Hüfte und einem breiten, durchtrainierten Kreuz. Außerdem achtete er sehr auf sein Äußeres.

Das ist bei allem Respekt sehr vorsichtig ausgedrückt.

Ja, er hat sich immer sein Haar onduliert.

Also Locken reingedreht?

Genau, und er war der Einzige, dem ich erlaubt habe, dass sein Outfit nicht hundertprozentig authentisch ist.

Aha?

Das war Bedingung für ihn, und irgendwie war er dadurch halt dann doch wieder sehr authentisch.

Ich geb's ja zu: Genau genommen war sein Kostüm schon ziemlich weit weg vom historischen Wilden Westen. Er hatte eine Rüschenbluse an, die bis knapp über dem Bauchnabel aufgeknöpft war, eine enge Röhrenhose, in der man sein Gemächt nicht gerade erahnen musste, und er hat vor allem sein Schlangenleder-Revolverholster so unauthentisch tief getragen, wie sonst nur die schlimmsten Hollywood-Cowboys.

Aber er war als »Marshall« eine eindrucksvolle Gesamterscheinung und in sich total stimmig.

Da kann ich nicht widersprechen.

Ein Vollprofi und sehr zuverlässig außerdem.

Das stimmt. Ich glaub, der war auch keinen Tag krank.

Und wenn, wäre er trotzdem da gewesen, und man hätte ihm nichts angesehen.

Peter Bento arbeitete als alter Hase natürlich mit allen Tricks, um als County Marshall immer und überall die Oberhand zu behalten. Zum Beispiel zog er wirklich verdammt schnell seinen Colt und schoss in einer fließenden Bewegung, wenn er im Finale der Stuntshow im Duell gegen Long John und dich antrat. Allerdings hatte er auch immer bereits den Hahn seines Revolvers gespannt.

Alle anderen taten das nicht, und das aus gutem Grund, denn auch wenn es sich um Platzpatronen handelte, wollte man auf keinen Fall, dass der Schuss direkt im Holster an der Wade losging. Erstens sah es saudumm aus, wenn der Schuss offensichtlich in den Boden ging und zehn Meter weiter ein Bankräuber umfiel. Zweitens tat das unter Umständen saumäßig weh, denn der Feuerstrahl aus dem Lauf war aus nächster Nähe auch verdammt gefährlich. An die Schläfe oder ans Ohr gehalten, konnte man sich damit lebensgefährlich verletzen.

Außerdem war Peter Bentos Waffe so modifiziert, dass die Mechanik extrem leichtgängig war. Das sogenannte Fächern, also das Schießen, indem man mit der anderen, flachen Hand hinten wiederholt auf den Hahn schlägt, war so natürlich umso eindrucksvoller. Dafür löste der Colt im gespannten Zustand aber auch schon aus, wenn man gegen den Abzug hustete.

Mindestens einmal die Woche fielen so immer mal wieder Bankräuber durch erstaunliche Querschläger aus den Latschen, die irgendwie aus dem Sand abgeprallt und dann auf magische Art und Weise doch ihr Ziel gefunden hatten. Der Feuerstoß brannte sich dabei des Öfteren direkt durch die Hose des Marshalls in seine Wade.

Ganz ehrlich, wir konnten uns oft ein Grinsen nicht verkneifen, wenn er am Nachmittag vor dem Sheriff's Office auf der Bank saß und dabei wieder eine seiner Röhrenhosen stopfte.
Er hat sich aber auch da nie beschwert, das Loch einfach wieder zugenäht, und am Nachmittag stand er wieder mit gespanntem Hahn im Duell.
Er hätt' sich wie der Jim Knopf einfach einen Knopf an das Loch nähen sollen, damit er es einfach wieder hätte zumachen können.

Eine andere tolle Nummer von ihm war der Schuss über die Schulter in unserer wöchentlichen Parade. Da führte er in echt vor, was der Tommy in der Saloonshow nur mit Tricks hinbekommen hat. Unter den Ballons, die Tommy treffen sollte, waren nämlich kleine Zündpillen versteckt, die der Volker hinter der Bühne auslöste.

Hättest du allerdings das Gewehr vom Peter Bento gehabt, dann hättest du auch problemlos getroffen.

Was? Wieso das?

Erinnerst du dich dran, dass du für seinen Meisterschuss immer die Ballons oben auf dem Dach vom Hotel befestigen solltest?

Wie könnt ich das vergessen. Das war sauhoch oben, und das Dach war wirklich nicht dafür gebaut, dass man daran hochklettert.

Was haben wir dir da immer und immer wieder gesagt?

Warte ... Ach ja, dass ich sofort wieder runterkommen soll und nicht oben bleiben, wenn der Peter schießt? Jedes Mal musste ich mir das anhören.

Genau.

Ich hab mir immer gedacht, was soll der Blödsinn. Der schießt doch nicht auf mich, sondern auf die Ballons, und wenn ich grad am Runterklettern bin, dann sind die doch mehrere Meter von mir entfernt. Der hätt mich doch niemals getroffen.

Hör zu.

O Gott ...

Genau genommen war das Geheimnis nicht das Gewehr, sondern die verwendete Munition. Unser Marshall schoss mit sogenanntem Vogelschrot, also einer Munition die aus vielen kleinen Kügelchen besteht, die sich natürlich immer mehr ausbreiten, je weiter sie fliegen. Zusätzlich dazu sind diese kleinen Kügelchen auch noch extrem heiß, wenn sie abgeschossen werden, und es genügt schon, wenn eins davon nah genug an einem Ballon vorbeifliegt, dass dieser sofort zerplatzt. Anders gesagt, musste Peter Bento junior also nur in die richtige Himmelsrichtung und ein bisschen nach oben zielen, und der Rest erledigte sich von selbst.

Wenn er da rückwärts auf dem Pferd saß, das Gewehr über der Schulter und den Taschenspiegel vor sich, sah das natürlich toll aus, und die Leute waren immer begeistert von seinen Schießkünsten. Dass er auch, ohne überhaupt hinzusehen, genauso gut getroffen hätte, wusste keiner.

Dafür weiß ich jetzt, warum ich so schnell vom Dach verschwinden musste. Weil unser Marshall mich im Umkreis von mehreren Metern mit Vogelschrot perforiert hätte.

Ist ja immer alles gutgegangen.

Warum habt ihr mir das nicht gesagt?

Ein Zauberer verrät auch nie seine Tricks.

Ist das auch so bei Marshalls und Ex-Weißclowns?

Alte Zirkusregel, kann man nix machen.

Er hat mir aber wirklich viel beigebracht, ich bin ihm bis heute dankbar.

Das habt ihr ihm dann mit euren bösartigen Streichen heimgezahlt.

Moment mal, daran war ich nie beteiligt!

Einmal habt ihr ihm Graphit in seine Schlangenlederstiefel gekippt.

Was heißt da »ihr«? Das waren der Frankie und der Mehmet!

Aber du hast es auch nicht verhindert.

Ich kann mich erinnern, dass du am lautesten gelacht hast, weil seine Füße dann wochenlang …

… ausgesehen haben wie die von einem Schwarzfußindianer, ja. Und habt ihr nicht auch mal Honig in sein Haarspray gefüllt?

Schon wieder »ihr«! Ich war vollkommen unbeteiligt! Allerdings war es schon ein bisschen sehr lustig, als er dann mit mir in der Show zum Duell antrat und um seinen Kopf

lauter Bienen herumsummten. Er hat aber auch da todernst seine Nummer durchgezogen.

Und dabei dauernd mit den Händen gewedelt.

Ja, aber das hat er ganz geschickt in seine Nummer eingebaut. An dem Tag war der County Marshall von No Name City eben italienischer Abstammung.

Er konnte aber genauso gut austeilen …

Wenn wir jetzt zu den Streichen kommen, starten wir lieber ein neues Kapitel.

KAPITEL 15:

»Gullugullugullu« oder: Ein Jedi im Schrank

VON TOMMY KRAPPWEIS

Die Garderobe, in der ich mich jeden Tag mehrfach umzog, teilte ich mir mit Marshall Peter Bento, Hilfssheriff Rattlesnake Joe, Long John, dem Indianer Hunting Wolf und Cyrus Thibeault.

Hunting Wolf wurde von uns allen »Nello« genannt, denn das war, soweit wir unterrichtet waren, sein wirklicher Name. Er hatte einen durchtrainierten Adoniskörper, ein tolles Gesicht mit hohen Wangenknochen, ausgeprägter Adlernase und einem stechenden Blick, mit dem er die Frauen reihenweise an die Wand nagelte. Wände waren in No Name City genug vorhanden, und auch zum Nageln fand sich die ein oder andere günstige Gelegenheit, doch dazu später mehr.

Das will ich eigentlich gar nicht wissen.
Ich sag dir dann, was du überblättern musst.

Der Stuntman Cyrus war ein Amerikaner, der ebenfalls eine großartige Erscheinung als Cowboy wie auch in der Maske als Buffalo Bill war. Wenn er vor dem Saloon neben der Schwingtüre lehnte und die Damen mit einem coolen Tipp an die Hutkrempe grüßte, entwich schon mal der ein oder andere sehnsuchtsvolle Seufzer.

Leider litt Cyrus unter quälenden Rückenschmerzen, die er sich vermutlich durch jahrzehntelange falsche Falltechnik zugezogen hatte. Er war das schmerzgeplagte Beispiel dafür, dass ich gut daran tat, an meiner Technik zu feilen. Ausgerechnet er war leider derjenige, der zum Finale der Stuntshow immer und immer wieder getroffen vom Wasserturm fallen musste. Sieben Meter weiter unten lag zwar eine Matte, aber die war nicht nur verdammt klein, sondern an manchen Tagen trotz der schützenden Plastikplane verdammt feucht und dann deutlich härter als gewünscht. Dazu kam noch, dass Cyrus keine eigenen Revolver hatte und darum vom Heinz welche gestellt bekam. Auf die hatte er aber aufzupassen.

So ein Ding ist sauteuer!
Meinst du damit jetzt den Cyrus?
Ja, der auch.

Cyrus musste sich kopfüber vom Wasserturm stürzen, im Flug aber die Hände mit den Revolvern vor der Brust kreuzen, damit er den Aufprall für die zwei Waffen mit seinem Körper milderte. Die beiden Revolver blieben immer heil, aber dem Stuntman ging es von Tag zu Tag schlechter.

Das wär auch ohne die Revolver so gewesen.
Ja, wahrscheinlich, aber so erzählt sich's besser.
Auf meine Kosten.
Tja, Chefs sind eben immer schuld an allem.

Gegen Ende der Saison war Cyrus so steif im Rücken, dass ich ihn jeden Morgen mit einer stark wärmenden Salbe einrieb, damit er überhaupt in der Lage war, sich umzuziehen. Dazu warf er sich Hände voll amerikanischer Schmerzpillen ein und profitierte auch von der schmerzlindernden Wirkung des ein oder anderen Joints.

Du wusstest das, oder?
Dass der Cyrus einen Grasverbrauch hatte wie ein ganzer Kuhstall? Ja klar, und eigentlich war das natürlich nicht in Ordnung. Aber dem ging's echt beschissen, und ich hab's toleriert, solang ich es nicht gesehen hab.

»Die Hölle ist Wiederholung«, hat ein weiser Mann einmal gesagt, und um nicht vollends in den siebten Kreis der Hölle abzusteigen, mussten wir irgendetwas tun, um ab und zu aus dem Trott auszubrechen. Zu den unzähligen internen Scherzen, von denen das Publikum gar nichts mitbekam, gehörte zum Beispiel die Sache mit der Yoda-Maske. Eines Morgens kam der kleine Mehmet mit einer Gummimaske des bekannten, grünen Jedimeisters an und machte sich an Nellos Schrank zu schaffen.

Die Maske hatte er von mir. Ich hatte die in Disneyland gekauft und ihm dann mitgebracht.
Von dir hat er die gehabt? Hast du gewusst, was er damit vorhatte?
Ich hab's nicht nur gewusst, ich hab's ihm als sein Chef ausdrücklich befohlen.

Als unser hochgewachsener, muskulöser, edler Indianerdarsteller Nello alias Hunting Wolf diesen Morgen die Garderobe betrat, ahnte er nicht, was ihm blühte. Alle saßen recht unbeteiligt über ihren Stiefeln und wienerten daran herum oder entfernten Sand aus den Läufen der Colts, damit am Ende der Show niemandem Kieselsteinchen im Gesicht steckten.
Nello schnarrte sein typisches, frankokanadisches »Gütmorgään zusamm!«, trat an seinen Schrank und öffnete ihn. Was dann folgte, war sogar für uns andere erschreckend, obwohl wir bereits wussten, was da drin auf ihn wartete:

Ein kleines Geschöpf mit grünem Kopf und spitzen Ohren sprang mit einem Satz aus dem Schrank, hob dabei die Hände und schrie etwas Ähnliches wie »Gullugullugullu«. Nello schrie aber noch viel lauter, stolperte zurück, prallte mit dem Rücken gegen einen der anderen Schränke und ging mit bleichem Gesicht in die Knie. »Mehmet! MEHMET! Isch dreh disch der 'als um, du klein' Kanaille!«, rief Nello immer und immer wieder, während er immer noch schwer atmete. Um ihn herum brach tosendes Gelächter aus. Nie mehr habe ich seitdem irgendwen dabei beobachten dürfen, wie er sich so irrsinnig erschreckt wie damals Hunting Wolf, als ihm der kleine Rattlesnake Yoda entgegensprang. Wird mal wieder Zeit. Vielleicht besorge ich mir auch so eine Maske.

Der Nello selbst war aber auch kein Unschuldslamm, erinnerst du dich noch an das Kaninchen an der Decke?
Was? Nein. Erzähl.

In der Küche arbeitete ein Mädchen, deren Namen ich leider nicht mehr weiß. Aber ich weiß, dass sie zwei Kaninchen hinten im Hof in einem Käfig hatte und diese abgöttisch liebte. Nello wusste das auch, und jedes Mal, wenn er mit dem Essen nicht zufrieden war, zeigte er auf sie, starrte sie aus seinen funkelnden Augen an und sagte: »Wenn mir morgen der Essen wieder nischt schmeck', isch nagel der Kaninschöööön an die Deck'!«
Anfangs war die junge Frau noch verstört, aber irgendwann lachte sie nur noch über die Drohung, denn schließlich hatte Nello das nun schon seit mehreren Wochen immer und immer wieder gesagt, und das Essen hatte sich auch nicht nennenswert verbessert. Also wurde dem Nello klar, dass er irgendetwas tun musste, wenn er wieder glaubhaft drohen wollte.
Eines Mittags hatte er also wieder einmal gegessen und brachte das Geschirr zurück in die Küche. Er schmetterte den Teller

scheppernd auf die Theke und rief: »Der Essen hat nischt geschmeck', und isch hab disch gesag', was isch mach!« Damit winkte er das Mädchen hinter der Theke hervor und deutete stumm in Richtung unserer Garderobe. Die junge Frau wurde ganz bleich und folgte zitternd seinem Fingerzeig …

Als sie die Garderobe betrat, sah sie zunächst nichts, denn man brauchte immer einen Moment, bis sich die Augen an das dämmrige Ambiente gewöhnt hatten. Als sie dann etwas besser sehen konnte, fiel ihr Blick als Erstes auf Mehmet, der sie stumm ansah und mit den Schultern zuckte, als wolle er sagen: »Er hat's dir gesagt.« Dann deutete er nach oben an die Decke …

Eine Millisekunde später schallte ein markerschütternder weiblicher Schrei durch Poing, und ein weinendes, völlig aufgelöstes Mädchen rannte wild mit den Armen wedelnd quer über die Mainstreet!
Der Nello aber lachte so sehr, dass ihm die Tränen über die Wangen liefen, und Mehmet ebenso. Wir alle waren erst einmal recht schockiert über diese grausame Tat, doch dann winkten uns die beiden in die Garderobe und deuteten immer noch lachend an die Decke.
»Schaust du!«, stieß Nello zwischen zwei Lachanfällen hervor, »Schaust du disch dort oböön!«

»Dort oböön« bot sich uns ein Bild des Grauens: Tatsächlich hing dort ein Kaninchen kopfüber an der Decke, gehalten von einem dicken Zimmermannsnagel, den man ihm mitten durch den leblosen Körper getrieben hatte!

Nein, das glaub ich nicht.
Wart's ab.

Doch als sich unsere Augen endlich vollends auf das staubige Halbdunkel eingestellt hatten, erkannten wir erleichtert: Es handelte sich um einen harmlosen *Stoffhasen.* Diesen hatten Nello und Mehmet an ihrem einzigen freien Tag in der Münchner City erstanden – und sie hatten stundenlang gesucht, um einen zu finden, dessen Fell und Farbe möglichst nah an eins der Original-Kaninchen herankamen. Den und natürlich nicht den echten hatte Nello dann noch vor dem Mittagessen an die Decke genagelt, um sich selbst zum Nachtisch diesen bösartigen Scherz zu kredenzen.

Das arme Mädel.

Ja, allerdings. Ich weiß nicht, ob sie danach noch lange bei dir gearbeitet hat.

In der Küche hatten wir ja immer eine gewisse Personal-Fluktuation.

Dazu kommen wir noch.

Ja, dazu kommen wir noch.

KAPITEL 16:

Der Vollprofi oder: WuiWui forever

VON TOMMY KRAPPWEIS

Es half wirklich recht effektiv über die Routine hinweg, wenn man sich und den Kollegen mit ein paar mehr oder minder deftigen Streichen den Alltag versüßte. In 95 Prozent der Fälle fanden diese Späßchen statt, ohne den offiziellen Ablauf der Darbietungen zu gefährden. Nur höchst selten schwappte ein besonders saftiger Streich hinüber in unsere Shows. Und noch seltener wurde aus einem Spaß bitterer Ernst. Zumindest nicht so bitter, dass das Publikum es bemerkte. Nur einmal waren wir wirklich nah dran, diese Barriere zu durchbrechen, und der Grund dafür war einer der professionellsten Kollegen, mit dem ich jemals zusammengearbeitet habe. Sein Name war Juan Tabasco.

… oder wie hieß der eigentlich wirklich?

Ich weiß nicht mehr, aber der Name hat gepasst.

Ja, zu viel Tabasco, und man erträgt ihn nicht mehr.

Nein, ich meine, weil der die Leute echt immer richtig heiß gemacht hat vor den Shows!

Ich geb's ja zu, der Juan Tabasco war wirklich ein hervorragender Performer. Aber uns hat er halt dann irgendwann nur noch genervt.

Das muss man professionell sehen.

Ich hab's wirklich monatelang, täglich mehrfach professionell gesehen, Heinz. Aber irgendwann kommt der Moment, wo man überlegt, ob ein »La Cucaracha« weniger vielleicht doch ein Menschenleben wert ist.

Zusätzlich zu den Liedern, die er vor der Stuntshow performte, spielte Juan Tabasco nämlich auch noch in der Saloonshow – und zwar einen Song, der mir eigentlich ganz gut gefiel. In der Originalversion. Eddy Arnold sang diesen Song 1944, und er erlangte vor allem deswegen große Popularität, weil der Refrain aus einer recht originellen Art Gejodel bestand. Irgendwie seltsam sanft, beschwingt und trotzdem dem bayerischen Jodler nicht unähnlich, fügte sich diese Eigentümlichkeit wirklich hervorragend in diesen melancholischen Countrysong … vorausgesetzt, man war des Jodelns mächtig. Juan Tabasco war des Jodelns nicht mächtig. Aber man hatte ihn angewiesen, diesen Song zu singen, und das tat er. Weil er ein Profi war. Die Strophen klangen auch immer ganz wunderbar, denn Juan Tabasco war ja wirklich ein guter Sänger mit einer samtigen und doch durchsetzungsfähigen Stimme. Dann kam aber der Refrain, und anstatt Eddy Arnolds wehmütigem Jodelsingsang erklang so etwas Ähnliches wie »Wiiiii Wui Wiwiwi Wiiii …«. Inbrünstig vorgetragen und mit dem unbändigen Willen, auch die letzte Reihe im Saloon zu erreichen, egal wie viele Gläser, Brillen und Fensterscheiben dabei zu Bruch gehen würden, schlängelte sich dieses enervierende Falsett-Gequietsche durch den Raum und in unser aller Gehörgänge, wo es sich ausbreitete und ein unbestimmtes Gefühl wahlloser Mordlust nährte, das sich Tag für Tag und Show für Show immer deutlicher manifestierte.

Jetzt übertreibst du.

Ich übertreibe einen Scheiß! DU konntest ja rausgehen!

Ja, das war schon ein großer Vorteil …

Wir, die wir in rascher Reihenfolge unsere Kleiderwechsel und Auftritte zu absolvieren hatten, waren dem »WuiWui« leider schutzlos ausgesetzt. Es machte überhaupt keinen Unterschied, ob man sich die Ohren zuhielt oder irgendwas in die Ohren rammte. Solange man sich damit nicht das Trommelfell perforierte, drang das »WuiWui« durch und versetzte uns alle in einen Zustand katatonischen Wahnsinns.

Ich erinnere mich, als wäre es gestern gewesen, wie Mehmet in seinem Kostüm als Mini-Ausgabe von Sheriff Willie Roy Bean in der Ecke auf seinem kleinen Stuhl sitzt und sich die Ohren zuhält. Dabei hat er die Augen fest zugekniffen und singt. Ja, er singt! Und zwar »Wiiiii Wui Wiwiwi Wiiii …«!

So weit war es mit ihm schon gekommen! Er versuchte, das Lied von seinem Kopf fernzuhalten, aber es drang in sein Hirn, meißelte sich dort immer tiefer in die Stirnlappen und drang dann ungehindert über seine Sprachorgane nach draußen, um die nächste arme Sau zu infiltrieren! Wie gerne wären wir in diesem Moment alle Cyrus Thibeault gewesen, denn der Glückliche hatte sich schon vor langer Zeit durch das dauernde Revolvergeballer das Gehör zerschossen und musste nur seine Hörgeräte ausschalten. Seine irren Rückenschmerzen hätten wir gerne in Kauf genommen, wenn nur das »WuiWui« aufhören würde … jetzt … bitte … Muss tötennn …

Eines schönen Tages mitten in der Saison war es dann so weit. Uns allen war klar, wir mussten Juan Tabasco dazu bringen, wenigstens nicht den ganzen Song zu singen. Koste es, was es wolle.

Die erste Idee kam von Frankie, unserem tschechischen Schmied. Eigentlich hatte er die Rolle des »Fuzzie« inne, da er ein hervorragender Clown und ein richtig guter Stuntman war. Doch wenn ihn etwas nervte, dann tat man gut daran, einen weiten Bogen um ihn zu machen. Frantisek Zeithamel konnte einen Gegner auch ohne seinen Schmiedehammer ungespitzt in den Boden rammen. Und diesmal hatte er es auf Juan Tabasco abgesehen. Allerdings war er noch nicht so weit, dass er unserer »Stimme Mexicos« etwas antun würde. Erst einmal kamen subtilere Waffen zum Einsatz.

Die erste Maßnahme bestand aus dem Einwickelpapier eines tschechischen »Stinkekäses«, den Frankie extra aus Prag mitgebracht hatte. Dieses klebrige Papier mit dem Geruch einer Herde nasser Füchse führte er zwischen den Saiten hindurch in das Schallloch der Gitarre ein und klebte es an die Innenseite des Klangkörpers. Schnell roch es in der kleinen Garderobe hinter der Bühne, als wären die oben genannten nassen Füchse vor ein paar Wochen an Brechdurchfall verreckt und dann – im Zustand beginnender Verwesung – in den Bottich der Käserei gefallen. Wir alle litten sehr und hielten uns die cowboytypischen Halstücher vor die Nase, um nicht zu ersticken. Dann kam Juan Tabasco.

Juan Tabasco grüßte uns fröhlich, sagte irgendetwas im Scherz über das Wetter, lachte selbst freundlich darüber, um klarzumachen, dass es wirklich nur ein Scherz gewesen war, schnappte sich seine Gitarre und ging beschwingt auf die Bühne.
Mit Tränen in den Augen blickten wir durch die leicht grünlichen Nebelschwaden, die den Weg des Gestanks nachzeichneten, und warteten auf ein erlösendes »Bonk«, was uns signalisieren würde, dass Juan Tabasco auf der Bühne aufgrund akuter Atemnot in eine tiefe Ohnmacht gefallen war. Doch das »Wui-Wui« ertönte einmal … es ertönte ein zweites Mal … und es ertönte ganz genau so wie immer, den ganzen elenden Song hindurch und am Ende doppelt, weil da der Refrain wiederholt wurde.

Applaus ertönte, und Juan Tabasco kam wieder hinter die Bühne, hängte seine Gitarre einen Meter von uns entfernt an den dafür vorgesehenen Haken, nickte uns noch einmal freundlich zu und ging dann hinaus hinter den Tresen, um sich die Show anzusehen. Das tat er jedes Mal, denn er mochte die Show und applaudierte darum auch immer fleißig nach jeder Nummer.

Wir waren fassungslos.

Nun allesamt selbst einer Ohnmacht nahe, aber unfähig, in der kurzen Zeit das Käsepapier aus der Gitarre zu fischen, absolvierten wir schwankend den Rest der Darbietungen, um dann beim Finale abermals neben Juan Tabasco zu stehen, der im Takt der Schlussmusik fröhlich klatschte und so die gute Stimmung im Publikum noch steigern konnte. Ein Vollprofi. Ein Vollprofi, der sich an diesem Tag mal gedacht hatte, dass er sich ja zum Finale auch die Gitarre umhängen könnte …

Da seid ihr aber schön selber schuld gewesen.
Ich WEISS das, Heinz. Ich weiß das sehr genau. Aber es ist noch nicht vorbei.
Hätt' mich jetzt auch gewundert.

Wir versuchten es mit Reden. Wir sprachen zu Juan Tabasco und baten ihn, sich doch vielleicht noch einmal das Original anzuhören. Juan Tabasco erwiderte, er kenne das Original in- und auswendig und nur deswegen könne er es auch so täuschend echt wiedergeben.
Wir schlugen ihm andere Lieder vor. Aber Juan Tabasco war ein vollprofessioneller Vollprofi und war darum fest entschlossen, für immer und ewig exakt dieses Lied zu spielen, das ihm sein Chef Heinz Bründl am Anfang der Saison ans Herz gelegt hatte.

Ich hab das Lied früher wirklich sehr gern gehört.
Früher ...
Ja, früher.

Also griff man schließlich zu drastischen Mitteln, genauer gesagt zu drastischem Werkzeug. Wieder einmal war es Zeit für die Saloonshow, wieder einmal ertönte das »WuiWui«, und abermals machte sich die Agonie im Backstage-Bereich breit, als Frankie plötzlich an uns vorbeipolterte und einfach die Bühne betrat. Ich stürmte hinaus hinter die Bar, um zu sehen, was er tun würde! Natürlich war mein erster Impuls, Juan Tabasco vor dem ebenso wütenden wie verzweifelten Schmied zu retten, aber ich hatte mich schnell eines Besseren besonnen, denn vielleicht hörte Juan Tabasco ja auf zu singen, wenn man ihm ruckartig den Kopf auf den Rücken drehte. Viel Hoffnung hatte ich da nicht, aber es war einen Versuch wert.
Zu unser aller Schrecken zückte Frankie mitten auf der Bühne vor vollbesetztem Saal eine große, schwarze Eisenschere ... hob sie über den Kopf ... Juan Tabasco sah ihm zu, lächelte und sang ... die armlange Schere sauste hinab ... knapp an Juans Halsschlagader vorbei ... vorbei an seinem Brustkorb ... mitten hinein in die Saiten der Gitarre. Frankie drückte zu und durchtrennte mit einem lauten SPROING alle sechs Saiten auf einmal.

In die Stille hinein sprach er mit seinem schweren tschechischen Akzent: »Jetzt spielen Wuiwui.« Dann tappte er von der Bühne.

Einen Moment lang war es still im Saloon, denn irgendwie war diese Situation doch viel zu bizarr und auch zu bedrohlich gewesen, um eine Art inszenierte Pointe zu sein ... dachten wir. Doch Juan Tabasco dachte anders. Er lachte sein Blendax-Antibelag-Lachen, applaudierte Frankie hinterher, und als auch die

Zuschauer in den Applaus mit einstimmten, schaffte er es sogar, dass sie seinem vorgegebenen Takt folgten, und er sang den »Cattle Call« einfach zum mehr oder weniger rhythmischen Geklatsche des gesamten Publikums zu Ende. Diese hochprofessionelle Profiprofessional-Darbietung profihaften Profiverhaltens war für uns alle einfach zu viel Professionalismus. Wir kapitulierten vor Juan Tabasco mitsamt seinem »WuiWui« und applaudierten von nun an diesem standhaften Soldaten auf der Bühne, der uns allen gezeigt hatte, was es heißt, einen Job durchzuziehen, jedes Mal zusammen mit dem Publikum.

Applaus für Juan Tabasco auch jetzt noch einmal, zweiundzwanzig Jahre später. Möge seine Gitarre immer noch stinken wie ein Pestfriedhof nach dem Hochwasser und möge er dies nach wie vor ebenso geflissentlich ignorieren wie unsere lächerlichen Versuche, ihn davon abzubringen, das Lied zu singen, das sein Chef ihm befohlen hat.

Das hast du jetzt schön gesagt.
WuiWui.

KAPITEL 17:

Messerwerfer Heinz oder: Das Naturtalent

VON HEINZ BRÜNDL

Ein großer Vorteil war immer, dass mir niemand etwas vormachen konnte. Ich wusste genau, wie viel oder wenig Mühe dieser oder jener Job in No Name City wirklich machte, denn ich hatte ja selbst alles schon einmal übernommen. Ich hatte die Gebäude mit aufgebaut, ich stand an der Bar, ich war in der Stuntshow. Na ja, und in der Saloonshow war ich zwei Jahre lang Messerwerfer.

Das wusste ich gar nicht.

Das war vor deiner Zeit. Ich kann heute sagen, dass ich von meinen Leuten nie irgendetwas verlangte, was ich nicht auch selbst schon gemacht hatte.

Moment mal, du hast Messer geworfen.

Ja.

Aber nie am Messerbrett gestanden.

Weil dann für die Messer links und rechts nur noch fünf Zentimeter Platz gewesen wäre.

Okay, das ist ein Grund.

Das Ganze ging eigentlich damit los, dass ein Messerwerfer fehlte. In der ersten Saloonshow hatten wir eine Coltjonglage, einen Lassowerfer, Musik, Cancan-Mädchen und eigentlich auch sonst alles, was man sich unter einer »Westernschau« so vorstellt – bis auf einen Messerwerfer. Und zur damaligen Zeit …

… gab's keine?

Doch! Aber keinen in unserem Budget.

Außer dir selbst?

Ja, ich war im Budget.

Du warst umsonst.

Genau.

Also dachte ich mir, werfe ich halt selber. Dem ging allerdings eine Geschichte voraus: Als wir unseren Probelauf mit der Westernstadt damals in Miesbach hatten, bekam ich zum Geburtstag ein Messerbrett mit Wurfmessern geschenkt. Aus Spaß an der Freud übte ich ein bisschen damit, und erstaunlicherweise ging das von Anfang an ziemlich gut. Ich war wohl ein Naturtalent. Zu unserer Eröffnung hatte sich dann das Bayerische Fernsehen angemeldet, und der Redakteur suchte nach irgendeiner besonderen Nummer. Dann sahen sie mir bei meinen Wurfübungen zu, und irgendwer fragte mich: »Trauen Sie sich, das im Fernsehen zu zeigen?« Und ich nickte. Na logisch. Warum nicht?

Vielleicht, weil du da gerade mal vier Tage geübt hattest?

Drei.

Drei … um Gottes willen.

Ich sollte zum Bayerischen Rundfunk ins Studio kommen und dort auf die damals blutjunge Moderatorin Sabine Sauer werfen. Also packte ich Messerbrett und Messer ein und fuhr dorthin. Angekommen, stellte ich alles auf und übte ein bisschen. Es lief gut, die Messer blieben alle stecken.

Im Holz oder in der Sabine Sauer?
Im Holz, ich hab ja erst einmal ohne die Dame geübt.

Viel später hab ich dann erfahren, dass man gar nicht so fest werfen muss. Es genügt, wenn die Messer ein, zwei Zentimeter tief im Holz stecken. Ich dachte, man müsse schon richtig mit Wucht schmeißen, damit die nicht runterfallen. Bei mir sah man teilweise schon die Messerspitzen auf der anderen Seite vom Messerbrett herausragen. Anscheinend muss das irgendwem aufgefallen sein, dem das dann komisch vorkam, und man schickte den Regisseur vorbei, um mir beim Üben zuzusehen. Der sah, wie ich ein Messer nach dem anderen krachend im Holz versenkte, und wurde etwas bleich. Dann stellte er sich vor mich hin, zeigte zitternd auf mich und rief: »Sie werfen auf die Sabine Sauer *nicht!*«

Und damit war das erledigt.
Nein, ich hab eben jemand anders geholt.
Ich fass es nicht …

Wir hatten im Saloon ein Mädchen namens Belinda. Praktischerweise war Belinda ein bisschen kurzsichtig, und das, so dachte ich, war in diesem Fall vielleicht ganz hilfreich, denn sie würde eventuell gar nicht so richtig sehen, wie die Messer auf sie zugeflogen kamen. Ich fragte sie, ob sie ins Fernsehen wolle, und Belinda freute sich sehr. Ich nahm sie mit zum BR, stellte sie ans Messerbrett, und zack, zack, zack war die Nummer schon im Kasten.

Nach drei Tagen üben wirfst du auf Menschen.
Im Fernsehen. Wie gesagt, ich war ein Naturtalent.

Und als es dann viel später daranging, die Saloonshow aufzufüllen, engagierte ich mich selbst. Ich ließ mir von einem Profi noch ein paar Tricks erklären, wie zum Beispiel das Werfen mit brennenden Messern und ein paar Figuren. Bei einer lehnte sich die Person am Brett nach hinten, und ich warf die Messer schon während der Bewegung entlang dem Körper, bei einer anderen warf ich durch eine Zeitung, sozusagen blind links und rechts neben den Kopf, oder ich warf auf eine Spielkarte in der Hand. Irgendwie lief das von Anfang an ganz okay. Allerdings hatte ich mir auch ein besonders schlankes Ziel am Brett ausgesucht: unseren Undertaker, den damaligen Totengräber. Der war wirklich nur Haut und Knochen und entsprechend schwer zu treffen. Es ging eigentlich immer gut.

Eigentlich?

Ja mei, ab und zu hab ich ihn schon mit seinem Gehrock am Messerbrett festgenagelt, aber das war's auch schon. Ich hab immer ziemlich knapp geworfen.

Solange es nur auf den dürren Undertaker war.

Von wegen, ich hab auch auf Publikum geworfen.

... was?

Ja, wir haben dann immer jemand aus dem Publikum geholt und eine lustige Nummer daraus gemacht. Unser Billy, der Coltjongleur, begann mit dem Messerwerfen, und ich kam als Hausmeister mit Besen auf die Bühne und meinte, das könnte doch jeder Depp. Also sogar ich. Dann holte ich mir irgendwen aus dem Publikum, stellte ihn ans Messerbrett, verband ihm die Augen und klemmte ihm einen Luftballon zwischen die Oberschenkel.

Du hast nicht wirklich auf …

Nein, das war natürlich nur Spaß. Ich hab das Messer dann nicht geworfen, sondern nur »reingesteckt«, aber der Ballon ist natürlich geplatzt, und der Typ am Brett ist immer furchtbar erschrocken.

Ach so. Ich dachte schon …

Erst danach hab ich dann wirklich auf ihn geworfen.

D… du … auf eine fremde Person!? Aber …

Wie gesagt, ich bin ein Naturtalent. Ich hab ein Brett da. Soll ich's dir zeigen?

NEIN, ich meine … äh … das Kapitel ist schon zu Ende.

Schad.

KAPITEL 18:

Eine Faust geht ihren Weg oder: Freikarten fürs Gehirnkino

VON TOMMY KRAPPWEIS

Irgendwie ist diese Faszination für Prügeleien schon ein komisches Männerding. Man will vielleicht nicht unbedingt laufend in eine solche verwickelt sein, aber zuschauen kann man schon. Sei es, dass man damals im Schulhof im Kreis drum rum stand, wenn sich zwei im Dreck rollten, oder dass man sich immer schon gerne die lustigen Prügelkomödien mit Bud Spencer und Terence Hill angeschaut hat. Die Damen konnte man höchstens locken mit den blauen Augen von Herrn Hill, aber schon mit der ersten launigen Klopperei verloren die meisten Mädchen das Interesse und wandten sich der BRAVO zu – damals das Äquivalent zum heutigen Handy, auf dem man immerhin gelangweilt herumtippen kann.

Szenen dieser Art fanden in No Name City immer wieder statt, und des Schicksals Fügung wollte es, dass unser Parkdirektor Herr Bründl des Öfteren darin verwickelt wurde.

Ich musste die Leute ja erst einmal offiziell bitten, den Park zu verlassen.

Ja. »BittverlasnsidenparkBUMM.«

Wenn der einen von diesen schweren Aschenbechern hochhebt, wart ich nicht, bis er mir den über den Schädel zieht.

Nachvollziehbar.

Der Fairness halber muss man erwähnen, dass unser Chef wirklich immer gerufen werden musste, um einmal offiziell den Hinweis auf die Hausordnung loszuwerden und gegebenenfalls den oder die Personen des Platzes zu verweisen. Und es war schon relativ selten der Fall, dass diese Personen sich dem sofort widerspruchslos fügten. Eher war mit zunächst verbaler und dann eben auch körperlicher Gegenwehr zu rechnen. Womit die Unruhestifter aber niemals rechneten, war die rechte Gerade unseres Chefs. Der allerdings rechnete mit allem. Denn zu fortgeschrittener Stunde und entsprechend gestiegenem Alkoholpegel waren mindestens 75 Prozent der Anwesenden im Saloon längst der festen Überzeugung, sie seien nicht nur allesamt echte Cowboys, sondern auch unbesiegbar. Davon waren etwa 60 Prozent der Meinung, dass Maßkrüge, Aschenbecher, Tische und Stühle bereitwillig zerbrechen, wenn man sie seinem Gegenüber über den Kopf zieht. Leider lagen 58 Prozent dieser Personen damit falsch. Nur bei zwei Prozent änderte ein Schlag mit oben genannten Gegenständen etwas an der Unversehrtheit des Gegenstands. Zu 100 Prozent aber änderte der Schlag etwas an der Unversehrtheit des Schlagenden. Denn der Einzige, der in all den Jahren wirklich unbesiegt blieb, war unser hochverehrter Chef Heinz Bründl.

Ich hab halt durchs Boxen gewusst, wo man hinhaut.
Keine falsche Bescheidenheit. Du hattest auch Nehmerqualitäten.
Ja, theoretisch. Aber die hab ich nicht so gern ausgekostet.

Ein paar Mal jedoch stellte sich die allgemeine Robustheit von Heinz Bründl als entscheidender Vorteil heraus. So zum Beispiel, als ein stark alkoholisierter Gehirn-Cowboy der Meinung war, seinem Unmut über den Platzverweis Ausdruck verleihen zu müssen, indem er unserem Chef einen der schweren Stühle über den Kopf zog. Der Stuhl blieb erstaunlich unbeeindruckt, aber noch überraschender war die Reaktion von Heinz Bründl. Der nämlich drehte sich seelenruhig zu seiner Tochter Bianca hinter der Bar um, deutete hinter sich und fragte: »Hat mir der grad wirklich einen Stuhl 'naufg'haut?«

Bianca nickte stumm. Heinz nickte brummend zurück, wie es ziemlich sicher auch Bud Spencer getan hätte, und drehte sich dann mit einem tiefen Seufzer herum.

Der Mann stand immer noch da, und in den Händen hielt er auch immer noch den Stuhl, unfähig, irgendetwas anderes zu tun, als unseren Chef im Zustand umfassender Fassungslosigkeit mit offenem Mund anzustarren.

Heinz zuckte kurz – oder zumindest war das alles, was man sah –, und da lag der Mann auch schon auf den Brettern.

Als die Polizei etwas später einrückte, hatte es den Anschein, als wolle der Typ sich auch noch beschweren, aber man verstand kein Wort, da er so fürchterlich nuschelte. Zusammen mit seiner Alkoholfahne deduzierten die Polizisten, dass er einfach nur sternhagelvoll war, und wie wir später erfuhren, wurde er dann erst einmal nach Poing in die Ausnüchterungszelle gebracht. Was man uns bei der Gelegenheit außerdem erzählte, änderte zwar nichts an seinem feigen und gewalttätigen Angriff, rückte aber zumindest sein Genuschel in ein anderes Licht. Denn auch nachdem er definitiv ausgenüchtert war, verstand man kaum ein Wort von dem, was er sagte. Dies war mit hoher Wahrscheinlichkeit aber nicht auf die Promille im Blut, sondern auf einen gebrochenen Unterkiefer zurückzuführen.

Dummerweise war der Bruder dieses Mannes auch der Postbote im Ort, und so landeten die Briefe für No Name City eine lange, lange Zeit neben dem Briefkasten an der Kasse im Dreck.

Ein anderes Mal stand ich direkt daneben, als unser Chef mal wieder jemanden höflich, aber bestimmt darauf aufmerksam machte, dass die Mainstreet nicht identisch war mit der öffentlichen Toilette. Der Mann quittierte das, indem er sich zum Heinz umdrehte, dabei nicht nur dessen Schuhe unter Urin setzte, sondern gleichzeitig auch zum Schlag ausholte. Eine Sekunde später lag er auch schon auf dem Boden, und der letzte Rest aus seiner Blase sprenkelte in die Höhe wie ein Springbrunnen, dem man gerade das Wasser abgedreht hatte. Abermals rückte die Polizei an und stellte sowohl erhöhte Promillewerte als auch einen angeknacksten Unterkiefer fest. Mein Chef aber wunderte sich, wie er mit diesem eher mittelmäßig harten Punch so eine zerstörerische Wirkung erzielt haben mochte.

Des Rätsels Lösung lag direkt vor ihm – und zwar in Form eines unscheinbaren Stück flachen Metalls im Sand der Mainstreet. Dies war vor wenigen Minuten noch die Blechtasse gewesen, aus der Heinz Bründl gerade seinen Kaffee hatte trinken wollen, bevor er den Wildbiesler neben dem Saloon entdeckte. Bei der sich sogleich entspinnenden Argumentation hatte er die Blechtasse wohl total vergessen und sie dann im Gesicht des Mannes plattgedrückt.

Die Tasse haben wir dann im Museum ausgestellt.

Ich weiß. Ich hab vorher immer gedacht, so was gibt's nur im Film.

Ich auch. Aber im Gegensatz zu der Nummer mit dem Stuhl geht das mit Blechtassen wohl ganz leicht.

Die arme Sau …

Arm nicht, aber Sau stimmt. Wer auf meine Mainstreet bieselt, der zahlt.

Mit nicht unter drei Zähnen und einem Kieferbruch.

Das nur, wenn er mich beim Kaffee stört.

KAPITEL 19:

Kannst du auch reiten, Cowboy? Oder: Klischee & Klischee gesellt sich gern

VON TOMMY KRAPPWEIS

Männer erzählen es sich an den Lagerfeuern, an den Bartheken und in der Warteschlange der Kantinen: das Märchen von den unglücklich verheirateten Frauen mit Kind, die einfach nur mal richtig geknattert werden wollen. Also keine Liebe, keine Beziehung, kein Viertausend-Wörter-Download jeden Abend – einfach nur Wham Bam Thank You Ma'm und vielleicht noch ein Zehner fürs Taxi.

Irgendwer kennt immer jemanden, der jemanden kennt, der dieses Klischee schon mal selbst erlebt hat. Und je größer der Drang beim Mann auf die Drüsen drückt, desto mehr vermeintlich willige Damen laufen einem durch das Terminator-Display, in dem alle Maße, das Verhältnis Taille zu Po und individuelle Übereinstimmungen mit dem persönlichen Suchmuster in Prozent direkt auf die Iris projiziert werden. Wird der testosterongeplagte Mann einer solchen Frau von weitem ansichtig, stupst er den Kumpel mit dem Ellbogen an und raunt unter heftigem Schnaufen: »Die … die is' so eine. Sieht man sofort. Die ist voll frustriert, ich schwör. Jede Wette, dass die loslegt wie eine Splittergranate, meine Fresse. Muss man nur ›Hallo‹ sagen, und schon geht die ab. Jetz' echt.«

Seltsam nur, dass auch die angeblich hundertprozentige Willigkeit des fernbehechelten Lustobjekts so gut wie nie zum Versuch einer Kontaktaufnahme führt. Denn passiert nun diese Dame die beiden Lustlümmel und nimmt dabei so gar keine Notiz von den zwei designierten Deckhengsten, wird eine interessante Neubewertung vorgenommen, sobald sie außer Hörweite ist. »Okay, von nahem siehst du gleich, die is' mehr so der Typ ›erst mal quatschen und dann achtzig Stunden Vorspiel‹ … Boah, nee, hab ich ja gar kein Bock drauf, bloß gut, dass ich das grad noch gesehen hab.«

Kurz gesagt: Das Klischee von der jungen, willigen, sexy Familienmutti, die sich einfach mal gerne den Frust von der Seele rattern lassen würde, ist eben genau das. Ein Klischee.

Auf der anderen Seite gibt es auch kaum etwas Klischeehafteres als bankraubgestählte Stuntmen in patinierten Cowboyklamotten, die cool an der Front Porch lehnen und jede Dame mit einem lässigen Tipp des Zeigefingers an die Hutkrempe grüßen.

Für so was hab ich euch aber nicht bezahlt, und das wusstet ihr ganz genau.
Das haben wir sehr, sehr gerne ganz umsonst gemacht, Heinz.
Schon klar.

Offensichtlich war nämlich das eine Klischee dazu geschaffen, das jeweils andere Klischee massiv zu begünstigen und umgekehrt. Außerdem verfügten diese groschenromanhaften Begehrlichkeiten beider Geschlechter über eine aufgeladene Anziehungskraft, die jeden Elektromagneten beschämte. Hätte man eine technische Lösung parat gehabt, um die knisternde Libido in Leitungen abzuzapfen und bei den Stadtwerken einzuspeisen, wäre No Name City niemals pleitegegangen, und es gäbe längst keine Atomkraftwerke mehr, sondern nur noch Westernstädte.

Jetzt kommst aber gerade sauber in den Schmarrn rein.
Die größten Erfindungen sind entstanden, weil sich jemand getraut hat, eine verrückte Idee ganz zu Ende zu denken!
Ist ja gut, jetzt setz dich wieder hin.

Zugegeben, so wunderbar diese Utopie auch anmuten mag, so unmöglich ist es leider, diese Energiemassen in irgendetwas anderes umzusetzen als ein wenig Reibung und jede Menge schlechtes Gewissen. Nun gut, das schlechte Gewissen beließ man meist auf Seiten der Damen, die sich dann mit leicht entrücktem Blick zurück an den Tisch setzten, um sich dort von ihren lauthals prostenden Ehemännern weiter ignorieren zu lassen. Auch dieses Klischee traf so gut wie immer zu, was natürlich daran lag, dass die glücklichen Frauen kaum auf die Idee kamen, mit einem staubigen Stuntman anzubandeln.

Austragungsorte derartiger Zweckzusammenkünfte fanden sich bevorzugt nachts – und somit nur an den Wochenenden – hinter dem Wall am Zaun. Aber auch in der kleinen, staubigen Hütte voller Holzreste und Biergartenmöbel schräg hinter dem Saloon ließ es sich halbwegs ungestört poussieren. Waren diese Orte mal besetzt oder im Fokus der patrouillierenden Hilfssheriffs, wich man zwangsläufig auf exotischere Plätze aus. Das konnte dann schon auch mal der Kinderspielplatz sein, der wie ein Fort gestaltet war und darum über einen weitestgehend fensterlosen Holzturm verfügte. Aber auch das Dach des Hotels, auf dessen kleiner Plattform ich jeden Samstag den Ballon für unseren Marshall und seinen Vogelschrot anbringen durfte, war von unten erfreulicherweise nicht einsehbar und somit hervorragend geeignet – vorausgesetzt, die weibliche Begleitung stellte sich als schwindelfrei und kletterfreudig heraus.

Man möchte meinen, ihr hattet an den Wochenenden nix anderes zu tun.
Doch, aber wenig anderes im Kopf.

Auf jeden Fall waren diese magnetischen Momente ein eindrucksvolles Beispiel dafür, dass Klischees nicht von ungefähr kommen, sondern immer irgendwo einen wahren Kern haben, und es war allen Beteiligten eine große Freude, zu diesem Kern immer und immer wieder vorzudringen.

Du redest so daher, als hättest du an jedem Wochenende …
Ich!? Wieso ich? Ich doch nicht. Ich weiß nur davon. Also bitte, Heinz. Was denkst du von mir?
Hm …

Also gut, um hier mal wieder etwas mehr Ausgewogenheit herzustellen: Natürlich beschränkten sich die Kontakte des Personals mit der Damenwelt auch oft auf vergleichsweise harmloses Flirten, was die Damen ebenso erfreute – wenn nicht noch mehr.
Denn so ein wackeliger Quickie im nassen Gras oder auf sandigem Kies und mit den Hosen in der Kniekehle hält ja vergleichsweise selten, was er zuvor im Kopf verspricht. So manche Dame nahm von einem netten Flirt und ein paar Komplimenten sicher deutlich mehr nach Hause.
Und ich gehe mal davon aus, dass man sich für ein paar Komplimente und den ein oder anderen eindeutig zweideutigen Spruch deutlich weniger oder eben gar nicht so arg schämt als für das Karnickeln in einer zappendusteren Hütte mit einem zerbrochenen Stuhlbein im Steiß …

Das wenn ich gewusst hätt …
Ich weiß das auch nur vom Hörensagen.

KAPITEL 20:

Initiativ-Verhaftung oder: Wo bleiben die Handschellen, Baby!

VON TOMMY KRAPPWEIS

Einmal war es mal wieder Zeit, jemanden einzusperren. Dieses zweifelhafte Vergnügen wurde ausgewählten Teilnehmern von Firmenausflügen des Öfteren zuteil, da man diese »Leistung« beim Sheriff spontan buchen konnte.

Der Delinquent wurde dann von zwei bewaffneten Hilfssheriffs im Saloon dingfest gemacht. Diese Aufgabe übernahmen zumeist die beiden Peters: der bereits erwähnte Sani-Peter und der Staubmantel-Peter. Es mag nur geringfügig überraschen, dass Letzterer nach seinem bevorzugten Kleidungsstück benannt worden war. Aber da wir mehrere Peters in No Name City hatten, war eine Unterscheidung zwingend, auch wenn die Spitznamen nicht immer in ein Wortspiel mündeten.

Unter grölendem Gejohle seiner Kollegen und Kolleginnen wurde der oder die Angeklagte also von den beiden abgeführt. Vor dem Sheriff's Office wurde ihnen dann von unserem selbsternannten Friedensrichter Willie Roy Bean ein möglichst fadenscheiniger Prozess gemacht. Mir fiel hierbei die Rolle des sturzbetrunkenen, anwaltlichen Verteidigers zu, der während seines größtenteils genuschelten Plädoyers immer mal wieder an der Schulter seines Mandanten einschlief und sich am Ende noch beim Umfallen auf dem Weg zum Boden ins Delirium verabschiedete.

Konsequenterweise wurde ich dann zusammen mit dem Angeklagten in eine Zelle gesperrt, da die andere bereits von Long John besetzt war. Dieser stierte so manisch durch die Gitterstäbe wie ein tollwütiger Tiger mit einer Persönlichkeitsstörung, die ihn glauben ließ, er wäre Klaus Kinski.
Früher oder später – je nachdem, wie lustig sich das Ganze so entwickelte – wurde die Person dann wieder freigelassen und bekam zur Erinnerung an den peinlichsten Moment ihres bisherigen Daseins eine Urkunde überreicht. Darauf war zu lesen, dass der Angeklagte zwar zunächst erfolgreich abgeurteilt, dann aber auf Geheiß des Gouverneurs begnadigt worden war.
Feixend grölte sich der Mob dann wieder zurück in den Saloon, wo der Angeklagte nun ein bis tausend Runden Schnaps zu werfen hatte, damit er zusätzlich zu der erlittenen Schmach auch noch pleite nach Hause gondeln durfte.

Das war eigentlich immer sehr lustig.
Ja, für uns und die Zuschauer. Ich hätt's gehasst, wenn man das mit mir gemacht hätte.
Das ist der Vorteil an unserem Job im Showgeschäft, wir sind bei so was grundsätzlich auf der anderen Seite.
Gott sei Dank.

Etwas war mir dann irgendwann aufgefallen, und als ich begann, darauf zu achten, stellte ich fest, dass es zu 90 Prozent zutraf: Interessanterweise handelte es sich bei den zu verhaftenden Personen recht oft um Angestellte im Bereich der Buchhaltung.
Was sich diese Berufsgruppe als Ganzes hatte zuschulden kommen lassen, um immer und immer wieder Ziel von Spott und Hohn zu sein, wurde uns nie so richtig klar. Auf der anderen Seite hatte man doch eine Art kollektives Bauchgefühl, dass mit einem Menschen, der freiwillig so einen Job machte, irgendetwas nicht

ganz in Ordnung sein konnte. Also mussten im Lauf der Jahre unzählige Buchhalter, Kontenverwalter, Revisoren und andere Nieselpriems für diesen hossa-ach-so-großen Spaß herhalten, der allerdings nur in den Augen aller anderen ein solcher war.

An dem Abend, von dem ich nun berichten will, lief es aber deutlich anders: Als die beiden Peters mit ihrem Fang vor dem Sheriff's Office ankamen, staunten wir nicht schlecht. Denn anstatt des üblichen Leitzordner-Dompteurs kicherten uns schon von fern zwei ansehnliche junge Frauen an, die sich neckisch bei den Hilfssheriffs unterhakten und dabei lautstark um die ihnen zustehende Strafe baten. Schließlich seien sie ja auch zwei ganz, ganz unartige Mädchen gewesen und hätten das alles auch wirklich verdient. Ihnen folgte die johlende Meute der restlichen Belegschaft, von denen einige schon ordentlich getankt hatten.

Ich ahnte irgendwie, dass es diesmal nicht so leicht sein würde, mit den üblichen Gags für Lacher zu sorgen, denn unser gesamtes Programm zielte darauf ab, dass sich der Angeklagte nicht allzu aktiv verhielt und mehr oder weniger willfährig durchlitt, was wir mit ihm anstellten. Was da aber leicht beschwipst und in alle Richtungen flirtend auf uns zu tippelte, war wohl eher das Gegenteil von alldem. Der Vergleich mit Marylin Monroe und Jane Russell war insofern passend, als dass die eine blond und die andere brünett war und beide nicht mit ihren Reizen geizten. Eher im Gegenteil.
Es war erstaunlich, wie viele Momente plötzlich eine Überstreckung ins Hohlkreuz zwingend erforderlich machten. Ebenso litten beide dem Anschein nach an der gleichen Atemwegsverengung der Nasenscheidewände, denn anders ließ sich nicht erklären, warum ihre Münder grundsätzlich halboffen standen.

Insgesamt war der Eindruck schon aus mehreren Meter Entfernung so aktiv lasziv, dass man sich als Mann fast schon unter Druck gesetzt fühlte. Natürlich nur, wenn man ein entsprechend kleines Ego hatte, und das traf weder auf unsere Sheriffs noch auf Long John und erst recht nicht auf mich zu. Ich unterdrückte also den unbändigen Drang, mich hinter Willi zu verstecken, und sah der Herausforderung in die Augen.

Schnell hatten sich auch die Arbeitskollegen der beiden Damen vor dem Sheriff's Office eingefunden, lachten, fotografierten und stießen dabei lautstark auf.
Wir hingegen versuchten jetzt, das Programm einigermaßen konsequent abzuspulen, doch schon die ersten Sätze unseres 420 Pfund schweren Friedensrichters wurden von den aufreizenden Rufen der Angeklagten unterbrochen! Sie streckten ihre Arme hervor, überstreckten sich dabei natürlich extra ausladend nach hinten und baten inständig um die nun wirklich dringend nötige Fesselung. Irgendetwas sackte in meinem Augenwinkel aus dem Bild, und ich glaube, es war der Kollege aus der Buchhaltung, der Marylins Hinterteil am nächsten gewesen war. Ich tippte auf akute Blutarmut im vorderen Stirnlappen, da das Blut sich urplötzlich an anderer Stelle gesammelt hatte.

Willi kürzte seine Rede ab, da ihm eh niemand zuhörte, gab dem Einspruch mit einem Wink statt und befahl den Hilfssheriffs, die beiden mit Handschellen zu fesseln.
»Au, das tut weh …«, schnurrte Marylin, während Jane unter laszivem Gestöhne so tat, als wäre sie jetzt unglaublich hilflos. In Wahrheit war sie alles andere als das. Hilflos waren nur wir, die wir versuchten, unseren Act durch die nächsten Minuten zu retten. Zugegebenermaßen waren wir es nicht gewohnt, dass man uns so sehr ignorierte und dann noch über uns lachte. Eigentlich

waren immer die anderen die Deppen in dieser Nummer gewesen und nicht wir.

Kaum hatte ich mich in Positur geworfen, um meine Betrunkener-Anwalt-Nummer abzufahren, wurde ich auch schon unterbrochen. Jane hatte sich vor mich gekniet und erklärte, sie habe kein Geld für einen Anwalt, sei aber bereit, es abzuarbeiten. Dabei nestelte sie an meinem Gürtel. Alles lachte – und zwar mich aus.

Du und der Long John, ihr wolltet doch immer Komiker sein.

Ja, aber die Leute sollen lachen, wenn *wir* das wollen.

Hahaha!

Zum Beispiel *nicht jetzt.*

Zusätzlich blendeten mich die Blitze einer Armada von Fotoapparaten, die urplötzlich in den Händen der Umstehenden erschienen waren. Heute bin ich froh, dass es damals noch kein Facebook gab. Diese Bilder wären bestimmt schon ins gemeinsame Gedächtnis des WWW übergegangen und dort bis über mein Lebensende hinaus beliebig abrufbar.

Ich wusste für einen Moment wirklich gar nicht, was ich tun sollte. Es war klar, dass ich Jane nicht erlauben konnte, mein Ding-a-Ling rauszukramen, andererseits wollte ich auch nicht einfach »Hör auf« rufen und etwas arg unbetrunken die Hose wieder schließen. In meiner Panik erinnerte ich mich an die Schulzeit und die Treppenstürze, mit denen ich oftmals meinen Angreifern entgangen war. Also rettete ich mich, indem ich eine Destabilisierung meines Standes durch die Bemühungen der arbeitswilligen Dame vor mir vortäuschte und eine doppelte Betrunkenen-

Pirouette mit direkt folgendem Abprall an einer der Verandabalken dranhängte. Niemand achtete jedoch auf meine kunstvoll ausgeführte Buster-Keaton-Hommage, denn Marylin und Jane fanden das »Gelaber« vom Friedensrichter laaaangweilig und rannten nun einfach an ihm vorbei in die offen stehenden Gefängniszellen.

Bevor ihnen die gesamte aufgeheizte Meute folgen konnte und unser kleines County Jail gesprengt hätte, versperrte Willi geistesgegenwärtig den Zutritt mit seinem epischen Umfang. Innerhalb weniger Sekunden hing an jedem Fenster eine Traube Männer und drückte sich gegenseitig die Köpfe aus dem Weg.

Schnell war der kleine Raum auch angefüllt mit einem Blitzlichtgewitter wie das Strobo einer Bauerndisco. Ich sah flehentlich zum Sani-Peter hinüber, dessen Aufgabe es ja normalerweise war, mich zu dem Angeklagten in die Zelle zu sperren.
Bitte nicht, sagte mein Hundeblick. Doch der Sani-Peter blieb hart, packte mich entsprechend dem Ablauf am Kragen, riss mich in die Höhe und stopfte mich zu Marylin und Jane in die Zelle. Dabei grinste er.
Ich bemerkte, wie Long John in der anderen Zelle seinen Kinski kurz fallenließ, um mich ebenfalls subtil schadenfroh anzugrinsen. Das blieb wiederum dem Willi nicht verborgen, und er wies die beiden Peters an, Long John mit zu uns in die Zelle zu stecken. Ich hätte gegrinst, wenn ich nicht damit beschäftigt gewesen wäre, auf die obere Pritsche zu flüchten, was mir durch vier gefesselte Hände, die an meinem linken Hosenbein zupften, nahezu unmöglich gemacht wurde. Ich widerstand dem Impuls, nach unten zu treten, riss mich los und verkroch mich ins hinterste Eck.

Was nun folgte, war so unglaublich unwürdig, dass ich es hier kaum beschreiben kann, ohne mich unter den Schreibtisch zu schämen. Man stelle sich zwei gestandene Cowboys vor, die ansonsten täglich zweimal die Bank überfielen, sich standhaft prügelten, mit großer Geste herumballerten und den Rest der Zeit breitbeinig über die Mainstreet stapften, um möglichst markig auszusehen.

Diese zwei Herren waren innerhalb weniger Minuten so aufgelöst, so peinlich berührt, so »gschamig«, wie man in Bayern sagt, dass sie schreiend die Hände durch die Gitterstäbe reckten, um irgendwen dazu zu bewegen, sie wieder in die Freiheit zu entlassen.

Oder in die andere Zelle. Oder an den Galgen, aber bitte irgendwohin, wo nicht zwei angetrunkene Frauen in Handschellen an ihren Gürteln rissen, um ihnen die Hosen herunterzuziehen. Es war unfassbar.

Da hätt's genug Leute gegeben, die gern mit euch getauscht hätten.

Vor dem Willi, den Peters, der versammelten Belegschaft und ihren Fotoapparaten? Ganz sicher nicht.

Mei, was stellt's euch denn so an.

Heinz, ich bin schockiert.

Ja, bestimmt.

Da wir ja Profis waren, die den Worten ihres Chefs peinlichst genau Folge leisteten und auf keinen Fall in irgendeiner Form auch nur den Anschein von Grobheit vermitteln wollten, blieb uns nichts anderes übrig, als uns auf den Stockbettpritschen mit dem Rücken nach oben festzuklammern, während die zwei Frauen an uns herumrissen und versuchten, ihre nach wie vor gefesselten Hände zwischen die Pritsche und unsere Körper zu rammen. Das frenetische Gelächter der Zuschauer übertönte das ununterbrochene Klicken der damals noch analogen Fotoapparate und fand sein Crescendo, als Marylin es zusammen mit Jane geschafft hatte, Long John auf der unteren Pritsche umzudrehen. Innerhalb einer Achtelsekunde saß sie auf ihm und rieb sich mit durchgedrücktem Rücken an seiner Körpermitte wie ein Dackel am Hosenbein!

Ich hatte aber wahrlich keine Veranlassung zu lachen, denn schon griffen zwei Hände mit knallrot lackierten Fingernägeln von unten nach meinem Schritt! Ich sprang in die hinterste rechte Ecke, wo ich mich zu einem kompakten Würfel zusammenkauerte! Jane gab auf und kletterte wieder nach unten zu Marylin und Long John. Sein Hilfeschrei drang kurz an mein Ohr, wurde dann aber effektiv unterdrückt, weil man ihm mit irgendeinem Körperteil das entsprechende Organ verstopfte. Eine jäh abgefeuerte Lachsalve des Publikums deutete darauf hin, dass eine der Damen einen originellen Weg gefunden hatte, um ihn zum Schweigen zu bringen.

Ich weiß nicht mehr, wie das Ganze endete, aber irgendwann hatten die beiden wohl genug an uns herumgerissen und die Fotomotive hatten sich dementsprechend auch nicht mehr signifikant verändert. Also ließen die fuchsigen Furien von uns ab, das Publikum applaudierte, und die beiden wurden aus ihren Zellen gelassen. Marylin und Jane posierten noch eine Weile mit ihren Handschellen vor dem Sheriff's Office.
Als irgendwann das Blitzlichtgewitter endlich nachließ, ebbte auch die Begeisterung der beiden Damen augenblicklich ab. Sie streckten ihre Fesseln den beiden Peters entgegen, ohne sie eines Blickes zu würdigen, und kaum waren die Handschellen abgestreift, entschwanden Marylin und Jane in den Saloon, wo sie mit großem Hallo empfangen wurden.

In der kleinen Zelle wagten zwei zitternde Wracks einen vorsichtigen Blick durch die Finger der schützenden Hände. Als wir erkannten, dass die Luft wieder rein war, entfalteten wir uns aus der schützenden Embryonalstellung und richteten uns auf. Allerdings nicht zu der Größe, die wir vor einer halben Stunde noch gehabt hatten. Irgendetwas in uns war gebrochen, und wir fühlten uns seltsam benutzt.

Geschieht euch ganz recht.

Na, vielen Dank.

KAPITEL 21:

Das Geburtstagsgeschenk oder: Gefährliche Inhaltsstoffe in Torten

VON HEINZ BRÜNDL

Auch mir ist mal etwas Unangenehmes passiert, was ganz gut zu der vorhergehenden Geschichte passt. Heute lach ich drüber, aber damals war das schon eine seltsame Situation.

Es war kurz vor dem großen Präsentationstermin bei den Verantwortlichen vom Hansapark hoch oben im Norden bei Lübeck. Die wollten auch eine Westernstadt, und ich sollte dorthin fahren, um unser Konzept vorzustellen.
Wichtig in dem Zusammenhang: Ein paar Tage vorher war mein Geburtstag gewesen, und meine Kinder waren auf die glorreiche Idee gekommen, mir eine Torte zu schenken. Natürlich keine gewöhnliche Torte, sondern diese Art von Backware, aus der am Ende eine brasilianische Stripperin springt.

Deine Kinder haben dir eine Stripperin bestellt?
Die hatten öfter so lustige Ideen.
»… öfter so lustige Ideen«…
Die waren ja schon längst erwachsen, jetzt tu doch nicht so entrüstet!
Ich hoffe wirklich, dass mir meine Tochter nie, nie, niemals …
Jetzt ist ja gut, hör zu!

Nie, nie, nie ...

Psst!

Man hatte mich auf der Bühne im Saloon auf einem Stuhl plaziert, und nun tanzte diese Dame zu Sambaklängen um mich herum. Sie war wirklich eine sehr hübsche junge Frau, und während sie sich entsprechend ihrem Berufsbild entkleidete, kam sie mir immer näher.

Was soll ich sagen, am Ende saß sie eben nackt auf meinem Schoss, der extra dafür engagierte Fotograf trat vor, und die Stripperin sorgte für ein paar recht freizügige Motive.

Ich nehme an, du warst vollständig bekleidet.

Auf mich hat da eh keiner geschaut.

Das ist keine Antwort, Heinz ...

Freilich war ich vollständig angezogen, was denkst denn du?

Das macht mich sehr froh. Erzähl weiter, bitte.

Ein paar Tage später kamen die Fotos von der Entwicklung zurück, und meine Kinder legten sie mir natürlich gleich breit aufgefächert auf den Schreibtisch. Als ich ins Büro kam, grinste ich mir also schon von weitem leicht entrückt und pikiert aus diversen großformatigen Bildern entgegen, dekoriert mit der unbekleideten Dame und ihrem strahlend weißen Lächeln.

Ihre Zähne sind dir sicher nicht als Erstes aufgefallen.

Jetzt sei doch mal still.

Schon ein wenig unangenehm berührt, raffte ich die Fotos zusammen und packte sie in meine Aktentasche, um sie vor etwaigen Blicken zu schützen. Da wenige Augenblicke später das Telefon klingelte und ich mich auf dem Sprung nach Lübeck zur Präsentation befand, vergaß ich die Bilder schnell wieder.

Ich ahne …
Wart's ab.

Nach einer langen Autofahrt kam ich endlich zusammen mit meinem Sohn Christian im Hansapark an. Er ist ein hervorragender Grafiker, und so war ich hervorragend ausgestattet mit Zeichnungen, aufbereiteten Bildern von No Name City und Material von unserem mobilen Red Grizzly Saloon, in dem du ja später auch gearbeitet hast. Vor uns saßen jede Menge Leute in Anzug und Schlips, bereit, unserem Vortrag zu lauschen. Die Stimmung war höflich distanziert, so wie man das aus dem Norden eben kennt. Außerdem ging es hier um eine recht stattliche Summe, und da waren die Erwartungen entsprechend hoch.
Ich stellte uns also vor, die stellten sich vor, und wir legten los. Ich wuchtete tatkräftig meine Aktentasche auf den Tisch und wollte meinem Sohn die Unterlagen geben, damit er sie verteilen konnte. Leider hatte ich wohl ein bisschen zu viel unternehmerischen Schwung …

Nein.
Doch.

Anstatt der Unterlagen schoss natürlich direkt der Stapel mit den Strip-Fotos aus der Tasche und fächerte sich in der Mitte des Raumes direkt vor den Füßen des Gremiums so perfekt über die glatten Bodenfliesen wie bei einem Zauberkünstler kurz vorm Kartentrick. Ich sehe es heute noch vor mir. Perfekter hätte man sie auch für eine Ausstellung nicht drapieren können. Und man hatte von allen Plätzen wirklich einen perfekten, unverstellten Blick …

... auf die Zähne der Dame.

Unter anderem. Auf jeden Fall hat sich mein Sohn noch viel, viel mehr geschämt als ich.

War ja auch seine saublöde Idee.

So saublöd war die gar nicht, magst die Fotos mal sehen?

Gott bewahre. Wie ging es denn dann weiter?

Ja, wie wohl? Ich bin auf dem Boden herumgekrochen und hab die Bilder wieder aufgesammelt. Dazu hab ich irgendwas von »Geburtstag« und »Geschenk von meinen Kindern« gebrummelt, was die Situation im Nachhinein betrachtet vielleicht nicht gerade entspannt hat.

Keiner hat ein Wort gesagt, und mein Sohn Christian hat in der Zwischenzeit überlegt, ob er sich irgendwie eingraben, weglaufen oder mit dem Kugelschreiber selbst entleiben sollte.

Stattdessen stand er nur da und schaute seinem Vater zu, wie er großformatige Fotos von sich selbst und einer nackten Frau aufklaubte. Jeder, der schon mal versucht hat, ein Blatt Papier von glatten Bodenfliesen aufzuheben, weiß, dass das gar nicht so leicht geht. Vor allem, wenn man die Hochglanzfotos nicht betatschen will.

Als wär das jetzt wichtig gewesen!

Die waren schon super, die Fotos. Also qualitativ.

Klar.

Ich hab dann recht schnell aufgehört, das erklären zu wollen, und mich stattdessen auf die Präsentation konzentriert. Schließlich hatten wir ja einiges vor und wollten unter anderem einen großen Saloon bauen.

Anscheinend hat mir das eindrucksvolle Intro nicht geschadet, denn wir wurden uns dann tatsächlich einig, und der Saloon steht dort heute noch und soll demnächst ein zusätzliches Stockwerk bekommen. Bald hab ich wieder einen Termin im Hansapark.

Ich hätt' da eine Idee. Wann hast du denn Geburtstag?
Ach, da nehm' ich doch dann die alten Bilder, schau ich wenigstens jünger aus.
Ich denke mal, da schaut kaum einer auf dich.
Ich schon.

KAPITEL 22:

Die Schrotflinte oder: »Poing, Poing«

VON TOMMY KRAPPWEIS

Zweimal am Tag wurde die Bank überfallen. Zweimal am Tag hüllten wir No Name City in eine beißend stinkende Wolke. Denn zweimal am Tag wurde so viel Schwarzpulver verballert, dass man damit den Saloon hätte sprengen können.

Das war ehrlich gesagt ein ganz arg großer Spaß. Es ging schon damit los, dass man den ganzen Tag mit einem schweren Revolver an der Hüfte herumlief. Dein Gang ändert sich, deine Armhaltung passt sich notgedrungen an, und natürlich muss man den Quickdraw üben, also das schnelle Ziehen des Colts mit anschließendem Spannen des Hahns und Schuss. Idealerweise spannt man den Hahn schon beim Ziehen und drückt dann sofort ab, wenn der Lauf halbwegs dorthin zeigt, wo man hintreffen will. Wir hatten spezielle Colts, die zwar ähnlich schwer waren und auch von der Mechanik her weitestgehend identisch mit einer echten Waffe. Die Unterschiede lagen unter anderem darin, dass die Trommel nur kurze Platzpatronen aufnahm und der Lauf teilweise verplombt war. Trotzdem mussten wir den Lauf immer sauber halten, da der Feuerstoß ansonsten Kieselsteinchen und Ähnliches spuckte. Auch damit konnte man Kollegen wie Zuschauer unter Umständen gefährlich verletzen.
Zudem waren die Waffen nicht für den Dauergebrauch bestimmt,

und wir schändeten die Dinger schon arg. Nicht nur, dass wir täglich Dutzende Schüsse hindurchjagten, sondern die Colts wurden in der Show fallen gelassen, durch den Sand geschleudert oder fielen zusammen mit Cyrus vom Wasserturm acht Meter in die Tiefe.

Der hat immer super aufgepasst auf die Revolver.

Ich auch.

Ja, weil du ihm eigene gekauft hast.

Ist das jetzt ein Vorwurf?

Nein, das fand ich gut. Sehr lobenswert.

Danke.

Einen der alten Stuntrevolver besitze ich tatsächlich noch. Die Klappe an der Trommel ist mit Tesafilm festgeklebt, und der Patronenausstoß ist irgendwann einfach abgefallen. Mehrmals pro Woche mussten alle Schrauben nachgezogen werden, da sie sich bei der hohen Beanspruchung schnell lockerten und dann entweder beim Spannen blockierten oder der Colt beim Schießen einfach auseinanderfiel. Allerdings lässt sich der alte Colt ohne den Ausstoß leichter über den Finger drehen, weil die Gewichtung jetzt ausgewogener ist.

Ich weiß nicht, wie viele Stunden wir insgesamt geübt hatten, die Waffen wie Terence Hill aus dem Holster über den Finger zu wirbeln und nach ein paar Runden wieder hineinflutschen zu lassen. Ich kann das heute noch recht gut und durfte vor ein paar Jahren sogar zwei Schauspieler für eine Westernparodie auf ProSieben darin unterrichten. Wer des Internets kundig ist, findet auf YouTube unseren Videoclip zu »The St. John Song«, in dem ich nach über zwanzig Jahren noch einmal die alten Klamotten und die Ausrüstung herausgekramt und mich im wahrsten Sinne des Wortes hineingeschossen habe. Dort sieht man meinen

Bruder Nico und mich die Colts noch einmal so drehen, wie wir es damals in No Name City geübt haben. Unterschnitten wird das ganze effektvollerweise mit Filmausschnitten der beiden Schauspieler, denen ich die Colt-Dreh-Stunden gab.

Eine weitere Spielart war es, sich eine Blechtasse auf den Handrücken zu stellen und dann mit exakt dieser Hand so schnell den Colt zu ziehen, dass der Lauf noch die Tasse anstieß, bevor sie ganz zu Boden fiel. Wer den Trick heraushatte (und natürlich war es einer, und nein, ich verrat's nicht), der konnte die Besucher damit mächtig beeindrucken.

Die Platzpatronen wurden meines Wissens immer in Polen bestellt, weil sie deutlich lauter waren und einen hübsch sichtbaren Feuerstrahl abgaben, den man sogar am helllichten Tag noch gut sehen konnte. Ausgegeben wurden sie von Sheriff Willie, der sehr genau darauf achtete, wer sich wie viele einsteckte. Denn natürlich ging das bei so vielen Shows mächtig ins Geld.
Er selbst hatte ein Doppelholster, zwei silberne Colts mit langem Lauf und eine Schrotflinte, mit der er zum Finale der Show aus dem Sheriff's Office walkte und einen der Banditen quer über die Mainstreet pustete.
Nun hatte aber auch einer der Bankräuber eine Schrotflinte, sogar mit abgesägtem Lauf. Diese machte ebenfalls ganz schön Radau, und das schien den Willi irgendwie zu wurmen. Also überlegte und experimentierte er daraufhin mit verschiedensten Materialien und Stopftechniken, um wiederum seine Flinte lauter rummsen zu lassen als die seines Gegners. Das ließ dieser natürlich nicht auf sich sitzen und begann ebenfalls herumzuprobieren. Zum Einsatz kamen Watte, Schwarzpulver, Taschentücher, mehr Schwarzpulver, trockene und nasse Kugeln aus Küchenrolle oder Klopapier und noch viel, viel mehr Schwarzpulver. Und irgend-

wie schaukelte sich im Laufe der Tage, Wochen und Monate eine Art Wettbewerb hoch. Bis zu diesem einen denkwürdigen Tag im August …

Du warst da ja gar nicht dabei, oder Heinz?
Nein, ihr habt's mir nur erzählt, aber ich hab gar nicht gewusst, ob ich lachen oder alle sauber zusammenscheißen soll. Was da alles hätt' passieren können!
Ich erinnere mich, dass du Tränen gelacht hast.
Ich erinnere mich, dass ich euch zusammengeschissen hab.
Lachend.
Vermutlich.

Wieder einmal war es Zeit für die Stuntshow, wieder einmal landeten wir Bankräuber nacheinander im Sand, wieder einmal schwappte Willi mit der Grazie eines Vanillepuddings aus dem Sheriff's Office, legte seine Schrotflinte an und betätigte den Abzug.

Der Donnerschlag, der sich daraufhin aus seiner Waffe löste, war so immens, dass ein Aufschrei durch die Zuschauer ging. Meine Ohren gaben auf und hängten für die nächsten Stunden ein »out of order«-Schild nach draußen, ebenso wie die von Long John, Frankie und allen anderen Menschen im Umfeld.

Am schlechtesten aber ging es einem Bankräuber namens Tex, der steif wie ein Besenstiel die Mainstreet etwa 20 Meter weiter hinunter stand, neben sich starrte und kalkweiß im Gesicht war. Dazu muss man dringend bemerken, dass der Tex eine imposante Erscheinung bot: Als fleischgewordenes Ebenbild eines Bikers, den man perfekter nicht karikieren konnte, mit einem scharf abrasierten Bart, der wie ein Rammsporn vorstand, tätowiert wie eine Litfaßsäule und auch figürlich nicht unähnlich, war der Tex für mich der Inbegriff eines absolut furchtlosen Rocker-Riesen. Da er das Herz am richtigen Fleck hatte und zudem über Humor verfügte, hatte man nur dann Angst vor ihm, wenn er das wirklich wollte. Dann aber richtig.

Und dieser Baum von einem Rocker stand nun bewegungslos an dem Wall, der No Name City vom Rest der Realität abgrenzte, und blickte auf etwas, das einen halben Meter vor ihm im Boden steckte, gemütlich vor sich hin qualmte und ein bisschen das umliegende Gras versengte.

Nur wenige Sekunden zuvor hatte sich dieses etwa sechzig Zentimeter lange Stück Metall zwischen den zwei Läufen von Willis Schrotflinte befunden, um diese zusammenzuhalten. Stattdessen hielt Willi nun ein rauchendes Objekt in der Hand, das aussah wie die Hörner eines Ziegenbocks, denn die beiden Läufe lagen nun nicht mehr traut nebeneinander, sondern verhielten sich wie ein Ehepaar vor dem Scheidungsrichter: Sie blickten in entgegengesetzte Himmelsrichtungen.

Wer glaubt, dass es solchermaßen verbogene Schrotflinten nur im Comic gebe, der sei hier eines Besseren belehrt. Die Läufe standen auseinander, wie man es in einem Laurel & Hardy-Film erwartet hätte. Und Willis heiß rauchendes Flintenmittelstück hatte um ein Haar einen vermeintlichen Bankräuber am Ende der Mainstreet durchschlagen. Das ist keine Übertreibung, denn das scharfkantige Ding hatte sich schließlich eine ganze Handbreit tief in den steinigen Boden gebohrt.

Die Zuschauer jedoch lachten und applaudierten wie wild. Mutmaßlich auch deswegen, weil sie wie alle anderen Lebewesen im Umkreis von einem Kilometer an vorübergehender Schwerhörigkeit litten. Frankie hatte noch tagelang ein gleichbleibendes Fiepen in beiden Ohren, aber er trug es mit Fassung, da es Juan Tabascos Jodeln in der Saloonshow etwas erträglicher machte.

Ich hab dann verboten, dass die Schrotflinten so brutal gestopft werden.

Immerhin hat es Monate gedauert, bis wir die gleiche Lautstärke wieder erreicht hatten.

Ja, aber es hat keine Flinte mehr zerrissen.

Das stimmt.

Dafür sind die einfach zu sauteuer, die Dinger.

Und zu saugefährlich für deine Mitarbeiter.

Jaja, das auch.

KAPITEL 23:

Crocotex Dundee oder: A Katz! A Katz!

VON HEINZ BRÜNDL & TOMMY KRAPPWEIS

Wart einmal, Tommy, zum Tex fällt mir noch etwas ein. Er war ja nicht nur ein richtiges Viech von einem Biker und tätowiert, sondern auch damals schon gepierct. Aber das war ihm alles nicht genug. Eine Zeitlang hat er dazu noch einen Mäusehut getragen.

Einen … Mäuse…hut …?
Genau.

Damals lief gerade der Film *Crocodile Dundee* im Kino, und der trug ja Krokodilzähne im Hutband. Da Krokodile in Deutschland recht selten sind, wenn man nicht gerade beim Klaus Ortner durch die falsche Tür läuft, hatte der Tex eben Mäuse in sein Hutband gesteckt. Also natürlich tote Mäuse, aber eben echte tote Viecher. Mäuse gab's bei uns ja mehr als genug, und er trug die eben eine Zeitlang am Hut. Allerdings hatten wir uns irgendwann dran gewöhnt, und keiner starrte ihn mehr fassungslos an.

Das war dem Tex aber irgendwie wichtig?
Es war für ihn Normalzustand.
Ach so, und da hat ihm dann also was gefehlt?
Vielleicht, ja.

Er hat's dann auf jeden Fall kurzzeitig getoppt, indem er sich aus den Zutaten für unsere No-Name-City-Cheeseburger einen »Mausburger« zusammenstellte und dann recht erfolgreich so tat, als würde er immer wieder davon abbeißen. Das war dann aber auch irgendwann durch, und so hat er sich dann eben immer wieder was Neues überlegt.
Recht schnell kam er drauf, dass tote Tiere eher langweilig sind. Außerdem war der Tex ja ein lieber Kerl, und drum hat er sich dann auf lebendige Tiere kapriziert. Ich erinnere mich besonders gut an seine zahmen Ratten. Dummerweise sind ihm die dann abgehauen, und so hatten wir bald eine Rattenplage in No Name City. Denen ging es sogar richtig gut, denn es gab ja wirklich genug zu fressen überall. Wir engagierten einen Kammerjäger und taten auch selbst unser Bestes, um der Lage möglichst schnell wieder Herr zu werden.
Nur geht das ja nicht so schnell, und diese Dinger wurden bei uns riesengroß! Und wenn es dunkel wurde, trauten sich die elendigen Viecher sogar raus in den Biergarten vom Saloon. Mitten zwischen die Leute!

Um Gottes willen, was habt ihr dann gemacht, wenn das jemand bemerkt hat?

Wir haben immer ganz laut gerufen: »Schaug, a Katz! A Katz!«

Klingt so ähnlich wie »a Ratz!«

Hat auch so ähnlich ausgeschaut …

Nachdem das mit den Ratten endlich erledigt war, hat uns der Tex gnädigerweise mit neuen Ratten verschont. Dafür hatte er dann zahme Frettchen. Die haben aber saumäßig gekratzt unter dem Hemd, weil sie sich immer untereinander so gefetzt haben. Das sah dann immer ein bisschen seltsam aus, wenn dieser riesige Rocker regungslos vor dem Sheriff's Office auf der Bank saß, sich aber sein Bauch so seltsam bewegte, als würde da gleich irgendwas schlüpfen … Na ja, also hat er die Frettchen dann an die Leine genommen. Leider vertrugen sich die Frettchen auch außerhalb von seinem Hemd nicht besonders.

Stimmt! Das war doch eine dünne Kette, die vorn wie ein »T« war und an jedem Ende war ein Frettchen.

Genau, aber die haben sich gehasst.

Ja, man hat die Tiere eigentlich nie gesehen, weil man nur einen einzigen, ineinander verkeilten Fellball wahrnehmen konnte, der aus zwei Köpfen und acht Krallen bestand.

Richtig, also hat er die dann irgendwo freigelassen.

Sind die ihm nicht auch abgehauen?

Auf jeden Fall hat er sie sich nicht an den Hut gesteckt.

Oder in einen Frettchenburger.

Beim Tex weiß man das nie …

KAPITEL 24:

Harro hat den Schlüssel oder: Der rätselhafte Container

VON HEINZ BRÜNDL

Der erste Betreiber der Küche in No Name City hieß Harro, und er kam zu uns durch die Vermittlung unseres Besitzers Wilhelm P. … Er hatte große Erfahrung in der Speisung von Hundertschaften, weil er ein sogenannter Festwirt war. Also einfach gesagt einer, der Festzeltveranstaltungen macht.

Gleich am Anfang hat sich das ausgezahlt. Ich glaube, das war sechs Wochen nach der Eröffnung von No Name City. Mitten in der Nacht schlägt der Hund vom Klaus Ortner an, bellt wie verrückt, will sich gar nicht mehr beruhigen. Der Klaus wohnte ja auf dem Gelände, und ich hatte da auch eine kleine Hütte. Also sind wir alle raus auf die Mainstreet gestolpert – und da steht doch glatt die Küche in Flammen.

Was? Die Geschichte kenn ich gar nicht!
Ja, der gesamte Küchentrakt hat gebrannt und die Mexican Cantina daneben auch.
Ach du Sch…
Genau.

Wir haben sofort angefangen, irgendwie zu löschen, aber der Brand hatte sich schon ausgebreitet – da kannst du mit einem

Feuerlöscher nicht mehr viel ausrichten. Die Feuerwehr ist angerückt und hat das dann gelöscht. Wenn der Hund uns nicht geweckt hätte, wär der Ortner mitsamt seinem Häusl am Ende noch mit verbrannt. Glück im Unglück war auch, dass der Wind nicht gedreht hatte, sonst wär der Saloon gleich mit weg gewesen. So hatten wir »nur« die Küche und die Cantina verloren.
Am nächsten Tag stand auch schon die Kripo da, um die Brandursache zusammen mit dem Brandmeister herauszufinden. Sie stellten fest, dass irgendein Nagetier unter dem Boden der Küche ein Kabel angefressen hatte. Dadurch entstand ein Schwelbrand, von dem aus sich das Feuer dann ausbreitete.

Aber das war doch für euch eine Katastrophe!

Na klar, direkt am Anfang der allerersten Saison, alle waren total zerschmettert, und natürlich haben wir überlegt, ob wir jetzt gleich wieder zusperren sollen.

Habt ihr aber nicht, nehme ich an.
Ja, nix. Ich hab mir dann nämlich so gedacht: »Auch im Wilden Westen wird's mal gebrannt haben.«
Hä?

Na, was haben die damals wohl gemacht, wenn ihnen der Saloon abgebrannt ist? Die haben dann vermutlich draußen gegessen und getrunken, was sonst? Also haben wir mitten in den verkohlten Balken ein Zelt aufgestellt, in dem der Harro dann die Küche improvisiert hat. Ich habe mit lauter altem Geschirr und anderen Requisiten dekoriert, und die Tische und Stühle haben wir einfach auf die Mainstreet gestellt.
Und was soll ich sagen? Das sah nicht nur irre gut aus, nein, die Besucher dachten auch noch, das wäre Absicht, und fanden die

Idee ganz großartig. Gerade in der Anfangszeit waren viele neugierige Leute aus anderen Freizeitparks da, die sich anschauen wollten, was wir da treiben und ob es funktioniert. Und die haben mich dann oft gefragt, wie wir das hinbekommen hätten, dass die Deko des abgebrannten Gebäudes so realistisch aussieht. Und ich hab dann eben erklärt, wie man Balken so imprägniert, dass sie nur außen brennen und so die Stabilität nicht verlieren und so weiter. Das war immer sehr lustig, mir ist dauernd ein neuer Schmarrn eingefallen.

Glaub ich sofort.
Ich hoffe, niemand hat versucht, so was mal nach meiner Anleitung nachzubauen.
Das hoff ich auch. Sehr.

Der Harro hat auf jeden Fall richtig gern in No Name City gearbeitet. »Bei euch bleibt mir nie was übrig«, hat er immer gesagt, und das ist für einen Wirt natürlich eine tolle Sache. Auch ansonsten war er … wie sag ich das … also, er war insgesamt eher recht entspannt.

Wenn ich dich auf Basis der bisherigen Geschichten hier richtig interpretiere, war er nicht gerade der beste Freund vom Gesundheitsamt.
Richtig interpretiert, das war er nicht. Aber ich.
Bitte wie?

Ich war der beste Freund vom Gesundheitsamt. Na ja, nicht von der gesamten Behörde, aber von dem Beamten, der für uns zuständig war. Einer der härtesten Hunde und rein zufällig früher ein Sportkamerad von mir. Wenn der kam, hat er sich gefreut, dass er die Show anschauen und ein bisschen entspannen konnte.

Zufälligerweise kamen in der Zeit gerade überall die Dönerbuden auf, und die Leute vom Gesundheitsamt sind regelrecht durchgedreht, weil sich der Arbeitsaufwand dadurch erst einmal verdoppelte.

Wegen der Menge der Dönerbuden oder wegen deren Zustand?
Soweit ich mich erinnern kann, war es vor allem die Anzahl der Eröffnungen, und was das andere Thema angeht …
… »Der frei von Schuld werfe den ersten Stein?«
Sozusagen, ja. Wobei ich genau genommen wirklich frei von Schuld bin.
Aber verantwortlich.
Ja, als Chef ist das eben so.
Erzähl.
Also gut …

Nach einem seiner Besuche wollte mein Freund vom Gesundheitsamt gerade gehen, da deutete er auf einen Container, der hinter der Küche stand. »Was ist eigentlich da drin, Heinz?«, fragte er, und ich hatte keine Ahnung.
Also bin ich hin und stellte fest, dass der zugesperrt war. Nun war der Harro aber gerade nicht da, und ich hatte auch keinen Schlüssel. Also schlug ich vor, ihn aufzubrechen. Darauf winkte mein alter Bekannter nur ab und sagte: »Ach Schmarrn, lass nur. Schaust halt mal rein, und dann passt das schon. Bei dir ist eh immer alles in Ordnung!«

So in Ordnung wie deine Büffelsalami?
Nein, *nicht* wie meine Büffelsalami. Die war nicht zum Essen gedacht, meine Büffelsalami.
Ist ja gut.

Als der Harro am Nachmittag wieder da war, hab ich ihn auch gleich brav gefragt, ob er mir bitte mal den Container aufsperrt. Da hat er dann rumgedruckst, und das hat mir gar nicht gefallen. »Du machst jetzt augenblicklich den Container auf«, hab ich ihm gesagt. Ich kann recht ungemütlich werden, wenn ich denk, dass was nicht stimmt.

Der Harro brauchte ziemlich lang, bis er den Schlüssel gefunden hatte. Dann brauchte er noch ein bisschen länger, bis er ihn endlich ins Schloss gesteckt hatte. Die Tür vom Container machte er aber dann trotzdem nicht auf.
»Da ist eigentlich nix Wichtiges drin, musst du da unbedingt reinschauen, Heinz?«, hat er dann noch einmal gefragt.
Darauf ich: »Wenn du sagst, dass da nix Wichtiges drin ist, muss ich da sogar ganz dringend reinschauen, Harro.«
Da seufzte er und griff an die Flügeltür. Ich wunderte mich noch, warum er beim Öffnen so seltsam zur Seite trat.

Gleich wusstest du aber, warum.
Ja, weil ich in einem dichten Schwarm Fleischfliegen gestanden bin.
Mir wird schlecht …

Dieser Wahnsinnige hatte da immer die Fleischhälften reingehängt, die ihm bei anderen Veranstaltungen übrig geblieben sind. Und es war wirklich alles schwarz vor lauter Fliegen.

Und das hat er dann an das Publikum verfüttert?
Ja und an euch.
So. Jetzt ist mir schlecht.

Vor allem hab ich mich dann plötzlich an seinen Spruch erinnert: »Bei euch bleibt mir nie was übrig …« Und da hab ich dann kurz überlegt, ob ich ihn mit zu den Schweinehälften hängen soll.

Was du aber nicht getan hast.

Nein, aber ich hab zugeschaut, wie er das dann schön brav alles ausgeräumt und sauber gemacht hat.

Aus entsprechender Entfernung.

Logisch.

KAPITEL 25:

Der Volker oder: Sample, Gong und Bottich

VON TOMMY KRAPPWEIS

Kein Freizeitpark ohne Techniker. Und der Volker war der unsere. Er sorgte dafür, dass ich in der Saloonshow mit einem Dekogewehr drei Ballons abschießen konnte, indem er sie vor jeder Show zuverlässig über dem Messerbrett drapierte und dann im richtigen Moment die kleinen Zündpillen auslöste, damit sie platzten. Gleichzeitig spielte er das Geräusch eines Schusses mit Querschläger ab und lag in 98 Prozent der Fälle so präzise auf meinen Bewegungen, dass ich mich manchmal fragte, ob er Gedanken lesen konnte.

Volker sorgte auch für die Soundkulisse während der Stuntshow. Denn man hatte recht schnell festgestellt, dass eine Schlägerei ohne die entsprechenden Sounds recht armselig wirkte. Zwar benutzten wir eine recht effektive Technik, die wir von unserem tschechischen Stuntman und Schmied Frankie gelernt hatten und mit der man täuschend echt klingende Schlaggeräusche verdeckt am Körper hervorrufen konnte, aber das genügte nur in Innenräumen und nicht für eine Show auf der Mainstreet mit bis zu 800 Zuschauern.

Heutzutage ist so was ja nun wirklich kein Problem mehr. Jedes Smartphone verfügt über einen Sampler, mit dem man Sounds aufnehmen und abspielen oder über entsprechende Anbieter im

Internet Hunderttausende qualitativ hochwertige Geräusche runterladen und synchron per Fingertipp auslösen kann.
Damals hatte man nur die Möglichkeit, ein verhältnismäßig teures Keyboard über Midi so zu programmieren, dass es einen sündhaft teuren Sampler von der Größe eines Küchenschranks ansteuerte. Der glich seine Sperrigkeit damit aus, dass er über die Speicherkapazität eines löchrigen Fingerhuts verfügte und in etwa so schnell Daten verarbeitete wie ein Grundschulkind mit dem Rechenschieber. Gut, ich übertreibe …

Ausnahmsweise.
Ja, ausnahmsweise, Heinz.

Aber teuer waren diese Geräte in der Tat und auch nicht gerade geeignet, bei Wind und Wetter immer tadellos und zuverlässig zu funktionieren. Volker saß nämlich während der Show hinter der Deko-Fassade des Hotels, von wo aus er die ganze Mainstreet überblicken konnte. Die zugige Bretterwand reichte nicht aus, um ein empfindliches elektronisches Gerät vor Temperatur und Witterung zu schützen und somit störungsfrei zu betreiben. Da brauchte es eine deutlich robustere Lösung …

Diese hatte die ersten Jahre darin bestanden, dass unser Sprecher Klaus Ortner die Geräusche einfach mit dem Mund ins Mikro schmatzte. Er selbst fand sich gar nicht so schlecht, aber irgendwie war den Zuschauern auch Anfang der Neunziger schon recht schnell klar, dass hier jemand etwas aus Kostengründen in Personalunion erledigte. Und wir waren auch nicht soooo arg begeistert davon, zu Ortners »pfuschhhh«-Geräuschen den Kopf zur Seite zu reißen, als hätte uns der Marshall gerade mächtig eine eingeschenkt, wenn es über die Lautsprecher eher so klang, als hätte man uns mit Magerquark beworfen.

So schlimm war das gar nicht.

Ganz ehrlich, ich fand schon.

Ja, du wolltest immer alles anders machen und perfekter.

Was ist daran falsch?

Nix, außer dass es Geld kostet.

Die brillante Lösung des Problems war ein »typischer Volker«, und sie präsentierte sich ihm eines Morgens beim Einkaufen im Supermarkt in Form eines: »Dingdangdong … Heute im Angebot an der Wursttheke: Putensalami Mediterrano Classico, nur heute für 50 Pfennig à 100 Gramm … Dingdangdong …«

Sofort war Volker klar, dass dieser Gong weder von CD, Kassette oder Schallplatte kam noch von dem Sprecher selbst gesungen wurde.

Es gab da bestimmt ein Gerät mit einem Knopf und wenn man draufdrückte, machte es »Dingdangdong«. Und wer sagte denn, dass das nicht auch »Knuffpuffbonk« machen konnte?

Ob Volker noch im Supermarkt mit der Tüte in der Hand ins Hinterzimmer stürmte und fieberhaft nach dem Dingdangdong-Knopf suchte, weiß ich nicht. Fakt ist: Seine Erwartungen wurden noch übertroffen, denn dieses Gerät hatte nicht nur einen Knopf, sondern acht Tasten. Und jede Taste konnte mit einem Sound belegt werden. Vivat und Hurra!

Programmiert mit den Prügelgeräuschen von »Street Fighter«, einem Beat-'em-up-Game für die Spielekonsole Super Nintendo, kamen wir nun alle in den Genuss synchron getakteter Geräusche für die Stuntshow. Der ein oder andere Hardcore-Gamer fragte sich vielleicht, wie es dazu kommen konnte, dass die rechte Gerade des Marshalls klang wie der Fußtritt von Chun-Li.

Mag sein, dass die Geräusche mal ein bisschen zu früh oder etwas zu spät hinter dem eigentlich Schlag ertönten, aber insgesamt hatte unser Volker wirklich ein gutes Bauchgefühl, und ich kann mich nicht erinnern, dass er in all den Jahren mal voll danebenlag. Man konnte sich wirklich hundertprozentig auf ihn verlassen, und das ist bei einem Techniker schon ein verdammt gutes Gefühl.

Es war wirklich schwer, Volker aus der Ruhe zu bringen. Zwar sah man ihn gelegentlich mit mürrisch zu Boden gerichtetem Tunnelblick die Mainstreet entlangstapfen, weil er mal wieder auf irgendeinem Problem herumkaute, aber er war immer da, immer zuverlässig und immer freundlich zu den Gästen. Bis auf ein einziges Mal …

Ich weiß, was du meinst! Da gibt's auch ein Foto!
Genau, das mein ich. Kannst du das raussuchen? Dann packen wir es in den Bildteil vom Buch.
Das müssen wir finden, das ist eins der besten Bilder.

Bitte blättern Sie jetzt noch nicht vor in den Bildteil. Warten Sie noch! Danke.

Vor dem Saloon stand ein großer Wasserbottich, wie sich das gehörte, wenn das Hauptverkehrsmittel aus »Pferd« bestand. Und wenn es mal wieder besonders heiß war, konnte man schon der Idee verfallen, sich in der Jacuzzi-förmigen Wanne wohlig abzukühlen. Sobald aber irgendeiner der Gäste auf diese gloriose Idee kam und sie dann johlend in die Tat umsetzte, dauerte es nicht lange, und die Situation geriet außer Kontrolle. Innerhalb weniger Minuten war der Bottich voll mit Menschen, das Wasser pritschelte in den Sand und degenerierte unsere Stuntshow zu profanem Schlammcatchen. Außerdem war der Behälter voll mit großen glitschigen Steinen, was immer wieder zu Verletzungen führte, und zu guter Letzt hatten unsere Pferde dann auch keine Tränke mehr vor dem Saloon.

Also wiesen wir immer mal wieder mehr oder weniger höflich darauf hin, dass die Pferdetränke kein Erfrischungsbad darstellte und solcherlei Zweckentfremdung nicht geduldet werden konnte.
Bitte blättern Sie immer noch nicht vor, auch wenn Sie jetzt schon wissen, dass Sie nach einem Bild mit Wasserbottich suchen müssen! An dem Tag, von dem ich berichten will, wurde der Volker beim Verlassen des Saloons eines Mannes ansichtig, der seinen überhitzten Leib samt Kopf just mit einem seligen Grinsen im kühlen Nass der Pferdetränke versenkte.
Volker trat an die Tränke heran und wartete notgedrungen, bis der Kerl wieder auftauchte. Prustend und lachend brach er da auch schon durch die Oberfläche und spuckte feixend einen Wasserstrahl auf seinen Kumpel, der ihm gegenüber stand. Der ließ sich nicht lumpen, und bevor Volker dazwischenrufen konnte, war auch er schon kopfüber im Bottich untergetaucht.
Abermals wartete Volker, bis die beiden wieder Oberwasser hatten, und hub dann umso bellender an zu sprechen, dass dieser Behälter keine Badewanne sei.
Die zwei Typen kippten sich gegenseitig Wasser über den Kopf, spritzten fröhlich ihre anderen Kumpel nass und lachten dabei laut. Volker, der direkt hinter ihnen stand, ignorierten sie dabei so absolut, wie man nur was ignorieren kann – also völlig.

»Hallo!«, rief Volker, »das ist keine Badewanne! Hallo! Hey!« Die zwei frechen Heinis nahmen aber einfach mal so gar keine Notiz von ihm und lachten nur noch lauter. Volker atmete tief durch. Dann versuchte er es noch einmal. Diesmal deutlich forscher.

»Hier gilt das Hausrecht! Ihr steigt jetzt sofort da raus oder ihr verlasst umgehend den Park!«

Plansch, plansch, spritz, kicher, kicher.

»HEY! RAUS DA! SOFORT!«

Blubb, kicher, kicher, feix, feix.

Es folgte der Moment, wo sich in Volker die Fassungslosigkeit Bahn brach. So unverschämt hatte ihn noch nie jemand ignoriert. Was also sollte er tun? Die beiden an den Haaren herauszerren? Einen Alarm in die Luft ballern und die Kollegen zu Hilfe rufen? Wegen zweier Wildplanscher?
Und exakt in dem Moment, als Volker die ratloseste aller ratlosen Gesten machte – das große Achselhochziehen mit ausgestreckten Armen und nach oben gedrehten Handflächen plus entsprechendem Gesichtsausdruck –, muss wohl jemand auf den Auslöser seines Fotoapparats gedrückt haben. Des Schicksals glückliche Fügung ließ es zu, dass das Foto die Zeit überdauerte und uns und Ihnen nun im Bildteil dieses Buches vorliegt. Jetzt sollten Sie das Foto mal in Augenschein nehmen und dann wieder hierher zurückkehren. Bis gleich.

…

Des Rätsels Lösung ahnen Sie vielleicht schon. Hätte Volker nicht hinter, sondern vor den beiden gestanden, wäre ihm vielleicht Erfolg beschieden gewesen. So aber sahen die zwei Badebuben ihn nicht und konnten folglich auch nicht von seinen Lippen ablesen. Das wäre aber dringend nötig gewesen, denn die beiden waren taubstumm.

Wir haben sie dann natürlich nicht rausgeschmissen.
Weil du dank ihnen jetzt so ein tolles Foto hast?
Richtig.

KAPITEL 26:

Der Xylamon oder: Was alles so versickert

VON HEINZ BRÜNDL

Xylamon ist nicht nur ein giftiges Holzschutzmittel, das heute meines Wissens nicht mehr verkauft wird, sondern auch der Spitzname eines unserer ehemaligen Mitarbeiter.

Er war auf Empfehlung unseres finanzkräftigen Besitzers Wilhelm P. zu mir gekommen. Angeblich hatte der Xylamon ihm in seinem ehemaligen Job als Bankangestellter einmal aus der Patsche geholfen. Die Anstellung hat er dann aus irgendwelchen Gründen verloren und sollte nun bei mir Arbeit bekommen. Wir hatten genug zu tun, also drückte ich ihm einen Pinsel und einen Eimer Holzschutzfarbe in die Hand und deutete auf einen kurzen Zaun von etwa 5 Meter Länge neben unserem Bahnhof. Diesen Zaun sollte er anstreichen.

Weil er Xylamon hieß?
Nein, da hieß er noch anders.
Aber gleich heißt er Xylamon?
Ja, gleich heißt er Xylamon, pass auf.

Der Mann mit dem zukünftigen Spitznamen Xylamon legte also los, und ich ging ins Büro. Als ich mich ein paar Stunden später daran erinnerte, ging ich rüber zum Bahnhof, um nach dem Xylamon zu sehen.

Nach der Person oder nach dem Holzschutzmittel?
Nach der Person.
Aber die hieß doch noch gar nicht …
Hör halt zu.

Als ich dort ankam, war kein Xylamon mehr da.

Wo war er denn?
Herrgottsakra, der Xyl…, der Typ war schon noch da! Aber das ganze Xylamon war weg! Dafür war aber der Zaun nur bis zur Hälfte angestrichen.

Die Eimer waren alle offen und lagen verstreut herum. Außerdem waren sie leer. Der Grund dafür war, dass mein Aushilfsanstreicher leider ein Alkoholiker war und …

Der heißt doch jetzt bitte nicht Xylamon, weil er fünf Eimer Holzschutzmittel ausgesoffen hat!
Schmarrn! Außerdem wär er dann sofort tot umgefallen. Das Zeug ist brutal giftig.

Also das … ich meine *der* Xylamon lag besoffen neben dem Zaun, und fünf Eimer giftiges Holzschutzmittel waren im Boden versickert. Ich hab gedacht, ich dreh gleich durch. Wir haben dann versucht, so gut es ging, die Erde abzutragen, bevor das Zeug ins Grundwasser geht. Eine Plackerei war das bei der Hitze, einfach nur brutal. Und der Xylamon …

… wurde dann den Umweltregularien entsprechend entsorgt.
Nein! Ich meine, ja, wir haben *das* Xylamon entsorgt, natürlich nicht *den* Xylamon. Aber der …

... hatte jetzt endlich seinen Namen.

Richtig. Der lag seelenruhig neben dem halb angestrichenen Zaun, um seinen Rausch auszuschlafen, während wir das verseuchte Zeug ausgegraben und weggeschafft haben.

Weil ich ihn aber nicht sofort wieder feuern konnte, wurde der Xylamon schließlich der erste Banker unserer No Name City National Bank.

Zu doof, um einen Zaun anzustreichen, aber für einen Job in der Bank reicht's.

So gesehen, ja.

Dazu muss ich erst einmal erklären, warum wir überhaupt eine Bank hatten: Um innerhalb von No Name City irgendetwas kaufen oder bezahlen zu können, mussten alle Besucher Geld in unsere Währung »Nuggets« umtauschen. Das hatte viele Vorteile. Zum einen waren diese Scheine außerhalb von No Name City vollkommen wertlos, was die Diebstahlgefahr deutlich reduzierte, und zum anderen war die Abrechnung für unser Servicepersonal natürlich denkbar einfach. Außerdem waren die Gäste schon etwas spendabler, wenn sie nicht ihr eigenes Geld aus der Brieftasche ziehen mussten, sondern unser »Spielgeld«.

Die Nuggets waren ziemlich fälschungssicher, und auch die Betreiber der Läden in No Name City haben mit mir in Nuggets abgerechnet. Das war als Kontrollsystem recht erfolgreich, wir konnten beim Rücktausch gleich die Pacht abziehen.

Der Nachteil war nur, dass man dauernd anstehen musste, um zu wechseln.

Ja, weil die Gäste am Anfang ihres Besuchs meistens zu wenig gewechselt hatten. Wenn die Nuggets dann aufgebraucht waren, sind sie natürlich alle erst einmal zurück in die Bank gerannt.

Dafür hatten wir im Saloon eine Durchreiche zur Bank installiert. Und damit zurück zum Xylamon. Bei ihm wechselten die Gäste also ihre Deutsche Mark in unsere Nuggets. Und wie das so ist in einem Saloon, hatten die Gäste vor allem an den Abenden dabei auch mal ein Bierglas in der Hand. Das konnte man dann auf der kleinen Theke an der Durchreiche abstellen, damit man mit beiden Händen das Geld abzählen und die Nuggets in Empfang nehmen konnte. Und weil man beim Geldzählen meistens recht konzentriert ist, war das gleichzeitig die Chance für den Xylamon.

Um sie beim Wechseln zu bescheißen!?
Schmarrn, ihr Bier hat er ausgesoffen und das Glas leer wieder hingestellt.
Das darf nicht wahr sein …
Freilich. Ich hab's doch selbst gesehen.

Eigentlich mehr zufällig. Ich ging gerade an der Durchreiche vorbei, als plötzlich eine Hand rauskam und ein leeres Glas neben einen Gast stellte, als der seine Nuggets zusammenrollte, um sie einzustecken. Der bemerkte nichts davon, nahm sein leeres Glas und schwankte zurück an seinen Platz.
Ich blieb erst einmal stehen und schaute mir das eine Zeitlang an. Immer wieder das gleiche Spiel: Gast kommt, stellt Bier ab, wühlt in seinen Taschen, Hand kommt aus der Durchreiche, Glas verschwindet, Glas erscheint. Meistens fehlte nur ein Viertel, ab und zu die Hälfte, und gelegentlich hat's der Xylamon sogar ganz gepackt.

Heinz Bründl und ich erinnern uns an
die Zeit vor etwa 1000 Jahren …

… und manchmal differieren
die Erinnerungen doch ein wenig.

Mein (links) erster Besuch in No Name City anlässlich des Geburtstages meines Bruders Nico (rechts). Die Rauchschwaden sind Wattefetzen, die ich beim Entwickeln des Bildes auf das Fotopapier legte. Heute gibt's dafür 'ne App.

Heinz (ganz rechts): »Und da drüben bau ich irgendwann eine Stadt hin …«

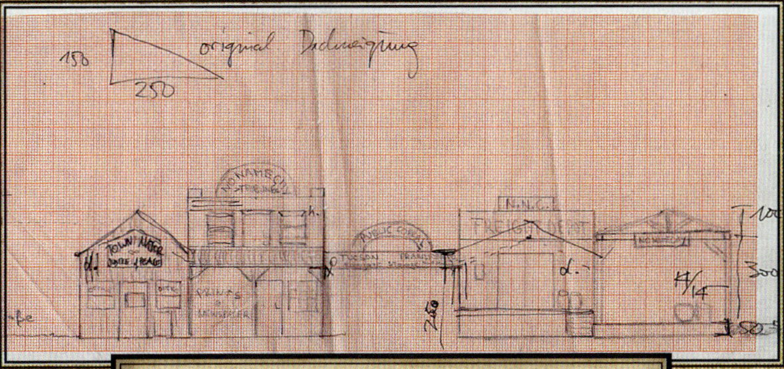

Der originale Bauplan, gezeichnet vom Heinz persönlich auf voll professionellem Papier.

Dank dem tollen Plan vom Heinz blieben auch kaum Fragen offen.

Der fertige Saloon.
Davor ein paar fertige Gestalten.

Die Währung in No Name City,
fälschungssicher dank Abbildern von
Buffalo Child und Geier.

Schnappschüsse eines Gastes während einer Schlägerei. Man erkennt Willi mit gezogener Waffe, der gerade die zwei Schuss Alarm abgefeuert hat. Während Volker den Störenfried am Kragen packt, kommt hinten bereits Mad Dog angelaufen und freut sich schon. Auf dem zweiten Bild macht er seinem Namen alle Ehre.

Ein von Heinz Bründls Firma Winona ausgestatteter General Store. Zum Niederknien.

Long John, Cyrus und ich kommen in die Stadt, um mal wieder die Bank auszurauben.

Sheriff Willie Roy Bean und Hilfssheriff Rattlesnake Joe ahnen schon, dass es bald wieder rundgeht. Im Hintergrund stehen Pfarrer und Totengräber bereit. Praktisch.

Willie Roy Bean in seiner Eigenschaft als Friedensrichter während eines Eilverfahrens.

Ich, fliegend.
Zweimal pro Tag,
immer außer montags,
monatelang …

Cyrus, fallend. Ebenso oft
wie ich, nur tiefer.
Man beachte die
verblüffende Fotomontage.

Peter Bento wie immer in perfekter Pose.

Cyrus als Buffalo Bill und ich als bärtige Annie Oakley.

Heinz Bründl bei seiner Messerwerfernummer. Der Fotograf hat überlebt.

Der unverwüstliche, hoch professionelle Juan Tabasco.

Mein Bruder Nico, ich und Cyrus auf der Mainstreet.

Ich in der Rolle als
Anwalt Rufus T. Firefly,
kurz bevor ich mit
meinem Mandanten
eingesperrt werde.

Im Fotostudio von
No Name City.

Mehmet erzählt von »Aslan Dschinottrii«,
während Nello und ich rätseln.

Buffalo Child – Magnet für 50 000 weibliche Besucher pro Jahr.

Ein stolzer Wolfgang Krenzola mit seiner »Kyra«.

Als Assistent des Wunderdoktors Aaron McClint alias Herrmann Nehmdahl, rechts Walter Lindemann.

Heinz Bründl mit Klaus »The Voice« Ortner.

Cyrus, ich und Nello, posierend für Werbezwecke. Oder einfach so.

Ein Foto von Mad Dog, das jedes Einstellungsgespräch erübrigt. Zumindest wenn man Leute für eine Westernstadt sucht.

Die Band »Shady Mix« in wenig authentischer Kleidung, daneben zeigt Cyrus als General der Südstaaten, wie es bessergeht.

Eins meiner Lieblingsfotos.

Heinz und ich am Ende des tagelangen Interviews, welches die Basis dieses Buches darstellt. Schee war's! Und es gabat no so vui Gschichtn …

Respekt.

Als die Geisterhand dann recht bald nicht mehr ganz so zielsicher war und öfter mal ins Leere griff, weil da wohl nur der Xylamon ein Glas gesehen hat, bin ich hin und hab ihn zur Rede gestellt. Viel hab ich nicht verstanden, aber er vermutlich auch nicht. Das war mehr oder weniger der Anfang vom Ende mit dem Xylamon, und ich hab dann bald einen neuen Banker eingestellt. Der war sehr zuverlässig und professionell – außer wenn man wollte, dass er seine Pumps auszog.

Ich erinnere mich. Er hatte auch ab und zu ein Röckchen an.

Ja, aber immer alles unterhalb der Theke, obenrum brav im weißen Hemd mit Ärmelhaltern, Kragenbinder, darüber eine ordentliche schwarze Weste …

Und nüchtern.

Nüchtern, höflich und korrekt. Alles andere war mir wurscht.

KAPITEL 27:

Socken im Ofen oder: Der perfekte Undertaker

VON HEINZ BRÜNDL

Mein erster Undertaker war eigentlich auch der perfekteste. Obwohl man das so nicht sagen kann, weil auch seine Nachfolger ihre Rolle wirklich gut verkörperten. Aber der erste Undertaker war mal wieder einer dieser Typen, wie man sie nicht besser casten könnte. Und er ist mir förmlich zugelaufen. Eines Tages stand er plötzlich vor mir und fragte, ob ich Arbeit für ihn hätte. Ich starrte ihn erst einmal nur an. Das war der vielleicht greisligste Kerl, den ich bis dahin live vor mir gesehen hatte.

Liebe Leser außerhalb Bayerns: »Greislig« ist bayerisch und bedeutet »hässlich«.
Ja, aber »hässlich« klingt so hart, so unhöflich.
Aus deinem Mund klingt es eh wie ein Lob.
Ich hab mich ja auch so gefreut über den.

Der Mann war unglaublich dürr, dazu ausgestattet mit einem vorspringenden, tiefgelben Pferdegebiss mitten im Gesicht und dann auch noch einen Buckel am Rücken. Ich drückte ihm einfach einen Frack, einen Zylinder und einen Gehstock mit Totenkopfknauf in die knochigen Hände. Damit war er eingestellt als »Zebulon Pike, Undertaker«. Den Namen hatte ich mir von einem historischen Offizier und Entdecker aus dem 18. Jahrhundert ausgeliehen, irgendwie passte der so gut, dass auch alle anderen Undertaker in No Name City den behielten. Aber nur der erste Undertaker war auch wirklich einer.

Wieso? Der hat doch nicht wirklich Leichen in No Name City verbuddelt!

Nein, aber beim »Denk«.

Bei wem?

Na, bei dem Bestattungsunternehmen »Denk«. Da war er als Friedhofsgärtner angestellt.

Ich brech' zusammen.

Wenn ich's dir sag.

Wir hatten ja einige Kollegen, die sich nicht so arg verstellen mussten. Aber dieser Typ, der stand in der Früh als Undertaker auf und legte sich am Abend auch als Undertaker wieder hin.

Der hat in seinem Frack geschlafen?

Im Frack und im Sarg.

... was?

Neben dem Gunstore hatten wir eine Sargtischlerei dekoriert, in der ein offener Sarg stand, als wäre jemand aufgebahrt. Und als sie den armen Kerl aus seiner Wohnung in München geworfen hatten, zog er da eben ein. Ein bisschen übertrieben hat er es dann allerdings schon mit der Originaltreue. Seine Klamotten hat er so gut wie nie gewechselt, und drum umschwirrten ihn immer jede Menge Fliegen. Das sah zwar toll aus, wenn er dir entgegenkam: wie ein Vampir – nur eben nicht mit Fledermäusen, sondern mit einem Fliegenschwarm. Aber leider ließen ihn die Fliegen nicht mehr schlafen, weil sie immer auf ihm landeten, sobald er sich nicht mehr rührte. Also machte er dann irgendwann den Deckel von seinem Sarg zu. Das war allerdings auch nicht wirklich gut, weil ihm der bestialische Gestank der eigenen Socken die Luft zum Atmen nahm. Also hat er sie vor dem Zubettgehen …

… Zusargsteigen …

… oder so, also auf jeden Fall hat er seine Socken dann ausgezogen und in den Ofen gestellt.

… gelegt.

Nein, gestellt.

Um Gottes willen.

Ja. Aber dafür haben ihn dann die Fliegen in Ruhe gelassen.

Einen der denkwürdigsten Momente während der ganzen Zeit in No Name City hab ich ihm zu verdanken. Er stand eines Abends mitsamt seinem Pferdegesicht und dem Buckel an der Bar im Saloon, und ich war in der Nähe. Nicht zu nah an ihm dran, begreiflicherweise, aber nah genug, um zu hören, wie ihn ein Typ anspricht, der sich gerade an der Bar ein Bier holt. »Mei, bist du greislig …«, sagte der zum Undertaker und wühlte dann in seiner Brieftasche.
Ich dachte noch, der will ihm jetzt einen Drink spendieren oder so was. Aber da holte er doch glatt einen Geldschein raus, drückte ihn dem Undertaker in die Hand und sagte: »Du bist so eine arme Sau, da hast hundert Mark.« Nahm sein Bier und ging.
Ich dachte, ich brech' zusammen. So was sieht man nicht einmal im Kino, weil einem das schon im Film zu übertrieben vorkommt. Und ich war live dabei, unfassbar.
Leider hat er sich dann die Zähne richten lassen. Das war wirklich schade.

Schade für dich vielleicht ...

Na logisch für mich. Für ihn war's super! Er hat dann recht schnell eine Freundin gefunden.

Hat die dann auch im Sarg übernachtet?

Ja, ab und zu.

Warum frag ich ...

Viel Platz haben sie ja beide nicht gebraucht und, ich sag mal so, die haben eher selten nebeneinandergelegen.

Die beiden waren dann so glücklich, dass man mir meinen besten, echtesten, greisligsten Undertaker glatt weggeheiratet hat. Irgendwie find ich das heut noch unglaublich. Und schade.

... aber dann denkst du an die Socken ...

... und dann bin ich eigentlich ganz froh, ja.

KAPITEL 28:

Duell am Samstag oder: Wie deppert kann man sein

VON TOMMY KRAPPWEIS

Ich habe mich ja an anderer Stelle schon genug und mit viel Hingabe darüber ausgelassen, wie unfassbar saudumm ich war.

Jetzt nicht generell, sondern in einem ganz bestimmten Bereich. Na ja, vielleicht auch in mehreren Bereichen, aber für dieses Buch ist eben nur der eine Bereich relevant: Ich schreie immer viel zu schnell: »Hier, ich, ich, ich mach's!«

Diese Eigenschaft teilte ich mir in No Name City mit Robert Böhnlein, mir damals nur bekannt als »Long John«. Auch Long John war schnell zu begeistern, weil er immer Lust hatte, irgendwas zu machen. Die meisten anderen Kollegen waren da etwas weiser. Sie waren eben auch viel erfahrener. Hermann Nehmdahl und Volker Keller zum Beispiel hatten jahrzehntelange Zirkuserfahrung, genau wie Peter Bento. Mehmet und Nello waren vorher in anderen Freizeitparks beschäftigt gewesen, und sie alle wussten sehr genau, dass man mit Angeboten für zusätzliche Aktionen vorsichtig sein musste. Im schlimmsten Fall gefiel es nämlich. Und dann musste man das von nun an regelmäßig durchziehen. Das war Long John und mir zwar schon klar, aber wir konnten einfach nicht an uns halten.

Ich fand das immer gut, wenn ihr was gemacht habt.

Wir eigentlich auch, irgendwie. Aber in dem Fall …

Du warst doch selber schuld.

Ich weiß, Heinz. Ich weiß …

Immerhin hatten wir das Glück, dass uns die Idee an einem Samstagabend kam. Wäre uns das unter der Woche passiert, hätten wir von da an täglich unter der Idee gelitten. Ich glaube, ich muss jetzt mal erklären, um was es eigentlich ging. Es geht um ein Duell.

Schon von Beginn an hatte es mir nicht so richtig getaugt, dass der Banküberfall über Lautsprecher anmoderiert wurde. Natürlich war mir auch klar, dass dies ein Ding der Notwendigkeit war. Die Leute mussten Platz machen und hinter die Absperrung treten, die wir zwischen den Pfosten spannten, Fotoapparate mussten ebenso wie unsere Waffen geladen und dicke Kinder mit Eis nach vorne geschoben werden.

Ich fragte mich immer wieder, ob die Kinder in der Reihe dahinter es wirklich zu schätzen wussten, dass ihre Eltern zum Drängeln zu höflich waren. Schließlich glotzten sie dank deren Umgangsformen nicht auf ballernde und purzelnde Cowboys, sondern auf die massigen Hüften ihres Vordermanns. Ich schweife ab.

Ich hätte es auf jeden Fall viel großartiger gefunden, wenn die Bankräuber urplötzlich aufgetaucht wären, das ein oder andere dicke Kind mit dem Gesicht in sein Eis gedrückt und sich dann mitten zwischen den Leuten ein Feuergefecht mit den Sheriffs geliefert hätten. Dass das nicht praktikabel war, leuchtete mir zwar intellektuell ein, emotional wollte ich mich damit aber nicht abfinden, und es ließ mir keine Ruhe.

Irgendwann formte sich dann so etwas wie eine Idee in meinem Hirn, und ich wusste, ich brauchte nur noch drei Dinge: Kollaborateure, Schminke und Patronen.

Ich fand alles innerhalb weniger Minuten. Long John war natürlich sofort dabei. Außerdem konnten wir noch Walter für uns gewinnen, der auch zu den Leuten zählte, die schwer nein sagen konnten. Er war nicht nur der Platzwart und wohnte als solcher auf dem Gelände, sondern er fuhr auch die kleine Bimmelbahn und kümmerte sich als eine Art Hausmeister um kleinere Reparaturen. Außerdem mimte er in der Stuntshow den betrunkenen Fotografen und nutzte die Nächte meistens ganz beflissen, um sich in die Rolle tiefer einzuarbeiten.

Unterstützt hat ihn seine Freundin Maria.

Maria, welche Maria?

Maria Cron.

Ach so, die. Ja, das stimmt.

Schließlich waren wir komplett, und es konnte losgehen. So begab es sich nun, dass eines folgenschweren Samstagabends ein junger, verdreckter Cowboy in den Saloon platzte, sich mitten zwischen den Leuten auf einen Tisch stellte und hitzig brüllte: »McGraw, wo bist du, du Schwein!«

Daraufhin sprang besagter McGraw alias Walter wütend auf, schüttelte seinen Gehstock und rief mir durch seine elaborierte Zahnlücke zu: »Ich bin hier, du Hurensohn!«

So entspann sich ein Streitgespräch, aus dem die Insassen des Saloons ziemlich bald heraushören konnten, dass es wohl um eine uralte Familienfehde ging, die nun neu entfacht worden war, weil

der alte McGraw seinen Zaun kurzerhand über den Fluss hinweg auf das andere Ufer ausgedehnt hatte. Somit hatten nun die Rinder der McAllisters keinen Zugang mehr zum Wasser, das sie doch eigentlich den McGraws schon seit Generationen zu Wucherpreisen verkauften, und der Streit war aufs Neue entfacht. Er gipfelte schließlich darin, dass der alte McGraw ein dickes Bündel Nuggets in die Höhe hielt und es demjenigen versprach, der dem jungen Großmaul selbiges für immer stopfte.
Auftritt Long John, komplett in Schwarz gekleidet und mit einer eindrucksvoll geschminkten Narbe im Gesicht.

Augenblicklich wurde es sehr still im Saloon von No Name City. In die Stille hinein raunte Long John nur vier Wörter: »Das Geld gehört mir.«
Dann schubste er mich grob durch die Schwingtüren nach draußen, so dass ich erst einmal mit meinem Gesicht ein Stück Mainstreet pflügte. Kaum war ich wieder auf den Beinen, war Long John auch schon neben mir, trat mir in den Bauch und raunte: »Los, Kuhjunge. Bringen wir es hinter uns.«
Dann drehte er mir seelenruhig den Rücken zu, stapfte mit klingelnden Sporen ein paar Meter die Straße hinunter und drehte sich dann ganz langsam um.

Inzwischen war auch Walter nach draußen gestürmt, hatte dabei ununterbrochen »DUELL« geschrien und mit dem Gehstock nach DRAUSSEN gezeigt, damit auch die doofsten unter unseren Gästen begriffen, dass dort DRAUSSEN aller Wahrscheinlichkeit nach demnächst ein DUELL stattfand.

Long John und ich belauerten uns lange, schritten langsam und bedrohlich hin und her und ließen dabei unsere Hände über den Colts im Holster schweben. Der Anblick von zwei Cowboys auf der Mainstreet, die untergehende Sonne im Rücken, muss seine Wirkung gehabt haben, denn ich erinnere mich, dass die Leute wirklich still wurden und uns einfach nur zusahen. Anders als bei der Stuntshow lief auch keine Musik, denn dafür hätten wir Volker bemühen müssen, und wir wollten ja alle überraschen. Auch unsere Kollegen.

Das habt ihr geschafft.
Freut mich.
Aber vor allem mit dem Finale.
Ich weiß.

Urplötzlich war es so weit. Ich verlor zuerst die Nerven, riss meinen Revolver aus dem Holster, drückte ab … und verfehlte! Long John blieb ganz ruhig und sah mich nur aus seinen grauen, blitzenden Augen an.
Ich schoss noch einmal, verfehlte abermals. Meine Hände zitterten, ich griff mit beiden Händen an die Waffe, zielte, verfehlte ihn noch einmal, zweimal, ein letztes Mal … Dann machte es nur noch klick, klick, klick, und alle wussten, dass der junge McAllister jetzt die letzten Sekunden seines wenig glorreichen Daseins erlebte.

Long John gestattete sich ein leises, verächtliches Lachen und setzte sich langsam in Bewegung. Gemessenen Schrittes kam er immer näher, während ich panisch versuchte nachzuladen, die Patronen fallen ließ, danach im Sand herumtastete, versagte und just in dem Moment aufblickte, als der schwarze Killer direkt vor mir stand und ohne jede Hast seinen Colt zog.
Ich sprang auf, flüstete »Nein …«, doch da ertönte auch schon ein peitschender Schuss …

Die Zuschauer starrten mich an, und ich wusste ganz genau: Jetzt gebe ich ihnen meinen sterbenden Schwan. Eine Sterbeszene: Höllenqual, Erkenntnis und innere Lebensbeichte zugleich. Reue, Trauer und Mitleid mit den Zurückbleibenden – all das würde ich nun in meinen Tod einarbeiten, und alle würden erkennen, zu welch tiefer Darstellung ich fähig war, würde man mich nur lassen … wenn nicht …

… wenn nicht der Long John dir die Schau gestohlen hätt.
Ja, und wie.

Mein Kontrahent wandte sich nämlich einfach ab von meiner Oscarszene, stakste hinüber zu Walter, griff sich die Rolle Geldscheine aus dessen Hand, tippte grüßend an den Hut und verschwand dann mit einem Jolly-go-lucky-»Prost!« im Saloon.

Keiner sah mehr zu mir! Keiner nahm mehr Notiz von dem tragischen jungen McAllister, der auf der Mainstreet dumm hin und her schwankte, um den Moment seines Ablebens so lange hinauszuzögern, bis irgendeiner dieser Ignoranten wieder zu mir schaute. Verdammte Scheiße. Hallo? Irgendjemand? Ich verrecke hier gerade!

In meiner rampensäuischen Not blieb mir nur eines übrig: Ich musste Long Johns Abgang irgendwie toppen. Ich sah mich um … und hatte eine Idee.

Die war gar nicht so arg schlau, die Idee.
In dem Moment schon.
Ja, wennst meinst …
Danach haben alle wieder zu mir geschaut!
Das stimmt.

Ich stieß einen schmerzvollen Schrei aus, um mir der Aufmerksamkeit der Umstehenden sicher zu sein. Dann fingerte ich zittrig nach meinem Colt und hob ihn stöhnend hoch. Mit letzter Kraft zielte ich auf den verdammten McGraw, diesen alten Bock, der meinen Killer bezahlt hatte und nun dafür auch elendig verrecken würde! Dabei stolperte ich ein paar Schritte vorwärts auf ihn zu. Noch ein Schritt … noch ein halber … doch dann verließen mich meine Kräfte, ich ließ den Revolver sinken … er glitt mir aus den schlaffen Fingern … ich verdrehte die Augen … mein Leben glitt an mir vorbei … ich flüsterte: »Mutter, es tut mir so leid …«

Du hast auch gar nix ausgelassen.
Wo denkst du hin.

… und fiel rückwärts mit der ganzen Wucht eines jungen Mannes, der noch im Sturz die letzten Lebensgeister aushaucht, in die große, bis zum Rand gefüllte Pferdetränke.

PATSCH.

Es spritzte wie die Mutter aller Arschbomben, und alle Umstehenden kreischten laut auf. Einige wurden richtig hübsch nass, andere weniger, lachten dafür aber umso lauter.
Noch unter Wasser hörte ich, wie Applaus aufbrandete, und ich wusste, ich hatte das Duell verloren, aber die Szene gewonnen. Dass ich im Endeffekt dastand wie dem Depp sein Wurstbrot, bemerkte ich erst, nachdem ich aus dem Bottich aufgetaucht war, komplett durchnässt auf der sonnenlosen Mainstreet stand und dabei überraschend schnell auskühlte.

Noch während ich im Geiste meine Wechselklamotten durchging und feststellte, dass ich nur eine einzige Hose besaß, die aus Leder war und darum ewig zum Trocknen brauchen würde, kam mein Chef auf mich zu.

Ich.

Ich weiß.

Und ich hab dir gesagt, dass mir das gut gefallen hat und dass wir das ab sofort in den Samstagsablauf mit integrieren.

Ich weiß das.

Und ab diesem Tag bist du jeden Samstag, immer wenn die Sonne gerade untergegangen war, bei jedem Wetter bis in den Herbst hinein am Ende eures Duells brav in die Pferdetränke gefallen.

Ich weiß auch das, Heinz. Sehr gut sogar.

Der Long John hat sich im Saloon jedes Mal kaputtgelacht.

Das … wusste ich nicht.

Jetzt weißt du's.

KAPITEL 29:

Hopfen und Malz oder: Gott versalz

VON TOMMY KRAPPWEIS

Diese Kapitelüberschrift erschließt sich vielleicht nicht auf den ersten Blick, aber ich bin zuversichtlich, dass Sie am Ende dieses Kapitels wissen, was gemeint ist. Falls ich dann selbst nicht mehr nachvollziehen kann, was die Überschrift bedeuteten sollte, werde ich sie rückwirkend ändern. Das wiederum würde diesen kompletten Absatz völlig überflüssig machen, da ich ihn dann natürlich löschen würde. Bevor mir schwindelig wird, fang ich mal an zu erzählen …

Besser wird's sein.
Das hoffe ich auch.

Wenn man zwischen der Indianer-Erdhütte und der Goldmine hindurch in Richtung des hintersten, linken Ecks von No Name City lief, gelangte man recht bald an einen besonders wirkungsvollen Ort. Hier war nämlich eine originalgetreue Hudson's Bay Indian Trading Post aufgebaut.
Die Trading Post glich einer Mischung aus Museum und Filmset. Wenn man drin stand, fühlte man sich wirklich in der Zeit zurückversetzt. In derselben Hütte war auch eine Bar, aber natürlich keine gewöhnliche. Hier saß man auf roh behauenen Holzblöcken an ebenso urig zusammengenagelten Tischen. Im Kamin

prasselte ein Feuer, und die kleinen Fenster ließen auch tagsüber kaum Licht herein.
Der krumme und schiefe Tresen stellte sich erst auf den zweiten Blick als anachronistisch heraus, weil dort ein Waschbecken und eine Zapfanlage eingebaut worden waren.

Das musste schon sein, aus hygienischen und auch technischen Gründen.
Wenn da am Wochenende richtig Betrieb war, kam man als Barmann anders auch kaum hinterher.
Und heutzutage will dann doch jeder Kunde ein halbwegs sauberes Glas.
Genau, bitte alles so authentisch wie möglich, aber krieg ich einen Strohhalm zu meinem Latte macchiato?
Na ja, wir waren eben ein Freizeitpark und kein Museum.
Hast du das manchmal bereut?
Nicht wirklich. Da fehlt der Spaß. Du kannst ja mal in einem Museum eine »Yukon Bombe« bestellen und schauen, was dann passiert.
Nix.
Genau.

Die »Yukon Bombe« wird heutzutage beschrieben als ein Mix aus »Yukon Jack« und Energydrink. Eine kurze Facebook-Diskussion und Wikipedia-Recherche lassen vermuten, dass Red Bull zu dieser Zeit zumindest in Österreich schon erhältlich war. Ich bin mir aber sicher, dass wir in No Name City keine Energydrinks serviert haben. Also muss die Yukon-Bombe damals aus anderen Zutaten zusammengeschüttet worden sein.

Wir hatten damals ja auch ein gespaltenes Verhältnis zu Österreich.

Oder sagen wir mal ein gespaltenes Verhältnis zu: »Reisegruppen zumeist österreichischer Herkunft, die die Fahrzeit damit zugebracht haben, sich komplett wegzulöten« …

Ja, von mir aus sagen wir das so.

Die »Yukon Bombe« allerdings bereitet nicht nur mir bis heute Kopfzerbrechen, nein, ich denke, dass auch andere sich dank dieser abenteuerlichen Mixtur schon mal den Kopf zerbrochen haben – vermutlich an mehreren Stellen und mit bleibenden Schäden. Denn ich hege den berechtigten Verdacht, dass dieses Getränk im Wesentlichen aus dem bestand, was gerade zur Hand war.

Das mag ein Grund dafür sein, warum man die »Yukon Bombe« nicht in der Nähe des offenen Kaminfeuers genießen durfte. Schon der entzündliche Atem konnte explosionsartige Rückkopplungen in den Magen-Darm-Trakt zur Folge haben, und auch wenn dies im dämmrigen Raum ein imposantes Schauspiel abgab, war doch insgesamt davon abzuraten. Schließlich waren zumindest am Nachmittag auch Kinder anwesend, und denen sollte man so etwas wirklich nicht vormachen.

Was einer anderen Spezialität namens »Goldwasser« den Namen gab, konnte man mit bloßem Auge erkennen: Hauchdünne Blattgoldplättchen schwebten in klarem Likör. Angeblich ist diese Spezialität auf das Vergolder-Handwerk zurückzuführen, denn die Vergolder reinigten ihre goldigen Pinsel in Alkohol. Verdünnt und gewürzt, soll die glitzernde Reinigungsflüssigkeit ein wohlschmeckendes Likörgetränk ergeben haben. Es ist allerdings davon auszugehen, dass die Herstellung von »Goldwasser«

heute gänzlich ohne Vergolderpinsel und Reinigungsalkohol auskommt.

Einer der Kollegen hinter dem Tresen der Hudson's Bay war der Tobi. Den Tobi sah man als Nicht-in-der-Hudson's-Bay-Beschäftigten eigentlich nur, wenn er mit seinem Schubkarren Feuerholz von einem Ende des Parks zum anderen fuhr. Ansonsten war er immer im Zwielicht hinter seinem Tresen anzutreffen und servierte dort unter anderem Dinge, die uns garantiert Probleme gemacht hätten, wenn das Gesundheitsamt von ihrer Existenz auch nur geahnt hätte.

Oft gab's die Zusammensetzung ja nur einen Abend lang.
Entsprechend kurz war dann für so manchen der lange Abend.
Aber entsprechend lang hatte man dann am Tag danach davon.

Der Tobi war ein netter, eher ruhiger Typ. Genau der richtige für so ein Etablissement, in dem die Luft ähnlich viel Promille hatte wie die Getränke. Nur einmal bekam ich mit, wie er in die Luft ging. Und daran war ich nicht unbeteiligt, aber auch nicht wirklich schuldig.

Ich kann mich nur noch sehr schemenhaft an ein hübsches, dunkelhaariges Mädchen erinnern, mit dem ich mich an einem Samstagabend eine Zeitlang recht nett unterhalten hatte. Und ich meine wirklich *unterhalten,* im Sinne von *miteinander reden.* Ich sehe sie nur noch undeutlich vor mir, aber ich glaube, wir standen neben dem Hotel, an dem die alte Messerwand lehnte, an der wir ab und zu übten, mit Messer und Tomahawks zu werfen. Es kam schon alleine deswegen zu keiner kompromittierenden Situation, weil hier alle paar Minuten der vollbesetzte Bummelzug vorbei-

fuhr – also kein adäquates Versteck zum Anbandeln mit Anfassen. Gerade deswegen stellte sich die Platzwahl im Nachhinein als mein großer Glücksfall heraus.
Denn während wir da so an der Bretterwand lehnten, uns unterhielten und sie erfreulicherweise über meine Witze lachte, schwebte ich andernorts in großer Gefahr.

Ich glaub, die Story kenn ich nicht.
Das ist auch ganz gut so.

Ohne dass ich davon irgendetwas mitbekommen hätte, war der Tobi auf die junge Dame wohl ein bisschen sehr bremsig, und wer könnte es ihm verdenken. Aber entweder wusste sie das nicht, oder sie wusste es und sie war nicht interessiert, oder er wusste nicht, dass sie es nicht wusste, wie er zu wissen glaubte – ich habe nach wie vor keine Ahnung. Fakt ist, dass der Tobi ja nun in der Hudson's Bay hinter dem Tresen stand und dort einen Job zu machen hatte. Und ich kann nachvollziehen, dass es echt nervig ist, wenn da ein Mädchen auf dem Platz ist, mit dem man gerne ein paar eingehende Worte wechseln würde. Stattdessen muss man aber für die Reisegruppe aus St. Pölten eine Runde Yukon Bombe nach der nächsten zusammenschütten.
Erfährt man dann auch noch durch irgendwen, dass der Krappweis gerade mit genau diesem Mädchen auf der Mainstreet gesehen wurde und dann plötzlich irgendwohin verschwunden ist, dann ist man begreiflicherweise erst einmal recht unentspannt.

Ihr habt zwischendurch aber schon auch was gearbeitet, oder?
Für den Tobi war es ja genau das Problem, dass er so ein zuverlässiger Barmann war. Sonst wär er ja gleich losgerannt, um mich zu suchen.
Hm.

Er rannte genau deswegen ja auch nicht sofort los. Stattdessen bat er darum, dass jemand vorbeikommen möge, um ihn kurz abzulösen. Er brauche nur zwanzig Minuten, um was zu erledigen.

Dich.

Ja, mich.

Während der Tobi nun ohnmächtig auf seinen Ersatz harrte und dieser leider sehr auf sich warten ließ, breitete sich der Frust vermutlich recht ungehindert in ihm aus und schlug schließlich um in blinde Wut. Anders kann ich mir nicht erklären, dass er zu solchen Maßnahmen griff. Ich bin heilfroh, dass ich mit seiner Angebeteten eben *nicht* eins der üblichen Verstecke aufgesucht und dort mit ihr ein paar verfängliche Posen durchexerziert hatte.

Denn just als ich mit dem Mädchen wieder auf die Mainstreet trat und sie sich von mir verabschiedete, um ironischerweise wieder nach Tobi in der Hudson's Bay zu schauen, kam mir jemand entgegen und wies mich an, mich sofort zu verstecken! Ich weiß gar nicht mehr, wer es war, ich glaube der Sani-Peter oder der Long John? Auf jeden Fall schubste man mich in die Mexican Cantina und bleute mir ein, genau dort sitzen zu bleiben, bis die Luft wieder rein war.

Verwundert saß ich nun da, schaute aus dem kleinen Fenster und sah, wie ein paar meiner Kollegen gestikulierend miteinander redeten und dann wieder ausschwärmten. Ich zuckte die Achseln, holte mir was zu trinken und wartete erst einmal ab.

Eine Viertelstunde später schien es, als hätte sich die Lage entspannt. Die anderen trafen sich wieder vor dem General Store, nickten einander zu, lachten und sahen irgendwie erleichtert aus.

Dann betrat mein Retter, mutmaßlich der Sani-Peter, wieder die Cantina und erklärte, dass die Gefahr gebannt und das Missverständnis weitestgehend aufgeklärt sei. Ich könne mich nun wieder frei auf dem Gelände bewegen. Verwundert fragte ich, um was für ein Missverständnis es sich genau handele und wieso bitte »frei bewegen«?

Es stellte sich heraus, dass der Tobi in seiner galoppierenden Raserei nichts Besseres gewusst hatte, als sich eine abgesägte Schrotflinte zu greifen, diese zwar mit Platzpatronen zu laden, die Läufe aber dafür mit *Salz* aufzufüllen.

Ja, das kenn ich. Das ist zwar nicht tödlich, weil es nicht so tief eindringt wie eine Patrone und weil sich das Salz ja dann auflöst, aber das tut wahnwitzig weh und ist trotzdem saugefährlich.
Warum weißt du so was?
Weil ... man so was dann halt irgendwann weiß.
Hast DU ihm den Tipp gegeben?
Schmarrn.

Wir rekapitulieren: Der Tobi hatte also mit einer abgesägten, geladenen Schrotflinte im Anschlag alle üblichen Verstecke durchsucht, Türen aufgetreten und Gebüsche infiltriert – aber er hatte mich Gott sei Dank nicht aufgestöbert, da ich mich ja eben in keinem Versteck, sondern in freiester Wildbahn aufgehalten hatte.
Auf die Idee war er nicht gekommen, da für ihn ja sonnenklar war, dass die Dame seines Herzens mindestens auch die Dame meines sexuellen Interesses sein musste.
Ich weiß nicht genau, ob es mir schmeichelt oder eher für das Mädchen eine Beleidigung darstellt, dass ihre Wünsche und Vorlieben in der Sache keine tragende Rolle spielten. Offensichtlich

reichte dem Tobi schon alleine die Tatsache, dass das Mädchen und ich nicht lückenlos auffindbar waren, aus, um auf die Suche nach mir zu gehen und dabei eine geladene Waffe mitzuführen.

Der wird schon seine Gründe gehabt haben, der Tobi.

Willst du ihn jetzt verteidigen?

Nein, natürlich nicht, aber mei, er war halt sauer.

Da kann man schon mal jemanden über den Haufen schießen, oder wie?

Jetzt komm, das war nur eine Salzladung.

Du hast gesagt, das ist saugefährlich!

Aber nicht unbedingt tödlich.

… »nicht unbedingt« …

Kommt halt drauf an, aus welcher Entfernung und ob er ins Gesicht schießt oder …

Heinz …

Was?

Du machst es nicht besser.

Na gut.

Lieber Tobi, wenn du das liest: Ich danke dir sehr, dass du nur Salz geladen hattest und mich »nicht unbedingt« umbringen wolltest. Grüße an deine Frau oder Freundin. Sollte ich sie jemals ohne dein Beisein kennenlernen, bitte halt an dich. Vielleicht reden wir ja nur.

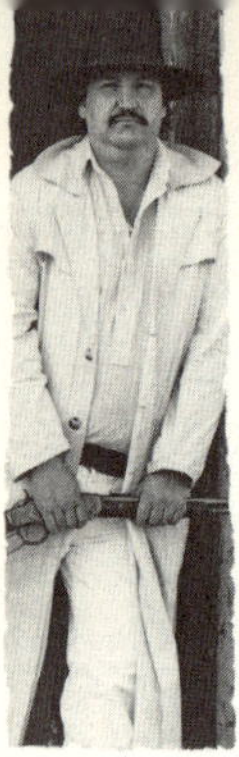

KAPITEL 30:

Mad Dog oder: Der erste Eindruck zählt

VON HEINZ BRÜNDL

Meinen Laden in der Dreimühlenstraße, die Hudson's Bay Indian Trading Post, hatte ich schließlich verkauft. Die Arbeit an und in No Name City war inzwischen ein 24-Stunden-Job, und was macht ein Laden für einen Sinn, der so gut wie immer geschlossen ist? Also verkaufte ich alles an einen Mann namens Robert Wagner.

Der von »Hart aber herzlich«?

Was? Von wem?

Von … egal.

Und natürlich reiste auch der Robert in der Welt herum und kaufte Material. Irgendwann landete er auf einem sogenannten »Trapper Rendezvous« in Wyoming.
Das hieß wirklich so und fand ungefähr zwischen 1820 und 1840 regelmäßig statt. Das Ganze war eine Art Handelsbörse für Trapper, Indianer und Pelzhändler. Heutzutage ist das natürlich eher eine Mischung aus Reenactment, Tradition und Event. Von dort aus rief mich der Robert extra an, weil er mir von einem Typen erzählen wollte, den er gerade kennengelernt hatte: »Der kann alles, was du brauchst, Heinz!« Der ominöse Trapper konnte angeblich kochen, war ein versierter Stuntman, Kunstschütze,

Reiter und was weiß ich noch alles. Als ich dann wissen wollte, wie der Wunderknabe hieß, stutzte ich schon.
»Mad Dog«, antwortete der Robert.
»Und wie heißt er wirklich?«, wollte ich wissen.
Und der Robert sagte: »Mad Dog.«

Da war dir doch schon klar, dass du den Typen haben willst.

Na ja, ich hab ihn immerhin erst einmal eine Bewerbung schreiben lassen.

Ich bin enttäuscht.

Mad Dog hat dann tatsächlich eine Bewerbung geschrieben, und die war wirklich … wie sag ich das … na ja, sie war irgendwie typisch amerikanisch.

Wie meinst du das?

Also, in einer deutschen Bewerbung gibt es diese Zeile, in der steht, was man so kann, wie alt man ist und welchen Führerschein man hat. Einen Zweier oder was weiß ich.
Beim Mad Dog stand beim Führerschein: »Ich kann alles fahren, was Räder hat. Gib mir das verdammte Ding, und ich werde es dir fahren. Egal, ob das ein Kombi, eine Kutsche oder ein verdammter Caddy ist, ich fahr dir das Ding ans Ende der Welt und zurück. Und wenn es danach einen Kratzer hat, dann werde ich den selbst rauspolieren, denn niemand soll sagen, dass Mad Dog ein geliehenes Pferd ohne Hufe zurückbringt. Wer so etwas behauptet, ist ein dreckiger Lügner, und ich mag keine dreckigen Lügner. Und wen ich nicht mag, der …«, und so weiter.

Ah, diese Art amerikanisch.

Ja, und so ging das dann bei jedem Thema.

Die wissen eben, wie man sich verkauft, die Amis.

Und die Frau noch mit dazu.

Wie meinst du das?

Na ja, er hat mir dann auch gleich noch seine Frau mit verkauft.

Mit verkauft? Du hast … du hast nicht …

Was? Ach so, nein, Schmarrn. Er hat sie angepriesen, damit ich sie auch noch einstelle. Sie war unter anderem Sängerin. Und was weiß ich noch alles.

Der Robert hatte mir noch gesteckt, dass dieser Mad Dog eine richtig tolle, authentische Ausrüstung habe. Das war natürlich erst recht interessant für mich. Die von ihm verlangte Gage war auch in Ordnung, und so sagte ich ihm schließlich, er solle mit seiner Frau rüberkommen.

Und dann kam der Tag, an dem der Mad Dog am Flughafen Riem bei München landen sollte. Der Robert war inzwischen auch wieder da. Ich hab ihn mir gleich geschnappt und mit zum Flughafen genommen, weil er ja wusste, wie der Mad Dog aussieht. Und in dem Durcheinander am Flughafen kann es ja leicht passieren, dass man wen übersieht.

Den Mad Dog übersehen? Niemand übersieht den!

Ich hatte ja keine Ahnung, was da auf mich zukommen würde.

Um die Geschichte zu verstehen, muss man noch wissen, dass 1989 war, kurz nach der Maueröffnung. Und das Sicherheitspersonal bestand zu einem großen Teil aus ehemaligen Volkspolizisten, die sich noch nicht wirklich an unsere zumindest vergleichsweise entspannte Situation zwischen Uniformierten und Zivilisten gewöhnt hatten. Man merkte richtig, wie die Schlangen am Sicherheitscheck länger wurden, es wurden deutlich mehr Leute gefilzt, und am Zollamt standen sie bis rüber zum Gepäckband.

Als dann um halb acht Uhr abends angezeigt wurde, dass die Maschine planmäßig gelandet sei, bekam ich plötzlich ein ganz komisches Gefühl in der Magengegend. »Robert …«, sagte ich, »irgendwas ist.« Der schaute mich an, als wär ich nicht ganz dicht: »Was soll denn sein? Die landen, wir packen die zwei ein und fahren.« Ich hab nur genickt und nix gesagt.

Tja und dann ging es los. Schon von weitem kriegten wir mit, dass irgendwas nicht so war wie sonst. Stimmengewirr, hektische Leute, eine Trillerpfeife.

Auftritt Mad Dog, USA: ein langhaariger, vollbärtiger, großer, schlanker Mann mit Cowboyhut und bodenlangem Ledermantel schiebt seelenruhig seinen Gepäckwagen vor sich her. Quer über den ganzen Ledertaschen liegt ein Vorderladergewehr … und ich denk schon, ich krieg einen Blutsturz, als er auch noch in seine Tasche langt und einen original Colt Walker Six-Shooter rauszieht! Den schiebt er sich für alle gut sichtbar vorne in den Gürtel. Ohne Holster oder sonst wie verdeckt!
Ich hab ja schon viel gesehen, aber da blieb auch mir der Mund offen stehen. Und der Robert überlegte kurz, ob er weglaufen sollte.
Mitten zwischen den Touris und dem frisch aus der benachbarten Ex-Diktatur rekrutierten Sicherheitspersonal schiebt der Mad Dog da sein Wägelchen durch, sieht aus wie der schwarze Reiter der Apokalypse, und das mit zwei scharfen Waffen.

Nein ...
Wenn ich es dir sag.
Dazu seine abgefahrenen stechenden Augen ...
Deswegen hieß er ja Mad Dog, weil er eigentlich immer aussah wie ein tollwütiger Hund.
Das passt. Und dann?

Ich drehte mich nur zum Robert um und sagte: »Robert, das wird eine lange Nacht«, während hinter mir mein zukünftiger Angestellter von einem Dutzend bewaffneter Sicherheitsleute umstellt wurde, die allesamt ihre Waffen zogen und ihn hektisch auf Deutsch anschrien. Solche Momente vergisst man nicht.

Und wie lang hat es dann gedauert?
Als wir endlich losfuhren, wurde es gerade hell.
Ach du Sch...
Und ich hatte gefühlte 28 Bürgschaftserklärungen und was weiß ich noch alles unterschrieben.
Das kann ich mir denken. Dass das überhaupt geklappt hat ...

Der Mad Dog war eher suboptimal mit Papieren ausgestattet, und sein bloßer Anblick war auch nicht gerade förderlich. Als ich einer Frau vom Zoll erklärte, dass er in unserem Freizeitpark anfangen solle, starrte sie erst mich an, dann den Mad Dog. Dann sagte sie leise: »Ein Freizeitpark? ... Für *Kinder?*« Zugegeben, er wirkte nicht gerade wie ein pädagogisch geschulter Kinderbetreuer. Vor dem Mad Dog konnte man sogar Angst haben, wenn er freundlich lächelte. Dann vielleicht sogar noch mehr. Na ja, Gott sei Dank hatte ich einen guten Draht zum Landeskriminalamt, und das hat dann im Endeffekt den entscheidenden Dreh ausgemacht.

Aber warum hat er … er hätte das doch auch, ich weiß nicht, im Sperrgepäck aufgeben können, oder …

Das haben wir ihn später auch gefragt. Die Antwort war typisch Ami: Er wollte einfach einen guten Auftritt für seinen neuen Boss hinlegen, den der nie vergisst.

Ist ihm gelungen.

Ja, ich denk da heut noch manchmal dran.

Wenn das heute passiert wäre, hätten sie ihn vermutlich gleich verhaftet und zurückgeschickt.

Oder direkt erschossen, als er den Revolver aus der Tasche holte.

Oder so, ja.

KAPITEL 31:

Das kleine Bestiarium oder: Kleinvieh macht auch Stink

VON HEINZ BRÜNDL

Ganz zu Beginn konnte man in No Name City auch westerntypische Waschbären und Stinktiere besichtigen.

Aber Stinktiere spritzen doch dieses Zeug, was so irre stinkt. War das kein Problem?
Das war nur zu fünfzig Prozent ein Problem.
Das verstehe ich nicht.

Eins der beiden Stinktiere war operiert und konnte nicht mehr spritzen, das andere war aber sozusagen im Originalzustand. Und wenn abends jemand betrunken aus dem Saloon torkelte, konnte es schon mal vorkommen, dass er die Kurve nicht mehr kriegte und gegen den Käfig donnerte. Das gefiel den Stinktieren natürlich gar nicht. Selbst wenn der Typ schon wieder ein paar Meter weiter war, hat ihn das nichtoperierte Stinktier meistens noch erwischt. Es ist ganz erstaunlich, wie treffsicher die sind. Ich glaube, die schießen dieses Zeug über vier Meter weit. Aus den Klamotten bekommt man den Gestank so gut wie gar nicht mehr raus, und wenn man das Zeug in die Augen kriegt, kann man sogar temporär erblinden.

Wie geschaffen also für einen Freizeitpark mit Kindern.
… und Betrunkenen. Ja, das war nicht so optimal. Aber dann kam eh das Ordnungsamt angetrabt und informierte uns darüber, dass diese Tiere entfernt werden müssten.

Allerdings nicht wegen der Gefahren, sondern wegen des Wohlergehens der Tiere selbst. Denn schließlich hätten wir ja bis abends geöffnet und an den Wochenenden sogar noch länger. Und da würden die Tiere in ihrer Nachtruhe gestört.
Unser Tierfachmann, der Klaus Ortner, hat ihnen dann in seiner sonoren Stimme erklärt, dass Waschbären und Stinktiere dämmerungs- und nachtaktive Tiere seien, die am Tag sowieso den ganzen Tag schliefen. Das war tatsächlich ein Problem gewesen, weil die Kinder sich tagsüber immer beschwerten und die Eltern zu uns kamen, weil sie dachten, die Tiere wären tot. Stören ließen die sich offensichtlich nicht, und nachts waren sie, wie gesagt, deutlich aktiver als wir.

Lass mich raten …
Genau. Dieser Herr vom Ordnungsamt ließ sich nicht so arg gerne belehren, und das war's dann mit den Tieren. Aber das mit den Skunks war schon heftig. Wenn dich so eins gut erwischt, brauchst du die nächsten drei Monate nicht unter Leute zu gehen.
Hat's euch auch mal erwischt?
Ja, den Undertaker, zweimal. Aber da hat's kaum einen Unterschied gemacht.

Wie auch immer, die Tiere mussten weg. Wir telefonierten rum, aber niemand wollte sie haben. Auch der Zoo nicht. Schließlich hat sie der Klaus Ortner zu sich auf den Bauernhof geholt.

Alle? Auch die Stinktiere?

Na ja, alle Stinktiere und fast alle Waschbären …

Wieso fast alle Waschbären?

Weil uns ein Waschbär ausgekommen ist.

Oh.

Beim Umladen in den Pick-up ging der Transportkäfig auf, und schon waren die Waschbären weg. Wer könnte ihnen den Wunsch nach Freiheit verdenken, aber wir mussten sie jetzt wieder einfangen. Als es irgendwann dunkel wurde, hatten wir drei von vier gefunden und schließlich aufgegeben. Wir dachten, der vierte wäre zwischenzeitlich schon längst sonst wohin geflüchtet. Daher schien es keinen Sinn mehr zu machen, noch weiterzusuchen.

Der Waschbär war aber immer noch auf dem Gelände, und das bemerkten wir dann wenig später auch: Von unseren frei laufenden Hühnern fehlte plötzlich eins. Und dann noch eins. Der Waschbär holte sie sich nachts, und die armen Viecher waren schon ganz panisch.

Innerhalb einer Woche suchten sich die Hühner einen neuen Schlafplatz. Anstatt auf dem Boden saßen sie von nun an nachts aufgereiht auf dem Balkongeländer vom Kaffeehaus. Dort fühlten sie sich sicherer, und das zu Recht. Immer wenn der Waschbär angreifen wollte, hörten sie ihn und flatterten ganz aufgeregt herum. Das nervte dann irgendwann schon arg. Vor allem, weil es der hygienischen Situation auf dem Balkon recht abträglich war.

Den Waschbär habt ihr aber nie gesehen?

Nein, nie. Aber es war klar, dass er das sein musste, denn wer hätte sonst unsere Hühner dezimieren sollen?

Also holten wir einen Kammerjäger. Der hat eine Falle aufgestellt, ein Ei reingelegt und dann im Wesentlichen, na ja, gewartet.

Wie, gewartet? Er wird doch was gemacht haben?
Klar, ab und zu hat er das Ei erneuert.
Immerhin. Und wie viele Tage ging das so?
Tage? Das hat Wochen gedauert.
Was?

Der Kammerjäger brauchte mehr als vier Wochen, bis er den Waschbär eingefangen hatte. Das kostete uns eine Menge Hühner und die Hühner eine Menge Nerven. Außerdem mussten wir den Balkon jeden Tag von der Hühnerscheiße befreien. Wir waren echt froh, als der Waschbär endlich weg war.

Die Hühner auch.
Ganz sicher die Hühner auch.

KAPITEL 32:

Mississippi Jim oder: Kein Whiskey für den Pianospieler

VON HEINZ BRÜNDL

Den Mississippi Jim traf ich zum ersten Mal 1984. Ich hatte einen Tipp von jemandem bekommen, der mir von einem Honky-Tonk-Spieler aus England erzählte. Da bekam ich natürlich sofort große Ohren. Allerdings war er kein Engländer, sondern Schotte.

Das war ihm immer wichtig.

Ja, und wie.

Er kam zu mir in den Saloon, als der noch in Ising stand und No Name City noch nicht einmal als Idee existierte. Und das Erste, was er mir mitteilte, war, dass er ein Alkoholproblem habe. Ich fand das auf der einen Seite sehr fair, mir das sofort zu sagen. Auf der anderen Seite dachte ich mir, na ja, »Saloon« und »Wilder Westen«, irgendwie passt das ja sogar ganz gut. Im Endeffekt war er der einzige der Angestellten ohne Alkoholverbot, weil es bei ihm einfach keinen Sinn gemacht hätte. Wenn der Jim nüchtern war, zitterte er so sehr, dass er keine Taste traf.

Ich kann mich an Tage erinnern, wo er nicht einmal das Klavier getroffen hätte.

Da war er aber nicht mehr nüchtern.

Er war auf jeden Fall ein gottbegnadeter Musiker und hatte in den USA auch schon mit richtigen Größen auf der Bühne gestanden. Aber dann muss irgendetwas vorgefallen sein, denn es war schlagartig vorbei mit der Karriere.

Vielleicht hat ihn jemand als Engländer bezeichnet.
Das wäre eine Erklärung, ja.

Auf alle Fälle landete er dann über verschlungene Wege in Deutschland. Zunächst spielte er für mich auf dem Council in Ising. Und da war es auch nicht immer einfach. Irgendwann kam zum Beispiel mal die Wirtin von der Pension, in der ich viele Leute untergebracht hatte, zu mir und meinte, sie sei mir ja wirklich dankbar, denn durch mich sei sie über Wochen hinweg ausgebucht, aber sie habe nur eine einzige Bitte: »Bitte, Herr Bründl, ich bitte Sie inständig, entfernen Sie den Schotten.«
Ich weiß gar nicht mehr, was sie dann alles aufgezählt hat. Aber irgendwas war mit seinen Stiefeln … ach ja, der Matsch. Auf der Isinger Mainstreet stand man eigentlich immer knöcheltief im Schlamm, und der Jimmy kam nachts nach Hause in sein Zimmer und warf regelmäßig seine Stiefel an die Wand. Die Rauhputzwand war übersät mit Batzen aus getrocknetem Schlamm. Ich hab nie verstanden, warum er das eigentlich gemacht hat.

Vielleicht irgendein schottisches Ritual?
Ich glaub, er war einfach wütend, und das musste dann raus.
Stimmt, wenn man ihm Whiskey gegeben hat, ist er immer durchgedreht …

Da musste man wirklich aufpassen. Bier ging einigermaßen, aber bei Whiskey wurde er schnell aggressiv. Aber wir wussten das ja, und dann haben wir immer aufgepasst. Meistens ging es gut.

Ich stellte ihn schließlich auch in No Name City ein. So einen Typen lässt man nicht mehr gehen. Er hatte ein eigenes Klavier, und das Ding war genauso speziell wie er selbst. Weiße Tasten hatte es im Grunde nur bis zur Hälfte der Klaviatur, weil der Mississippi Jim immer seine brennenden Zigarette auf die Tasten legte. Die rechten Tasten waren schwarz verbrannt und je weiter nach links es ging, desto heller wurden sie. Es klingt jetzt komisch in dem Zusammenhang, aber er passte schon auf sein Klavier auf und stimmte es auch immer wieder selbst nach.

Er war ja eigentlich Klavierstimmer von Beruf.

Ja, und er war richtig gut in dem Job.

Er hatte immer den Stimmschlüssel neben dem Klavier liegen und stimmte es manchmal während dem Spielen nach Gehör mit einer Hand nach. So was hab ich seitdem nie wieder gesehen.

Sein uraltes Piano war genauso wie er selbst ein faszinierendes Original. Es hatte auch irgendeine spezielle Bauweise, mit diesen vielen Stangen …

Meinst du den »Birdcage?«

Ja, genau, lauter vertikale Stangen.

Da ist ein altes Dämpfersystem, bei dem die Dämpfer oben über den Hämmern liegen und nicht unten. Sieht wirklich aus wie ein Vogelkäfig.

Das Klavier war wie er selbst. Sah ramponiert aus, lief aber tadellos.

Wenn der Jimmy gut in Fahrt war, tanzten die Leute auf den Tischen. Allein mit seinem Piano konnte er die Leute so mitreißen wie eine ganze Country & Western-Band.

Problematisch wurde es nur, wenn er sein Alkoholquantum überschritten hatte. Dann schlug die Genialität um in Aggression. Und das war dann immer der Moment, wo man ihn schleunigst entfernen musste. Er schimpfte dann über alles Mögliche und verfluchte die Leute sowohl persönlich als auch als Kollektiv – allerdings auf Schottisch, und das hat dann Gott sei Dank kaum einer verstanden. Es war wirklich wichtig, dass man ab einer bestimmten Uhrzeit immer mal wieder im Saloon vorbeischaute. Solange man das Klavier hörte, war alles gut. War aber kein Klavier zu vernehmen, sondern eine rauhe, lallende Stimme und vereinzelte Buhrufe, dann war es höchste Zeit, den Jimmy ins Bett zu schicken.

Einmal kam ich in den Saloon, als er gerade über das Thema Überbevölkerung referierte.

Was? Echt?

Ja, er redete sich gerade in Rage und verfluchte alle Frauen mit Kinderwunsch.

Um Gottes willen.

Am schlimmsten war es immer, wenn die Leute von ihm verlangten, »Dixie« zu spielen. Das war bei vielen Musikern immer mal wieder Diskussion, denn »Dixie« war ja im amerikanischen Bürgerkrieg die Hymne der Südstaaten und wirklich alles andere als ein lustiges Lied. Manche Bands haben es einfach nicht gespielt, weil die meisten Leute dazu klatschten, tanzten und feierten wie zu jedem anderen Countrysong, weil es ja erst einmal klingt wie ein fröhliches Lied. Es gab aber immer auch Leute im Publikum, die das furchtbar ernst nahmen, aufstanden und feierlich ihren Hut zogen. Da standen sie dann mit einer Hand auf dem Herzen und in der anderen den Hut, als hätten sie vorgestern selbst irgendwen im Bürgerkrieg verloren. Und um sie rum tanzten Leute im Polkaschritt lustig durch den Saloon. Das war schon immer etwas seltsam anzuschauen. Der Jimmy hasste beide Fraktionen: sowohl die Leute, die nicht wussten, was der Song bedeutet, als auch die, die sich so bierernst gebärdeten. Dann hörte er auf zu spielen und fing an, alle zu beschimpfen.

Ich erinnere mich gut. Er fand es pietätlos, dass jemand dazu tanzte, aber er fand es auch pietätlos, wenn ein »costumed Clown« seinen »ridiculous Hat« zog, weil sie doch letztlich alle »no fucking idea at all« hatten, um was es hier eigentlich ging.

Wobei man schon sagen muss, dass er selbst ja auch nicht dabei war, im Bürgerkrieg.

Er sah aber so aus.

Ja, sehr original. Er war einer meiner besten Leute.

Ich hatte eben auf der einen Seite die Vollprofis wie Peter Bento und Co., die immer zuverlässig waren und für unsere Shows zwingend notwendig. Denn vier Shows am Tag durch eine ganze Saison zieht man nicht mit Leuten durch, deren Tagesverfassung vom Alkoholpegel abhängt.

Und dann gab's die Originale, wie den Toni Nugget, den Walter oder ebenden Jimmy. Der passte so, wie er war, perfekt in meine Westernstadt – man musste nur ein bisschen achtgeben, dass alles in verträglichen Bahnen verlief. Ich fand ihn immer toll und war stolz drauf, dass er in unserem Saloon spielte. Angeblich konnte er keine einzige Note lesen, aber eben wahnsinnig gut Klavier spielen. Und Gitarre!

Das allerdings auf recht spezielle Art. Er hat sich immer eine Gitarre von der Band geschnappt, wenn die nicht aufpasste. Dann stimmte er sie in wenigen Sekunden

komplett um, so dass alle Saiten in einem Akkord klangen, ohne dass man was greifen musste. Mit einer Flasche oder einem Glas als Slide hat er dann einfach losgeschrammelt.
Ich fand, das klang immer sehr authentisch.
Allerdings. So nach zweieinhalb Songs hat er der Band die Gitarre wieder vor die Füße gestellt, und die durften das Ding dann erst mal komplett neu durchstimmen.

Also, ich hätte ihm damals bestimmt keine zehn Jahre mehr gegeben. Aber ich hab mit großer Freude gehört, dass er inzwischen trocken ist. Das freut mich sehr für ihn, denn er ist wirklich ein Genie.

Das lassen wir so stehen.
Gern.

KAPITEL 33:

Wozu hat man Freunde oder: Das Liebesleben des Cyrus T.

VON TOMMY KRAPPWEIS

Der Stuntman Cyrus war schon ein ganz spezieller Fall und das in vielerlei Hinsicht. Abgesehen von seiner ganz speziellen Untechnik, dank deren er sich bereits in Sichtweite des Rollstuhls befand, war er auch ansonsten ein echtes Original.

Es war offensichtlich, dass dieser Mann über viele Talente verfügte – das stand außer Frage. Er war ein guter Darsteller, sowohl seiner selbst, als auch Buffalo Bills. Er wusste genau, wie er wirkte, und hatte ein ausdrucksstarkes, markiges Gesicht, das von langen, silbernen Haaren eingefasst war. Dazu war er ein talentierter Künstler, malte detaillierte Portraits und Landschaften in Öl und verkaufte diese nebenbei. Außerdem war er im Grunde ein lieber Mensch, dem man höchstens vorwerfen konnte, dass er im Lauf der Zeit den Bezug zur Realität verlor und nicht sonderlich gegensteuerte.

Das hast du jetzt aber sehr nett umschrieben.

Na klar, wie soll ich das in einem Buch sonst ausdrücken?

Na, dass er nicht ganz dicht war.

Das möchte ich so nicht schreiben.

Ach komm, wer in No Name City war schon wirklich ganz dicht.

Außer dir.

Keiner.
Na vielen Dank.

Cyrus war auf Empfehlung von Mad Dog nach No Name City gekommen und blieb letztlich länger als er in Deutschland. Die beiden waren angeblich befreundet, aber vorsichtig ausgedrückt war davon nicht mehr so viel zu spüren. Eines der deutlichsten Anzeichen für den Verfall dieser Freundschaft war die Sache mit dem »erotischen Tagebuch« …

Eines regnerischen Morgens, etwa eine Stunde bevor die ersten wetterbedingt spärlichen Besucher ihren Weg nach Poing fanden, war die Stimmung mies und der Wunsch nach Ablenkung groß. Selbige präsentierte sich überraschend in Form eines Büchleins. Es enthielt detaillierte Aufzeichnungen und Beschreibungen der erotischen Eskapaden eines gewissen Cyrus T. und sprach die Wahrheit, nichts als die Wahrheit. Schließlich war der Verfasser identisch mit dem stolzgeschwellten Protagonisten des Buches: Cyrus Thibeault. Dieses Produkt seiner Lenden wie auch seiner immer wiederkehrenden Freude an vergangenen Eroberungen hatte er also tatsächlich in der Garderobe direkt neben seinem Spind liegengelassen, als er kurz vor dem morgendlichen Kleidungswechsel die Notdurft verspürte und sich auf den Weg zur Toilette machte. Das war durchaus nachvollziehbar, denn hatte man erst einmal die vielen Schichten, Gürtel, Kniepads, Holster und Westen umgeschnallt, war der Toilettengang ein vielfach aufwendigeres Unterfangen als in üblichen Straßenklamotten. Die meisten Kollegen hielten es morgens genauso, und mehr muss dazu nun wirklich nicht geschrieben werden.

Das wollt ich auch grad anmerken.
Es wird eh gleich noch schwieriger mit der Umschreiberei …

Nun möchte man vielleicht meinen, Cyrus habe das Büchlein absichtlich dort liegenlassen, weil er wollte, dass es einer der Kollegen fand und dann angesichts der Beschreibungen und deren Anzahl in Ehrfurcht erstarrte. Ich gehe nicht davon aus, denn so manche der im Buch geschilderten arg intimen bis verstörenden Praktiken würde man wohl nicht einmal unter Folter öffentlich zugeben wollen. Mehr lässt sich dazu beim besten Willen hier nicht sagen.

Das Kapitel wär vielleicht eh gar nicht nötig gewesen.
Ach, irgendwie schon.

Welch ein Glück für Cyrus, dass sein bester Freund Mad Dog das Buch fand und es dem Verfasser direkt und ungelesen zurückgab, denn wozu hat man Freunde, wenn nicht dafür, und sie lebten glücklich und zufrieden weiter, im gegenseitigen Wissen, in dem jeweils anderen einen Freund zum Pferdestehlen gefunden zu haben.

Das hab ich aber ganz anders im Kopf.
Ja, Heinz, ich auch.

In der Tat fand Mad Dog das Buch, las kurz darin, begriff natürlich instant dessen wahnwitzige Intimität, und was tat er wohl? Auf jeden Fall nicht das, was ein wahrer Freund wohl täte. Im Gegenteil, er verbreitete, so schnell es ging, das Wort Cyrus' in No Name City.
Schlimmer noch: Als der Autor schließlich vom Lokus zurückgekehrt war, hatte Mad Dog bereits das Horribelste getan, was er nur irgend hätte damit anstellen können …

Er hat das Buch den Franzosen gegeben.

Genau.

Das war schon echt hart.

Grausam war das.

Mit »den Franzosen« waren Jean-Luc, Patrick und Michel (sprich: Mischell) gemeint. Michel war vergleichsweise harmoniefähig, in Patrick rang der Hang zur bösen Seite der Macht mit seiner hohen Professionalität, aber all das glich Jean-Luc dafür mühelos aus. Vor allem, wenn es um die »Scheiß-Amerikaner« ging. Hier konnte er schimpfen, schimpfen und schimpfen, wie es vielleicht nur ein Franzose kann, wenn er über Amerikaner schimpft.
Zu einem gewissen Grad war es ja oft ganz lustig, aber manchmal eben auch gar nicht mehr so arg.
Das Gemeinste, was man also tun konnte, war, Lean-Luc irgendeine Art von Angriffspunkt zu geben, auf den er seinen französischen Furor konzentrieren konnte. Cyrus' erotische Liebesbibel war somit für Jean-Luc ein höchst willkommener Fang, der nun so lauthals daraus zitierte, dass man meinen konnte, er wäre ein Missionar für erotische Aufklärung.
Und obwohl seine englische Aussprache des in breitem Amerikanisch verfassten Schriftstücks alle französischen Klischees erfüllte, lauschten alle mit einer Mischung aus Faszination, Fremdscham und, ja, auch gelegentlichem Ekel dem Vortrag. Wenn nur ein Achtel der Beschreibungen der Wahrheit entsprach, war den beteiligten Damen nur zu wünschen, dass sie in ihrer täglichen Arbeit keine vornehmlich sitzende Position einzunehmen hatten.

Bitte keine weiteren Details, wenn's geht.

Geht.

Gut.

Seit diesem Tag konnte man die Freundschaft zwischen Mad Dog und Cyrus höchst zutreffend mit dem Begriff »frostig« umschreiben, und ich glaube, dass sich das nie wieder richtig erholt hat.

Das ist aber auch sehr verständlich.

Den Franzosen hätt er es nicht geben müssen.

Er hätt's überhaupt niemandem geben müssen außer dem Cyrus.

Dann hätten wir jetzt aber ein Kapitel weniger.

Hast recht, das wär schad.

KAPITEL 34:

Hallo-wie-heißt-du-schöner-Name oder: Der Nici

VON TOMMY KRAPPWEIS

Ich denke, für viele Besucher war die imposanteste Erscheinung in ganz No Name City der Cherokee-Choctaw Indianer Silkirtis Nichols alias »Buffalo Child«.
Natürlich weiß Heinz Bründl jede Menge Fakten und Details sowohl über »Nici« selbst als auch über die Cherokee und die Choctaw, aber das findet man auch in den Einträgen »Buffalo Child« oder unter den Namen der Stämme in Wikipedia. Was man dort nicht findet, würde ich hier gerne ergänzen. Ich versuche mich auf das zu konzentrieren, was diesen Mann so unglaublich faszinierend machte.

Ein bisschen Fakten wären aber schon angebracht.
Ist ja gut ...

Also, vorab ein bisschen Info über Buffalo Child, alias Silkirtis Nichols:

In Cherokee heißt sein Name: YANSSI AHYO. Geboren wurde er am 23. Juni 1923 in Colorado, USA. Nici ist stolze 1,97 Meter groß und brach mit exakt dieser Höhe 1947 den Hochsprungrekord bei der internationalen Militär-Olympiade in Berlin.
Er stand in den Sechzigern zusammen mit Heidi Brühl in

»Annie get your Gun« in Berlin auf der Bühne, war immer wieder bei den Karl-May-Festspielen in Bad Segeberg und Elspe dabei, leitete zeitweise das Karl-May-Museum in Bamberg, unterrichtete in Kalifornien indianische Jugendliche in deren historischer Kultur, Kunst und Handarbeit und beehrte No Name City von 1988 bis 1994 mit seinem Programm in einer eigens dafür geschaffenen indianischen Erdhütte. Jetzt möchte ich aber gerne …

Wart, zu der Erdhütte möchte ich schon was sagen.
Hiermit biete ich dir ein eigenes Erdhütten-Kapitel im Anschluss an dieses hier an.
Wir haben einen Deal.
Danke.

Jetzt möchte ich aber gerne vom Eindruck erzählen, den der Nici beim ersten Treffen auf mich gemacht hat. Das war nämlich nicht bei meinem Arbeitsantritt in No Name City, sondern lange vorher, als ich am Kindergeburtstag meines kleinen Bruders in der Rolle eines gewöhnlichen Besuchers zum ersten Mal durch die Tore von Europas authentischster Westernstadt trat.
Gerade wurde die sogenannte Parade abgehalten, die im Wesentlichen daraus bestand, dass alle Mitwirkenden nacheinander die Mainstreet herunter stolzierten und der Sprecher Klaus Ortner zu jedem ein paar Worte ins Mikro sprach.
Einige meiner zukünftigen Kollegen führten ein paar Tricks vor, so wie Peter Bento dann ein paar Jahre später Ballons abschoss, Nello alias Hunting Wolf seine Fertigkeit im Bogenschießen präsentierte und Toni Nugget ohne nennenswerte Zwischen- oder Ausfälle fehlerfrei einen Goldwäscher mimte, der mit einer Schaufel über der Schulter von einem Ende der Mainstreet zum anderen marschierte.

Dann aber ertönten indianische Trommeln aus versteckten Boxen, und eine große, würdevolle Gestalt auf einem weißen Pferd stand plötzlich wie angewurzelt auf dem Wall, der No Name City umgab. Sie hob mit beiden Händen einen Stab hoch über den Kopf und stieß dann einen überraschend lauten Schrei aus, der klang wie eine Mischung aus Mensch und Adler.
Einen Moment lang verharrte Nici in dieser Pose, bevor er auf seinem Pferd in vollem Galopp den Wall herunter-, und die Mainstreet entlangpreschte. Ohne Sattel und ohne Steigbügel. Freihändig.

Es hat ihn in den ganzen Jahren auch wirklich nur ganz selten vom Pferd runtergepfeffert.
Was!? Das hab ich kein einziges Mal mitbekommen!
Er ist auch jedes Mal blitzschnell wieder aufgestanden und hat seinen Schrei losgelassen. Da haben die Leute nur noch mehr applaudiert.

In seiner Erdhütte präsentierte Nici dann indianische Tänze, bei denen man gar nicht anders konnte, als mitzumachen. Denn er forderte jeden noch so unbeteiligt dreinschauenden Zuschauer unmissverständlich auf, sich zu beteiligen. Dazu musste man mit den Partnern links und rechts Händchen halten, um dann in einer zugegebenermaßen wenig komplexen Schrittfolge im Kreis herumzutanzen. Dazu lief ein indianisches Lied, das kurioserweise auf Englisch gesungen wurde. Ich glaube, es hieß »Indian Girl«, und aus diesen zwei Wörtern bestand auch der Text. Seltsamerweise verfehlte das Ganze seine Wirkung nie. Selbst ich, der ich solcherlei Mitmachkram wirklich noch mehr verabscheue als bräunlich matschige Bananen, ging während meiner Zeit als Angestellter in No Name City immer und immer wieder hinunter in das Erdhaus und machte einfach mit. Wer mich heute kennt,

kann das vermutlich kaum fassen. Aber ich genoss diese ganz spezielle Aura von »Buffalo Child«, seine Ruhe und Gelassenheit und seine Fähigkeit, die verschiedensten Menschen mühelos dazu zu bringen, sich in seinem Erdhaus an den Händen zu fassen und im Kreis herum zu tanzen. Niemand hatte mich je zuvor oder irgendwann danach dazu gebracht, einen anderen Menschen freiwillig überhaupt anzufassen.
Ich bin von Natur aus weder besonders gesellig noch in irgendeiner Form an spirituellen Begegnungen interessiert. Angefasst wird schon gleich gar nicht, und gemeinsam getanzt wird erst recht nie, niemals, nicht mit niemandem, ever! Ich kann nicht einmal alleine auf einer Tanzfläche tanzen, weil ich dann immer aussehe, als würde ich das Lied singen, und mich ganz schnell peinlich finde. Die einzigen Momente, in denen ich mich zu Musik bewege, finden auf der Bühne statt, wenn ich mit meiner Band »Harpo Speaks!!« auftrete. Aber ansonsten … tja, ansonsten gab es da eben nur Buffalo Child und sein »Indian Girl«. Da ging es. Verrückt.

Auch die Wirkung, die der Nici auf Frauen hatte, war unglaublich.

Ja, das stimmt. Die sind damals fast in Ohnmacht gefallen, wenn er sie an den Handgelenken angefasst und dann so indianisch angeschaut hat.

Seine Standardfrage war immer: »Wie heißt du?«, und seine Replik war immer: »Schöner Name.« Es war ziemlich egal, wie die Dame hieß, Nici schienen alle Namen zu gefallen.
»Wie heißt du?«
»Brechdurchfalla Raucherbein.«
»Schöner Name«

Oder er war einfach charmant.

Oder es war ihm ein bisschen wurscht.

Der hat pro Tag Hunderte Namen gehört, natürlich war's ihm wurscht.

Und ehrlich gesagt ist das auch egal, denn der Nici war einfach großartig. Eine fantastische Bereicherung für No Name City und auch danach noch, als wir mit dem Red Grizzly Saloon herumgereist sind.

Wie alt ist der Nici jetzt?

Der müsste jetzt neunzig Jahre alt sein …

… und immer noch aussehen wie vierzig.

Der ist in der Zeit bei mir kein Jahr gealtert, zumindest hab ich nix davon bemerkt.

Ist das ein indianisches Geheimnis?

Er hat immer gesagt: »Nix rauchen, nix saufen.«

Ganz einfach.

Was ist daran einfach?

Silkirtis Nichols alias Nici alias Buffalo Child ist bis heute aktiv und zusammen mit seiner Ehefrau Liselotte Wegner-Nichols eigentlich immer irgendwo in der Welt auf Tournee.

Ich wünsche mir, dass er noch viele tausend Handgelenke nach ihrem Namen fragen kann und unzähligen Tanzmuffeln sein »Indian Girl« ins Langzeitgedächtnis einbrennt. Er bereichert mein Leben. Einfach nur, weil es ihn gibt.

KAPITEL 35:

Der Krenzola oder: Geier, Gänse und Konsorten

VON HEINZ BRÜNDL

Auf einen unserer Mitwirkenden war ich besonders stolz: auf den Wolfgang Krenzola mitsamt seiner Kleintiernummer.

Wolltest du nicht von der Erdhütte erzählen?
Ja, gleich.

Der Krenzola kam, soweit ich mich erinnere, auf Volkers Empfehlung zu uns, der den Krenzola und seine Nummer noch aus seiner Zeit als Requisiteur beim Zirkus Krone kannte.
Wir fuhren zusammen nach Paris, wo der Wolfgang Krenzola zusammen mit seinen ganzen Viechern das Winterquartier bezogen hatte. Irgendwo gibt es sogar ein Foto, auf dem Kyra auf meinen Schultern sitzt und ich sehr unentspannt dreinschaue.

Kyra war dieser riesige Geier, oder?
Genau, aber den gibt es noch, die werden ja gerne mal achtzig Jahre alt.

Die Mönchsgeierdame Kyra wurde angeblich von ihren Eltern verstoßen, genau weiß ich die Geschichte nicht mehr. Auf jeden Fall hat sich der Krenzola ihrer angenommen, und die Kyra ist bei ihm im Zirkus aufgewachsen. Dieses Tier hat die gigantische

Flügelspannweite von knapp drei Metern, und wer seinen gebogenen, scharfen Schnabel direkt neben dem Ohr hat, schaut automatisch unentspannt.

Das Problem war, dass ich den gar nicht hätte bezahlen können, denn er war mit seiner Tiernummer ein richtiger Star. Aber Wolfgang Krenzola erklärte mir, dass er nach so langer Zeit das Reisen satthabe und gerne mitsamt seinen Tieren sesshaft werden würde. Er bräuchte nur einen Platz für den Wohnwagen und ein nettes Gehege für die Tiere. Das konnte ich ihm bieten. Wir hatten genug Platz, und eine fest installierte Bühne im Biergarten neben dem Saloon war auch kein Problem.

Von da an hatten wir eine richtig tolle Kleintierschau und zusätzlich noch Kyra als absoluten Topper unserer Stuntshow.
Immer exakt dann, wenn in der Musik der Glockenschlag von »Spiel mir das Lied vom Tod« ertönte, landete dieses monströse Vieh auf dem Dach des Leichenwagens. Das war jedes Mal aufs Neue ein Gänsehautmoment. Die Leute, über deren Köpfe die Kyra hinwegrauschte, haben teilweise richtig aufgeschrien. Denn sie verursachte nicht nur einen großen Schatten, sondern auch einen anständigen Luftzug.
Solche Details haben mir immer besonders gut gefallen, denn so was macht in Deutschland kaum einer. Die Amis sind da schon verdammt gut in solchen Dingen, weil sie wissen, wie man eine gute Show macht. Aber hier in Deutschland denkt man immer: »Na ja, das genügt jetzt schon so«, und das ist meiner Meinung nach eins der Hauptprobleme im deutschen Showgeschäft.
Wir wollten immer das Beste im Rahmen unserer Möglichkeiten, und ich bin damit eigentlich immer gut gefahren.
Der Geier war eins dieser Details, was zwar nicht zwingend nötig

gewesen wäre, aber wenn er mal gefehlt hat, war das immer richtig schade.

Aber ab und zu hat sie gefehlt.

Ja, weil sie hin und wieder dann doch mal eine große Runde fliegen wollte, anstatt auf dem Leichenwagen zu landen.

Wer könnts ihr verdenken?

Die Zeitung in Poing nahm das immer wieder dankbar auf: »Fliegt er oder fliegt er nicht?« haben sie getitelt. Oft riefen bei ihnen auch Leute an und erzählten, dass irgendein gigantisches Urtier über ihrem Garten kreise. Denen konnten die Zeitungsleute dann gleich sagen, dass das die Kyra ist, und der Krenzola hat sie dann dort abgeholt.

Natürlich arbeitete Krenzola, wie jeder andere Zirkuskollege, mit allen verfügbaren Tricks, aber das ist ja auch völlig legitim. Der Geier landete natürlich auf dem Wagen, weil da was zu fressen lag. Und auch die Tauben, die auf der Bühne einen Salto nach dem anderen schlugen, hat er nicht – wie behauptet – langwierig dressiert, sondern diese Tauben machen das auch ohne Dressur, ganz einfach weil sie es halt machen. Bei so einer Show geht es gar nicht immer nur darum, dass die Tiere irgendetwas Widernatürliches machen, sondern vor allem darum, wie man etwas effektvoll in Szene setzt. Und da war er wirklich ein Meister.

Ich kann mich auch nicht erinnern, dass während meiner Zeit in No Name City irgendwas besonders schiefgegangen wäre.

Und wenn, dann hätte das niemand gemerkt. Der Krenzola war ein Vollblutprofi.

Na gut, einmal war ich zufällig dabei, als was fast danebengegangen wäre. Er hatte doch diesen dressierten Fuchs, der den Kinderwagen auf die Bühne geschoben hat, in dem eine lebende Gans mit Babyhäubchen drinsaß. Das war nicht nur erstaunlich, weil kaum einer jemals einen dressierten Fuchs gesehen hatte, sondern es war eben auch ein richtig guter Gag.
Nur eines Tages verstarb die Gans eine knappe Minute vor ihrem Auftritt recht überraschend. Einfach so! Quack! Und aus war's. Wir hörten, wie der Krenzola die Story mit dem Fuchs und der Gans auf der Bühne anmoderierte, und uns war klar: Wir müssen was tun! Also haben wir die Gans stabilisiert, die Haube geradegerückt und …

… können wir noch mal zurückgehen zu »Gans stabilisiert«?
Muss das sein?
Muss.

Na ja, wir haben sie eben aufrecht hingesetzt. Und dann ein Holzstöckchen in den Kinderwagen gestellt und die Gans mit einem schwarzen Dichtungsgummi befestigt. Kaum war das einigermaßen stabil, hat der Assistent vom Wolfgang den Fuchs dran gestellt, und der hat gleich losgeschoben. Wir haben von der Seite aus zugesehen und die ganze Zeit gedacht: »Hoffentlich hält's, hoffentlich hält's!« Das hätte mit Sicherheit ganz furchtbar ausgesehen, wenn die tote Gans vor den ganzen Kindern plötzlich zur Seite gekippt wäre und man den Stock und den Gummi gesehen hätte. Der Krenzola bemerkte das Stöckchen natürlich sofort und starrte uns nur mit großen Augen an. Dann schaute er wieder nach vorne, und für einen Moment sah sein Lächeln ein bisschen eingefroren aus.
Uns wär fast das Herz stehengeblieben, als sich der Kopf der Gans während der Fahrt wie in Zeitlupe zur Seite drehte. Das sah

dann aber aus, als würde sie direkt ins Publikum schauen, und die Leute haben gelacht, weil sie dachten, das wär Teil der Dressur. Zwanzig Zentimeter hinter dem linken Vorhang ist die Gans doch noch am Stab runtergerutscht, aber das hat dann keiner mehr gesehen außer uns.

… und dem Fuchs.

Ja, aber dem war das wurscht. Der war satt.

KAPITEL 36:

Jean-Luc oder: 'at disch dör 'Chili geschmeeeck'?

VON TOMMY KRAPPWEIS

Jean-Luc bekleidete im Lauf der Zeit mehrere Positionen in No Name City. Ich lernte ihn als Chefkoch kennen, weil er anfangs die Gastronomie in der Westernstadt unter seiner französischen Fuchtel hatte. Als dann der Amerikaner John Moody diesen Job übernahm, wechselte er hinter die Bar des Saloons.

Wir bekamen jeden Tag Personalessen aus der Gastro und waren Jean-Luc darum hilflos ausgeliefert. Ich glaube, Jean-Luc wusste das, und ich glaube außerdem, Jean-Luc hat es genossen.

Ach, das glaub ich nicht.
Ach, das glaub ich schon.
Der hat nur so ausgeschaut, als wär da was.
Meinst du …

Ich möchte hier ein zugegebenermaßen unappetitliches Beispiel nennen. Nun wird dem Franzosen an sich ja gerne mal nachgesagt, er sei gelegentlich ein bisschen arg unappetitlich im Ausdruck. Da ich zu wenig Franzosen kenne, um das beurteilen zu können, wage ich hier keine Meinung darüber zu formulieren. Aber was ich doch sagen kann, ist, dass Jean-Luc definitiv ein

Talent hatte, einem das Hungergefühl auszutreiben und an dessen Stelle ein schlechtes Gewissen zu plazieren.

Schlechtes Gewissen? Für was denn?

Dafür, dass man »umsonst« Essen bekommt, dass man ihm dadurch Arbeit macht und dass man kein Franzose ist.

Ja, kein Franzose zu sein empfand er als genetischen Nachteil.

Ich erinnere mich an eins meiner ersten Gespräche mit Jean-Luc. Ich wollte nur nett sein und fragte ihn, ob es ihm Spaß mache, in No Name City zu kochen. Erst schaute er mich lange an und runzelte die Stirn, als ob er sich fragte: »Das da kann sprechen?« Dann machte er ein erstaunlich geringschätziges Seufzgeräusch, verdrehte dabei sehr französisch-hektisch die Augen und murmelte: »Kochen? Das ist nischt kochen. Das ist Scheis'.« Er deutete auf die riesige Pfanne in der Mitte der Küche, die aussah, als hätte er sie aus Villariba geklaut, und seufzte noch einmal: »Das alles, Scheis'. Das ist nischt kochen. Ich 'att ein Restaurant in' Elsass, dort 'ab isch gekocht. 'ier mach isch warm. Ich kann kochen, aber nischt für die Arschlöscher.«
Dabei deutete er mit seinem Schöpflöffel in einer ausladenden Armbewegung einmal über die Mainstreet und schloss damit alle Besucher, Kollegen, Tiere und sonstigen Lebewesen ein. »All' Arschlöscher. Für die koch isch nischt. Die sollen Scheis' fressen.« Dann wandte er sich ab und rührte missmutig die Paella in der Riesenpfanne um.

Zu mir hat er so was nie gesagt.

Ach was …

Den Gipfel der Geschmacklosigkeit leistete er sich aber ein paar Wochen später, als ich noch einmal den Versuch machte, nett zu sein, und irgendein Gespräch anfing.

Warum?

Weil ich nicht wollte, dass mich der Typ hasst, der mein Essen macht!

Is' doch wurscht.

Ist es nicht, hör zu!

Wie immer bekam ich von Jean-Luc zunächst keine oder nur eine einsilbige Antwort, gefolgt von einem Louis-de-Funèsischen Achselzucken. Also nahm ich meinen Teller Chili con Carne und verzog mich in eine Ecke zum Essen. Doch später, als ich den leeren Teller zurückbrachte und ihn einfach nur an der Theke abstellen wollte, winkte mich Jean-Luc mit einem Grinsen zu sich. Erst dachte ich, er meinte irgendwen anders, und sah mich um. Doch, doch, er meinte mich und bedeutete mir herzukommen. Offensichtlich wollte er mir etwas sagen.

Neugierig und irgendwie auch erfreut über die Kontaktaufnahme seinerseits, kam ich näher. Jean-Luc beugte sich über die Theke und winkte. Ich sollte noch näher kommen. Als ich ihm schließlich so nah war, dass ich es kaum noch erträglich fand, raunte er mir zu: »Ey, Dommy … Hat dir de' Chili geschmeck'?« Sein Lächeln war undurchdringlich.

Irgendetwas in mir schrie mich an, auf keinen Fall mit »Ja« zu antworten. Also entschloss ich mich zu einer Gegenfrage: »Warum?«

Die Antwort könnte typischer nicht sein, und ich bitte um Entschuldigung, dass ich sie jetzt hier auch leider im Original wiedergeben muss. Sie lautete: »Isch ab reingeschiss'.« Dann wandte er sich ab.

Ja, sauber.

Eher das Gegenteil …

Nach ein paar Sekunden bemerkte er, dass ich immer noch dastand, unfähig, irgendwas zu sagen. Weder eine schlagfertige Antwort noch ein lahmes »Hahaha« oder sonst irgendwas halbwegs Adäquates kam mir über die plötzlich etwas trockenen Lippen. Aber weggehen konnte ich irgendwie auch nicht, denn das war einfach zu … viel zu … Igitt!

Jean-Luc bemerkte, dass er einen Volltreffer gelandet hatte, und setzte noch einen drauf: »Weißt du, isch kann kochen, aber nischt für die Arschlöscher. Ihr schmeckt nischt, wenn isch in euer Chili geschiss 'ab, warum soll isch für eusch gut kochen?«

Sprachs, zuckte wieder mit den Achseln, wandte sich ab und rührte im Chili, das sich in meinem Hirn just zu einer gänzlich anderen Konsistenz wandelte. Dazu schienen sich die dunklen Bohnen zu verdächtigfarbig-klebrigen Häufchen zusammenzurotten, nur um mir vorzugaukeln, sie wären erst durch Jean-Luc *hindurch* in die Pfanne geraten.

Plötzlich wurde mir furchtbar schlecht, und ich musste dringend einen Ortswechsel vornehmen.

Warst du so zartbesaitet damals?

Heinz! Das hat nix mit zartbesaitet zu tun! Er hatte gesagt …

Ja, so war er eben, der Jean-Luc.

Aber was, wenn er wirklich … O Gott …

Ach Schmarrn, wie hätt' er das denn anstellen sollen? Sich nackert über die Pfanne stellen und dann …

Heiiiiiiiinz!!!!

Meiomei, is ja scho guad.

KAPITEL 37:

Der Wamblee
oder: Ein Indianer im KVR

VON HEINZ BRÜNDL

Eine Zeitlang hatte ich zwei hervorragende Stuntleute und Reiter in No Name City beschäftigt. Einer von ihnen hieß Raoul Mehudi und war angeblich Halbindianer.

Wieso angeblich?
Der war kein Halbindianer, die Mutter ist vielleicht mal an einem Indianer vorbeigefahren, mehr war da nicht.
Aber er sah super indianisch aus.
Ja, deswegen hat er es vielleicht auch selber geglaubt.

Das war wohl auch der Grund, warum er sich »Wamblee« nannte. Also Sioux für »Adler«. Wir hatten eh kein Problem mit Spitznamen, Künstlernamen oder Menschen, die nach Objekten benannt waren. Man denke an Long John, den Sani-Peter, den Zwerg, den Xylamon oder den das Hemd.

Den das Hemd?
Ja, da kommen wir später noch drauf. Erinnere mich dran.
Mach ich …

Der Raoul hieß für uns alle also Wamblee, warum nicht? Nur in seinem Pass stand natürlich Raoul Mehudi, und das erinnerte ihn wohl immer wieder schmerzhaft dran, dass er eben kein Indianer war. Immer, wenn er irgendwem wegen irgendwas seinen Pass zeigen musste, wusste diese Person, dass er nicht der Adler der Sioux war, sondern eben der Raoul vom Mehudi. Das gefiel ihm gar nicht. Es nervte ihn sogar so, dass er immer sofort jedem widersprach, der ihn Raoul nannte: »Wamblee! Name is Wamblee!«, sagte er dann immer. Das war schon so eine Art Reflex bei ihm. Er wollte halt so gern ein Indianer sein und auch heißen wie einer.

Aber als er dann vom Nici erfuhr, dass der sich »Buffalo Child« als Künstlernamen in den Pass hatte eintragen lassen, war es ganz aus. Beziehungsweise ging es dann erst richtig los … Denn jetzt wollte er das auch so haben.

Einen Künstlernamen?

Nein, er wollte seinen Namen geändert haben.

Aber der Nici hatte seinen Namen doch auch nicht geändert!

Ja, aber der Wamblee wollte das jetzt.

Also stand er eines Tages vor mir und bat mich in seinem französischen Englisch, mit ihm in die Stadt zu fahren, um ihm zu helfen, seinen Namen zu ändern. Ich antwortete ihm in meinem bayerischen Englisch, dass das vermutlich nicht so einfach sein würde. Und damit untertrieb ich natürlich maßlos. Die Wahrscheinlichkeit, dass man im Münchner Kreisverwaltungsreferat einem indianisch aussehenden Franzosen mit orientalisch klingendem Nach- und spanisch anmutendem Vornamen erlauben würde, seinen Namen in Sioux für »Adler« zu ändern, stufte ich als verhältnismäßig gering ein. Der Wamblee war aber nicht zu stoppen und nervte mich tatsächlich zwei geschlagene Wochen lang, bis ich schließlich nachgab.

»Wamblee«, sagte ich, »Ich fahr jetzt mit dir ins KVR, nur um dir zu zeigen, dass es nicht geht.«
Da der Wamblee felsenfest vom Gegenteil überzeugt war, freute er sich sehr. Also stiegen wir ins Auto und fuhren in die Stadt rein, quer durch die City, bis ins Kreisverwaltungsreferat Poccistraße. Als wir dann irgendwann sogar einen Parkplatz gefunden hatten, stieg ich aus, und neben mir erhob sich der Wamblee aus dem Sitz.

Trug er ...
Ja.

Er trug *natürlich* Indianer-Klamotten. Genauer gesagt eine Art Mischung aus Indianer-, Straßenkleidung und Civil War. Nach unten hängende Federn im Haar, einen blauen Militärrock mit indianischen Stickereien drauf, dazu Jeans und Turnschuhe. Und ein Gesicht, wie man es vielleicht von diesen Holzindianern kennt, die früher als Zigarrenwerbung vor den Generalstores standen: Hakennase, dunkle Augen und dünne Lippen. Ausgeschaut hat er ja super, der Wamblee – aber eben nur innerhalb von No Name City. Außerhalb der Westernstadt hat man einen Bogen um ihn gemacht, weil er aussah, als würde er jedem gleich ein Bowiemesser zwischen die Rippen rammen, weil ihm irgendwer gesagt hat, dass jeder Mensch ein Hobby brauchte.
Als die wartenden Menschen vor dem KVR stillschweigend eine Gasse bildeten, um uns nicht zu nahe zu sein, wusste ich einfach, dass das wieder eine von diesen Situationen ist, die man nicht vergisst. Und das war dann der Moment, in dem mich so eine seltsame Ruhe erfasste ...

Die Ruhe vor dem Sturm?
Nein, ich meine was anderes.

Ich meine diese Ruhe, die man irgendwann erlangt, wenn man viel zu oft in Situationen war, die einem wie ein Fiebertraum vorkommen. Oder wie ein schlechter Film. Bis dahin war es eigentlich immer so gewesen, dass ich innerhalb dieser Situationen viel zu beschäftigt war, um sie zu einem guten Ende zu bringen. Aber an diesem Tag bemächtigte sich meiner diese ganz spezielle Ruhe. Und das fühlte sich wirklich gut an.

Ich schaute mir selber zu, wie ich an der Seite dieses Achtel-Indianers durch die Glastüren des Kreisverwaltungsreferats trat. Und ich musste dabei lächeln. Vermutlich sah ich dadurch für die Wartenden in den endlosen Gängen aus wie ein Wahnsinniger, aber das war mir wurscht. Denn was sollte schon passieren? Wir würden eine Nummer ziehen, sehr lange herumsitzen, Leute würden uns anstarren, und irgendwann würde es »bing« machen. Dann würden wir durch die Tür an den Schalter treten, jemand würde uns kurz zuhören, dann lange anschauen, mitleidig den Kopf schütteln und schließlich rausschmeißen. Dann könnten wir wieder zurück nach No Name City fahren, und ich hätte meine Ruh. Wunderbar.

Lass mich raten, genauso ist es dann gekommen.

Nein.

Nein?

Nein.

Also, zunächst schon. Wir gingen an den Wartenden vorbei, bis zum Abschnitt für die Buchstaben L–M, für Mehudi. Dann zogen wir eine Nummer und steuerten auf eine der Bänke zu. Sofort standen einige Leute auf, als hätten sie plötzlich in einem der anderen Gänge was liegengelassen oder gerade einen alten Freund erspäht. Die anderen starrten uns einfach nur an. So weit, so zu erwarten. Dann machte es »bing«, wir standen auf, traten durch die Tür und … also, ab da war der Ablauf dann doch etwas anders.

Der Beamte ist aus dem Fenster gesprungen?
Nein.
Okay, ich geb' auf.

Der Beamte schaute ein paar Mal stumm am Wamblee rauf und runter. In die Stille hinein fing ich an zu erklären, was der Wamblee wollte: »Dieser Herr möchte seinen Namen ändern.« Der Beamte nickte nur. Ich weiter: »Er heißt Raoul Me…«, und da wusste ich schon, was kommen würde. Der Wamblee widersprach aus Reflex sofort: »Wamblee! Name is Wamblee«, sagte er und deutete auf sich.
Ich nickte und fing noch mal an: »Also das ist der Wamblee, und er heißt eigentlich Raoul …« Weiter kam ich nicht, denn der Wamblee wedelte wieder energisch mit dem Finger. Er wollte einfach nicht mehr Raoul genannt werden. Das war für ihn Geschichte. Deswegen war er ja hergekommen. »Wamblee!«, rief er. »Name is Wamblee!«
Ich holte Wamblees Ausweis raus, legte ihn hin und deutete drauf: »So heißt er.« Der Beamte schaute auf den Pass und sagte dann mit heiserer Stimme und einem starken bayerischen Akzent: »Des … des is a französischer Pass …«
Ich nickte und lachte ein bisschen, weil mir grad danach war. Dann nahm ich noch einmal Anlauf: »Also den Namen da drauf …, den will der Herr Mehu…, ich meine der Wamblee, nicht mehr haben.«
»Den will er nicht mehr haben?«
»Nein. Er will ab sofort Wamblee heißen.«
»Wembley?«
»Wamblee.«

»Wem…«
»Wam.«
»Wam… bley?«
»Blee. Mit zwei ee hinten dran.«
Und dann sagte der Wamblee: »Tatanka.«
Und der Beamte und ich schauten ihn an.
»Wamblee Tatanka«, sagte der Wamblee, und ich wurde urplötzlich sehr müde. Von einem Nachnamen hatte er vorher nix gesagt.

Tatanka … aber das heißt doch nicht »Adler«, sondern …
»Büffel.« Genau.

Raoul Mehudi wollte sich umbenennen in »Adler Büffel«. Auf Sioux. Na, von mir aus. Das war dann auch schon egal. Ich nickte nur mit trübem Blick und versuchte, das dem Beamten zu erklären – also, dass das indianisch ist und dass der Herr Mehudi …

Name is Wamblee!

… richtig, also dass der Wamblee ab sofort Wamblee Tatanka heißen will. Und das war der Moment, in dem der Mann vom KVR eine unerwartete Frage stellte.

Ob ihr sie noch alle habt?
Nein. Das hat er vermutlich gedacht, aber gefragt hat er was anderes.

Der Beamte fragte uns ganz ernsthaft: »Sangs amal … wo bitte kommen Sie zwei eigentlich her?« Damit meinte er wohl, ob wir hinter dem Mond lebten oder aus dem Irrenhaus kämen. Aus seiner Sicht war das auch eine nachvollziehbare Frage. Ein schlecht englisch sprechender Indianer in amerikanischer Uniform mit einem französischen Pass und einem wenig französischen Namen, den man aber nicht aussprechen durfte, weil er sonst durchdrehte, wollte ab sofort Adler Büffel heißen und hatte einen komischen Freund dabei, der die ganze Zeit lächelte, als wäre er nicht ganz da. So weit, so gut. Aber dann beantwortete ich ihm die Frage, wo wir eigentlich herkämen.

Aus No Name City.
Exakt. Und dann war's aus.

Der Beamte fing an zu brüllen, was uns einfalle und ob hier gleich der Kurt Felix aus dem Schrank springe.

... der damalige Moderator von »Verstehen Sie Spaß?«.

Genau. Er habe ja schon viele Verrückte dagehabt, aber verarschen lassen müsse er sich sicher nicht, und ich solle meinen Yehudi nehmen und schauen, dass ich verschwinde. Der Wamblee schrie ihm noch ein hasserfülltes »Wamblee! NAME IS WAMBLEEE!« entgegen, aber ich schnappte mir seinen Pass und schob den Wamblee zur Tür und hinaus auf den Gang. Dort sprangen die Leute auseinander, als hätt' wer eine Granate in ihre Mitte geschmissen. Überall machte man uns Platz, während ich den schimpfenden Wamblee durch die Gänge bugsierte und draußen ins Auto stopfte.
»Siehst du!?«, sagte ich zu ihm, »ich hab's dir gesagt. Man kann sich nicht einfach umbenennen, das geht nicht so einfach! Du heißt nun einmal Raoul Mehudi und nicht ...«

Name is Wamblee?
Wamblee Tatanka bitte.
Verzeih.

Von da an hat er es mir aber geglaubt. Und ich hatte gelernt, dass es in solchen Situationen hilft, wenn man sich selbst zuschaut und einfach ein bisschen ungläubig lächelt. Das macht vieles leichter, und man wird auch nicht so schnell sauer.

Auch wenn wieder jemand auf die Mainstreet bieselt?

Nein. Den hau ich um.

KAPITEL 38:

Der Fotograf oder: Method Acting Deluxe

VON TOMMY KRAPPWEIS

Die Stuntshow begann immer mit der beschaulichen Ruhe vor dem Sturm. Der Pfarrer grüßte den Undertaker, der Undertaker grüßte zurück, und in dem Moment wurde der sturzbetrunkene Fotograf mitsamt seinem antiken Dreibein aus dem Saloon geworfen. Es folgte eine kurze Clownnummer, in der der Fotograf versuchte, von Pfarrer und Undertaker ein Foto zu schießen und aufgrund seines Alkoholpegels unterhaltsam scheiterte. Und diese Rolle oblag Walter Lindemann.

Moment, das war aber nicht immer der Walter.
Stimmt, vorher war das der Foto-Peter.

Man verzeihe mir einen kurzen Exkurs zum Foto-Peter: Der hieß nicht etwa Foto-Peter, weil er in der Stuntshow den Fotograf spielte, sondern weil er Pächter des No-Name-City-Fotostudios war, wo man sich in historischer Bekleidung ablichten und das Bild direkt mit nach Hause nehmen konnte. Das »Foto« in Peters Namen war wichtig, weil wir wie schon einmal angemerkt so viele Peters in No Name City hatten, dass Präfixe wie Foto-, Sani- oder Staubmantel- die eigentlich gemeinte Person erst identifizierbar machten.
Der Foto-Peter stammte aus Tirol und entsprechend kehlig war

seine Aussprache des Buchstabens K. Er klang landestypisch eher wie eine Art Ch. Würde man es recht treffend, aber dafür wenig appetitlich ausdrücken wollen, läge der Vergleich mit dem Geräusch nahe, das ertönt, wenn man versucht, festsitzenden Schleim von den Stimmbändern zu blasen. Ebenso klang er natürlich auch in seinem Part der Saloonshow, wenn er als angeblich buckliger, lahmer, alter Sack an zwei Krücken auf die Bühne humpelte, um dann vom Wunderdoktor Aaron McClint wundergeheilt zu werden. »Warum siehst du denn so alt aus?«, fragte der Doktor, und der Foto-Peter bellte quer durch den Saloon: »Weil ich dein Tonikum getrunken habe!« Dabei sprach er das Wort »Tonikum« eher aus wie »Doounichhhkum«.

Der Begriff Tonikum war auch damals kaum einem Kind bekannt. Geschenkt, denn das konnten die Eltern ja dann erklären. Wenn die aber auch nicht verstanden, was der komische Mann mit dem Umhängebart da in selbigen hineinhustete, dann konnte es passieren, dass der eh schon nicht allzu brillante Gag noch mehr verpuffte, als ihm zweifelsohne sowieso gebührte.

Jedoch prägte der Foto-Peter diese Rolle mit seiner Aussprache so sehr für alle ihm folgenden Generationen, dass jeder, der nach ihm die Ehre hatte, sich vom Wunderdoktor heilen zu lassen, diesen Satz exakt so sprach wie er. Mit einem völlig unverständlichen, tirolerisch-feuchten »Doounnichhhkum« in der Mitte.

Beerbt wurde der Foto-Peter in beiden Rollen gelegentlich von mir, aber vor allem von Walter Lindemann. War der Foto-Peter prägend für die Aussprache des Tonikums, so war der Walter prägend für alle Darstellungen eines Betrunkenen, die ich irgendwann spielen würde. Der Grund hierfür war, dass Walter Lindemann stets voll war wie die sprichwörtliche Strandhaubitze. Ähnlich diesem Steilfeuergeschütz, das in Küstennähe positioniert schon mal voller Wasser und Sand laufen konnte, wenn der zuständige Kanonier gerade mal ein bis tausend Buddel voll Rum

zwitschern war, ließ sich auch Walter Lindemann des Öfteren volllaufen. Aber weder mit Wasser noch mit Sand, sondern mit allem, was das Regal an der Supermarktkasse so hergab.
Nun sah Walter Lindemann aber auch wirklich aus, als hätte ihn Mutter Natur extra für das Kuriositätenkabinett vom Heinz geschnitzt. Er war relativ groß, dabei sehr hager, etwa 50 Jahre alt – oder erweckte zumindest den Anschein –, und im Oberkiefer fehlten ihm die ausschlaggebenden vier Vorderzähne. Das kaschierte er höchst ungenügend, aber gerade dadurch eben sehr passend für die Westernstadt mit einer buschigen, grauen Rotzbremse unter der Nase. Zusammen mit seinem markanten Zinken, der schwarzen Weste auf weißem Hemd und einem leuchtend roten Binder ergab sich so das wirklich perfekte Bild eines etwas durchlebten, ergrauten Gentlemans, der aufgrund seiner Liebe zum Alkohol ein paar Mal zu oft in anderer Leute Schläge hineingelaufen war. Oder in die nahende Postkutsche.

Der war der beste Fotograf, den ich jemals gehabt hab.
Der authentischste.
Mit Abstand. Der war super in der Rolle.
Betonung liegt auf »*der* Rolle«, oder?
Ja, schon.

Denn für die anderen Rollen oder Aufgaben, mit denen man Walter betraute, wäre es wirklich von Vorteil gewesen, wenigstens halbwegs nüchtern zu sein. Das war er natürlich schon auch gelegentlich, aber eben nicht immer. Er war es zum Beispiel schon, als man ihm eine Ballonmütze aufsetzte und anwies, ab sofort die kleine Bimmelbahn zu steuern, mit der man einmal rund um No Name City herumfahren konnte. Dieser Job beschränkte sich auf vier Dinge:

Starten!
Schauen!
Bimmeln!
Stoppen!
Diese vier Dinge wurden ihm sehr deutlich immer und immer wieder eingebleut, bis Walter irgendwann meinte, er sei doch kein Idiot.
Genervt rekapitulierte er noch einmal vor seinem Chef, was man als Lokführer zu tun hatte: Man startete die Lok, fuhr los und schaute dabei nach vorne. War irgendetwas auf den Schienen, stoppte man und bimmelte, bis es weg war. Dann startete man wieder. So simpel, so nachvollziehbar.

Eigentlich schon, möchte man meinen.
Ja, es wirkt erst mal recht einfach.

Entsprechend gut ging das auch eine Zeitlang, bis der Walter irgendwann ein paar Esel auf den Schienen entdeckte. Das war in dem Fall kein Trugbild wie vielleicht die berühmten rosa Elefanten, denn wir hatten wirklich Esel in No Name City.
Brav stoppte er also und bimmelte, um die Tiere dazu zu bewegen, den Weg frei zu machen. Die Kinder im Zug sahen belustigt zu, wie Walter bimmelte und bimmelte. Schließlich waren die Schienen wieder esellos und Walter startete sofort den Bummelzug. Gerade kam ihm in den Sinn, sich vielleicht doch noch einen Schluck aus dem immer griffbereiten Flachmann zu genehmigen, als die Kinder plötzlich begannen, wie verrückt zu schreien und zu deuten! Walter ließ den Flachmann fallen, saute seine Finger und die Hemdsärmel dabei mit Hochprozentigem ein, starrte erschrocken nach vorne und sah: Da war schon wieder alles voller Esel! Und je näher er kam, desto wuseliger verhielten diese Tiere sich! Sie sprangen, wohl aufgeschreckt durch das aufgeregte

Geschrei der Kinder, wild durcheinander. In dieser Sekunde vergaß Walter die vier Dinge, die man ihm eingetrichtert hatte. Panik ergriff ihn, er fing an zu zittern, griff den Start/Stopp-Hebel, der glitt ihm aus den alkoholisierten Fingern, der Zug fuhr ungehindert weiter und … prallte dann auf den einzigen Esel der Herde, der auch tatsächlich real anwesend war. Alle anderen Tiere hatte nur der Walter gesehen, und sie hatten sich eben entsprechend mit bewegt: Äquivalent zur Bewegung des Originaltieres multipliziert mit Walters Promillewert.
Der kleine Zug sprang aus den Gleisen, die Kinder schrien, der Esel auch, und Walter stolperte aus der Lok auf den Schotter. Neben ihm der verräterische Flachmann und um ihn herum der dazugehörige Odor von genossenem wie verschüttetem Alkohol. Und während die Kinder kreischend und weinend in alle Himmelsrichtungen rannten und ihre Eltern suchten, der Esel ganz erbärmlich schrie und die Lok sich gemütlich im Erdwall festfuhr, lag der Walter auf dem Boden und versuchte zu retten, was zu retten war. Und das war in dem Fall leider nur der Flachmann.

Dem armen Esel hat er bei dem Unfall auch noch einen Hax gebrochen, der Depp.

Das wusste ich gar nicht!

Ja klar, und die Kinder haben das alles mitbekommen, weil das arme Viech ja gebrüllt hat. Und am schlimmsten war, dass das kein Esel war, sondern eine Eselin, und die war auch noch trächtig.

Ach, du lieber Gott …

Aber unser Tierkönig, der Klaus Ortner, hat sie wieder hochgepäppelt, der Hax ist super verheilt, und das Fohlen kam gesund und munter auf die Welt.

Puh. Das sagst du jetzt aber nicht nur so für das Buch?

Nein, das stimmt wirklich. Kannst die Angie fragen, die die

Pferde damals betreut hat. Alles gut. Aber mei, war die vielleicht sauer. Die hat danach mit dem Walter kein Wort mehr geredet.
Da konnte er sich ja schon mal auf seinen nächsten Job einstellen.
Da hast du recht.

In den darauffolgenden Monaten redete wirklich keiner mehr mit dem Walter. Das lag aber nur im Fall von der Angie an dem Unfall, für uns andere lag es an dem simplen Umstand, dass Winterpause war und der Walter vom Heinz als Platzwart eingesetzt worden war. Mit anderen Worten, es war einfach niemand da, mit dem der Walter hätte reden können.

Das stimmt so nicht.
Ich weiß doch, das sollte doch die Überleitung sein.
Na gut, dann leit' jetzt über.
Ja, Chef.

Walter Lindemann war also den ganzen Winter über verdammt einsam, und wenn ich jetzt an ihn denke, tut er mir echt leid. Wen wundert es da, dass er neben dem Alkohol und der Fernbedienung vom Fernseher nur noch zum Telefon greifen konnte?

Damals kamen gerade diese Sex-Hotlines auf …
Und die Fernsehwerbung dafür …
Und dann noch der Alkohol …

Stellen Sie sich mal vor, sie sitzen in einer Holzhütte, die man nur mit Holz heizen kann, vor einem kleinen Fernseher. Sie sind seit Tagen sturzbetrunken, und irgendwann befielt Ihnen eine unbekleidete Dame: Ruf. Mich. An. Was machen Sie dann?

Genau. Und das tat der Walter eben auch. Ganz, ganz, ganz, ganz, ganz, ganz, ganz, ganz oft.

Wie viel hat dich denn der Platzwart in dem Jahr gekostet?
Können wir bitte von was anderem reden?
Jetzt sag halt.
Ich wollt doch von der Erdhütte erzählen.
Du lenkst ab.
Ja, weil ich sonst wieder sauer werd'. Mir geht schon wieder der Hals zu, wenn ich da dran denk.
Dann erzähl schnell von der Erdhütte.
Gern.

KAPITEL 39:

Eine Westernstadt? Oder: Da ist die Tür

VON HEINZ BRÜNDL

Ich hab noch gar nicht erzählt, wie wir eigentlich mit unserer Westernstadt nach Poing gekommen sind, oder?
Nein, hast du nicht, Heinz. Aber das Buch ist ja noch nicht zu Ende.

Dann geh ich jetzt für einen Moment zurück in die Anfangszeit, als wir einen Platz suchten, auf den wir eine No Name City bauen konnten. Es war ja nicht gerade so, dass die Gemeinden auf uns gewartet hätten. Der Wilhelm P. und ich zogen von Rathaus zu Rathaus und von Gemeinderat zu Gemeinderat, aber überall war es das gleiche Spiel.
Aufgrund der Referenzen vom Herr P. und des Wortes »Freizeitpark« bekamen wir eigentlich überall recht einfach einen Termin.
Wir traten in kleinen Rathäusern von Orten mit Namen wie zum Beispiel Großdingharting an. Der Bürgermeister begrüßte uns und stellte die anderen Leute vor, unter denen auch immer gleich einer von der Brauerei war. Dann redeten wir ein bisschen über dies und das, das übliche Vorgeplänkel eben. Dann kam die Dame mit dem wässrigen Kaffee, und das war das Zeichen, dass es jetzt gleich losgehen würde. Von da an konnte man eigentlich von maximal 50 rückwärts zählen, bis wir wieder auf der Straße standen.

Warum?

Na, weil ich die Zauberformel gesagt hab.

»Der Kaffee schmeckt scheiße?«

Nein. »Wir bauen eine Westernstadt.«

Ah. Okay.

Nach »...stadt« war erst einmal Ruhe, dann machte irgendwer so was ähnliches wie »Ahaaaa ...«, und dann war der Termin eigentlich so gut wie beendet.
Bald saßen wir mitsamt unseren Plänen und Zeichnungen wieder unten im Auto, und ich fragte den Wilhelm: »Wohin jetzt?« Der sagte: »Nach Kleindingharting.« Also Motor an und los. Wir kamen uns vor wie Maria und Josef.

Ein ganz bezaubernder Vergleich, Heinz.

Danke.

Und irgendwann landeten wir auf unserer Odysee in Poing. Der Wilhelm kannte den dortigen Bürgermeister recht gut, und seltsamerweise schmiss der uns nicht gleich wieder raus. Ganz im Gegenteil, er fuhr mit uns rüber ins Industriegebiet und zeigte, dort angekommen, auf einen freien Platz mitten zwischen einer Tankstelle, einem Baumarkt und einer Lagerhalle. »Da«, sagte er. Ich weiß das noch, als wär's heute gewesen. »Das ist das Gelände vom Katra-Konzern, ich glaub, das kann man mieten.« Ich schüttelte nur den Kopf, denn das hatte ich mir wirklich anders vorgestellt.
In Ising standen wir am See, hinter uns Bäume, überall grün – einfach wunderschön. In Miesbach waren wir immerhin auf einem freien Feld, und das nächste Gebäude war weit genug weg. Aber hier, zwischen diesen Hallen, das war einfach grausig.

Warum hast du dann dort gebaut?
Weil uns nix anders übriggeblieben ist.
Ja, das ist ein Grund.

Ich weiß noch, wie niedergeschmettert ich war, als ich zusammen mit meinem Stiefvater Hans die ersten Pflöcke einschlug, um das Gelände auszumessen. Ich hab mir immer eingeredet: Okay, es ist nah an der Autobahnausfahrt, in einem Industriegebiet, wo wir Lärm machen können, es gibt keine Umweltschutzauflagen wegen Fröschen oder irgendwelchen Käfern, es ist bezahlbar, es ist bezahlbar, bezahlbar … Trotzdem war ich wirklich sehr unzufrieden.
Eigentlich wurde das erst besser, als mir ein Mädchen von der Staatsoper auf die Betonwand der Lagerhalle ein riesiges Bild mit einer Wüste und Death-Valley-artigen Gesteinsformationen malte. Damit wurde es wirklich viel erträglicher.

Und ihr habt dann da einfach auf dem freien Feld herumgemessen?
Ja klar. Das muss ja ausgemessen werden.
Wusstet ihr, wie das geht?
Nein.
Da gibt's aber Leute, die so was beruflich machen.
Ja, wir nicht.

Wir fingen einfach mal an. Ich dachte mir, dass die Leute zur Zeit des Goldrauschs vorher auch nicht alles ausgemessen hatten, sondern jeder einfach losbaute.

Da wird sich auch keiner beschwert haben, dass da kein Bild vom Death Valley auf der Felswand ist.
Sicher nicht. Die hatten andere Sorgen.

Und ihr auch.

Und wie.

Der Hans war Zimmerer und hatte eine super Truppe. Ruck, zuck hatten sie diese Gebäude da hingeschmettert, das war schon toll. Und ich lief dazwischen hin und her mit meinem Plan …

… den du selbst gezeichnet hattest?

Ja.

Respekt.

Hast du den Plan mal gesehen?

Nein, warum?

Weil du dann was anderes gesagt hättest.

Oh.

Ich versuchte, das irgendwie in Bahnen zu lenken. Immer, wenn wieder ein Gebäude stand, maßen wir den restlichen Platz ab und schauten nach, ob noch alles stimmte. Und wenn es nicht mehr stimmte, machten wir eben einen neuen Plan. Nun ja, ich kürze das mal ab. Nach vielen Wochen knüppelharter Arbeit standen wir dann irgendwann tatsächlich mitten in einer Westernstadt, die so authentisch war wie nichts, was es sonst in Europa gab.

»Europas authentischste Westernstadt.«

Ganz genau.

Über den Spruch wollte ich eh immer mal mit dir reden.

Was denn!? Der war super!

Das wollt ich eigentlich sagen, ja.

No Name City war sogar für amerikanische Verhältnisse verdammt realistisch. Denn wir hatten vor allem am Anfang überhaupt keinen Kitsch. Nicht einmal im General Store. Erst später kamen dann doch die moderneren Süßigkeiten und das ganze Zeug dazu. Aber am Anfang war sogar das Essen so historisch, wie es eben ging. Die Süßigkeiten wurden aus dem Glas verkauft, und es gab Plombenzieher und Bärendreck – also Lakritze und solche Sachen, die man auch damals nicht mehr so leicht kaufen konnte.

Dieses Gefühl, auf der Mainstreet zu stehen, rundum die Häuser mit den aufwendig gestalteten Schildern, die wir direkt von alten Fotos und Illustrationen abgemalt hatten … nirgendwo eine Fernsehantenne oder ein Strommast …

… rechts eine angemalte Betonwand …

Ach jetzt komm, so schlecht war die nicht.

Es war auf jeden Fall mit Bild besser als ohne.

Na also.

Ein bisschen …

So stand ich also da, in der Hand den Plan, und ehrlich gesagt, war ich schon ganz schön stolz. Immer wieder hob ich den Plan hoch, schaute mir ein gezeichnetes Gebäude an, ließ dann den Plan sinken und schaute zu, wie dahinter das echte Gebäude erschien. Das war schon toll. Bis ich dann zum letzten Haus kam, das neben dem Bahnhof.

Links neben dem Bahnhof?

Nein, rechts neben dem Bahnhof.

Aber …

Richtig.

Rechts neben dem Bahnhof war kein Gebäude. Das hatten wir vergessen.

Ihr habt wochenlang gebaut …

Ja.

Immer wieder auf den Plan geschaut …

Tausendmal oder öfter.

Und dann, als ihr fertig wart, hast du gesehen, dass ein Haus fehlt?

Ja, aber wir haben es dann eben weggelassen.

Heinz, ihr habt es vorher schon weggelassen.

Ja, aber jetzt absichtlich.

Im Nachhinein.

Ja, im Nachhinein haben wir es absichtlich weggelassen.

Ich fand es auch ohne das fehlende Haus schön. Ich weiß nicht einmal mehr genau, was da eigentlich geplant gewesen war, aber es hat im Endeffekt gar nicht gefehlt. Ich glaube, Garderoben für das Personal oder so was.

Darum waren wir zu fünft in einem einzigen winzigen Raum? Weil du ein ganzes Haus vergessen hast? Wir hätten ein ganzes Haus haben können!?

Nein, eben nicht.

Was? Wieso »eben nicht«?

Weil wir es ja dann letztendlich doch absichtlich weggelassen haben.

Heinz, das ist unlogisch!

Macht aber keinen Unterschied.

Für mich schon.

Für mich nicht.

KAPITEL 40:

Die Band, die Band! Oder: Earl and Pam eat Toejam

VON TOMMY KRAPPWEIS

Als ich nach No Name City kam, spielte dort anfangs eine Band namens »No Name City Gamblers« – allesamt hochprofessionelle und talentierte Musiker, die das »Best of Country & Western« auch im Schlaf heruntergespielt hätten. Mag sein, dass das manchmal sogar zutraf, wer konnte es ihnen verdenken. Für meine Zeit prägend aber war die nachfolgende Formation mit dem klingenden Namen »Shady Mix«. Im Gegensatz zu typischen Countrybands hörte man hier anfangs kein Schlagzeug und keinen E-Bass, sondern einen gezupften Kontrabass, akustische Gitarren, ein Banjo und dazu ausgefeilte, mehrstimmige Satzgesänge, da sich »Shady Mix« vorrangig an der Stilrichtung des Bluegrass orientierte. Fiddler und Mandolinist Mark Stoffel gewann bereits im Jahr 1991 das Illinois State Fiddle Championship, einige Jahre nach der später mit 27 Grammys ausgezeichneten Alison Krauss. Bassist Willie Jones war nicht nur ein großartiger Sänger, sondern auch eine imposante Erscheinung, und die Formation war zudem mit der fantastischen Sängerin und Songschreiberin Wil Maring als Frontfrau gesegnet. Zusammen zeigten sie eindrucksvoll, auf welch hohem Niveau man Countrymusic spielen kann, ohne jemals verkünstelt oder technisch zu wirken. Und trotzdem waren sie in dem Saloon von No Name City eigentlich … na ja, falsch.

Erst einmal kam der Schlagzeuger immer in T-Shirt und Turnschuhen.
Für dich ein rotes Tuch.
Da werkelt man jahrelang, damit alles authentisch wirkt, und dann kommt der mit seinem Lacoste-Fetzen.

Das ließ sich noch vergleichsweise einfach bereinigen, aber eine deutlich größere Aufgabe stellte das Repertoire und der damit verbundene Anspruch der Musiker dar. Die üblichen Gassenhauer wie »Country Roads« hingen uns allen schon längst aus den Ohren raus, da wir sie täglich mehrfach immer und immer wieder hören durften. Aber für »Shady Mix« stellte es scheinbar eine regelrechte Überwindung dar, diese heruntergenudelten Titel zu interpretieren. Besonders augenfällig wurde diese Abneigung bei besonders stupenden Titeln wie »Deep in the Heart of Texas«.
Bei diesem Song ist es fast egal, wie wackelig man ihn herunterrotzt, ob man immer die gleiche Strophe singt oder irgendetwas rudimentär Reimendes dazu gröhlt – wichtig ist nur, dass man an der richtigen Stelle eine Pause macht, für das »Klatsch-klatsch-klatsch-klatsch – Deep in the Heaaaart of Texasss!«. Dem Titel haftet etwas Karnevalistisches an, so ähnlich wie dem Ententanz oder anderen Mitmachkamellen wie »Rucki-Zucki«, ähnlich subtil wie »Humba Täterä«.

Textliche Tiefgriffe wie

The cowboys cry, »Ki yippee yi!«,
deep in the heart of Texas

oder das in seiner Einfachheit fast schon bestechende

The dogies bawl, and bawl, and bawl,
deep in the heart of Texas

sorgen auch beim professionellsten Musiker nach dem hundertsten Mal Absingen für glasige Augen und einen trüben Blick auf das, was wohl morgen kommen mag. Das Gleiche nämlich und Klatsch-klatsch-klatsch-klatsch.

So war es eben auch allzu menschlich und für uns alle sehr unterhaltsam, dass Mark Stoffel manchmal nicht an sich halten konnte und die Strophen umdichtete. Natürlich ohne dass irgendwer davon Notiz nahm oder sich beim Danebenklatschen stören ließ. Mein Favorit war und ist:

Earl & Pam
eat Toe-Jam,
klatsch-klatsch-klatsch-klatsch
Deep in the Heart of Texas

Ohne Rücksicht auf Reim und Versmaß übersetzt hieße das: »Earl und Pam essen Fußkäse – tief im Herzen von Texas«, und auf eine gleichsam wunderliche wie konsequente Weise trifft das irgendwie auch die Tonalität des gesamten Songs. Man kann sich förmlich vorstellen, wie Earl und Pam vor ihrem Wohnwagen in einem Trailerpark auf ein paar alten Autoreifen hocken und mit dümmlichem Glucksen zwischen ihren Zehen herumzupfen, während aus dem Radio dieser Song scheppert.

Das versteh ich ja noch irgendwie grad so, aber »Country Roads« wollen die Leute eben hören.
Sie haben es doch dann auch brav gespielt.
Ja, aber sie haben es unseren tschechischen Schmied, den Frankie, singen lassen!

Der hat das doch gut gesungen.

Ja, aber auf Tschechisch!

Dank ihm kann ich den Refrain heut noch. Da war ich beim Dreh für prosieben in Prag ganz kurz der große Star.

Das freut mich für dich, aber dafür hatte ich die Band nicht engagiert.

Ich kann den Heinz natürlich auch verstehen. Die Band im Saloon war dafür da, dass die Leute Spaß hatten, tanzten, schwitzten, soffen, soffen und soffen. Bei »Shady Mix« war es gelegentlich so konzertant, dass man meinte, es handle sich um eine gesetzte Kulturveranstaltung mit anschließender Podiumsdiskussion. Es kam schon mal vor, dass das Publikum schweigend im Saloon saß, den Blick starr nach vorne auf die Bühne gerichtet, um keinen der perfekt gesetzten Glissandi, Arpeggien und Satzgesänge zu verpassen, um dann freilich nach jedem Song in frenetischen Applaus zu verfallen.

Besonders unpartymäßig und nicht im Sinne der Geschäftsführung waren dann erst recht die Eigenkompositionen von Wil Maring.

In meiner Erinnerung sind da in den Liedern dauernd Leute gestorben ...

Ja, nicht direkt.

Aber indirekt.

Nun gut, in »The Pal I left behind« ging es um das Pferd, das Wil herzzerreißenderweise in den USA zurücklassen musste. In einem meiner absoluten Lieblingslieder namens »It's raining« stellte sie die Frage, ob sie jemals wieder die Sonne sehen würde.

In irgendeinem Lied ist auch irgendein Trainer gestorben. Und war da nicht was mit einem Hund? Auch sehr traurig? **Jaja, alles wunderschön, aber niederschmetternd. Nicht das, was ich mir so für den Samstagabend im Saloon vorgestellt hatte.**

Zugegeben, wer Englisch konnte, war ob der Melancholie recht schnell deprimiert, und wer das nicht konnte, war es auch, weil er stundenlang warten musste, bis er endlich Klatsch-klatsch-klatsch klatschen durfte.

Schließlich sprach der Heinz ein Machtwort, und »Shady Mix« öffnete sich den Anforderungen der Location zumindest so weit, dass ein Schlagzeuger und ein weiterer Gitarrist dazugeholt wurde, der auch gelegentlich zur E-Gitarre greifen durfte. So präsentierte sich die Band bald deutlich sinnstiftender, und Wil Marings eigene Songs konnten umso mehr glänzen, weil sie nun zwischen den reißerischeren Gassenhauern als wohltuende Abwechslung wahrgenommen wurden.
Auch die höchst verstörende Interpretation des Banjospielers Obi Bartmann von »Seemann, lass das Träumen« zählte bald zu den abendlichen Highlights, und Marks staubtrockener Humor schleifte sich so weit ein und um, dass es irgendwann auch für das Publikum möglich war mitzulachen.

Als ich mit diesem Kapitel beginnen wollte, suchte ich auf iTunes nach Wil Maring und fand ein Album namens »An Ocean from Home«, auf dem sich fast alle Songs von damals in ganz wunderschönen Versionen finden. Passenderweise geht es gleich im ersten Song um eine Flut, um viele große und kleine niederschmetternde Dramen und die Frage, ob man nicht vielleicht einfach aufgeben sollte.

Wie typisch, dachte ich mir und grinste in mich hinein, während ich die ersten Worte schrieb.
Aber dann kam der Refrain, und ich stellte fest, dass er mir bis dato nie wirklich aufgefallen war, obwohl er doch gleichzeitig der Titel des Songs ist. Er dreht die gesamte Litanei auf den Kopf, und erzählt eben *nicht* vom Aufgeben, sondern vom unerschütterlichen Glauben an sich selbst und daran, dass letztlich gefälligst alles gut werden wird. Es heißt dort, simpel, effektiv und dabei eben ganz und gar nicht niederschmetternd, sondern hoffnungsfroh und ungebrochen:

»Things will be better next year«

Das Lied hat mir eigentlich immer sehr gut gefallen.
Mir auch.

KAPITEL 41:

Ein Erdhaus für den Nici oder: Mehr Balken bitte

VON HEINZ BRÜNDL

Ich kannte den Nici alias »Buffalo Child« schon seit 1968 von den Karl-May-Festspielen. Er war bereits damals eine tolle Erscheinung und zog bis zu 50 000 Leute im Jahr an.

Hauptsächlich Frauen nehme ich an.
Allerdings. Da konnte man schon ein bisschen neidisch werden.

Als sich irgendwann abzeichnete, dass ich eine Westernstadt bauen würde, erzählte ich ihm davon, und er meinte: »Wenn du mir ein indianisches Erdhaus baust, dann komm ich zu dir.«
Also gut, dachte ich mir, bau ich eben ein indianisches Erdhaus, plante es beim Bau von No Name City einfach mit ein und drückte den Zimmerern die Aufzeichnung in die Hand.

So einfach geht das.
Ja, ging ganz leicht.

Die Indianer hatten das damals schließlich auch ganz ohne moderne Hilfsmittel hinbekommen, und ich dachte, das kann nicht so arg schwierig sein. Kurz zur Geschichte: Solche Erdhäuser bauten sogenannte halbsesshafte Stämme, zu denen viele nordamerikanische Indianervölker gehörten, wie etwa die Mandan in North Dakota. Im Wesentlichen bestanden die Häuser aus Holzbalken und Stangen, die mit Lehm aus dem Missouri verschmiert wurden. Da der Lehm rotbraun ist, sieht das Ganze dann aus wie eine Erdkuppel, allerdings mit einem Durchmesser von bis zu vierzehn Metern. Und so was musste ich jetzt eben bauen, damit der Nici zu mir kam.

Zusammen mit den 50 000 Frauen ...

Ja, im allerbesten Fall.

Als es fertig war, hatten in meinem Erdhaus so um die 200 Menschen Platz. Und dann luden wir noch einen Statiker ein.

... als es schon stand!?

Ja klar, vorher hätt mich der ja nur genervt.

Natürlich.

Das war eigentlich ganz lustig, der Statiker rumpelte in das Erdhaus hinein und schaute sich ganz verwundert um. Dann sagte er so was wie: »Was ist denn das?« Und ich antwortete: »Das ist ein indianisches Erdhaus.«

Darauf er: »So etwas gibt es nicht.« Drauf ich: »Doch. Sie stehen gerade drin.«

Er wurde dann etwas stiller und schaute sich die Dachbalken und alles ganz genau an. Ab und zu schüttelte er den Kopf. Ob er immer noch erstaunt darüber war, dass er nun in etwas stand, das es seiner Meinung nach nicht gab, oder ob er mit dem Kopfschütteln die Bauweise meinte, war nicht zu erkennen. Schließlich fragte ich ihn, warum er so zweifelnd aussehe und ob da irgendwelche Probleme auf mich zukämen. Da drehte er sich um und schaute mich an, als wär ich nicht ganz dicht.

Das zieht sich so ein bisschen durch deine Biographie.
Dass mich Leute so anschauen? Ja, aber ich gewöhn mich langsam dran.

Der Statiker redete mit mir wie mit einem Wahnsinnigen, dem man irgendwie erklären muss, dass er bitte die Waffe weglegt und von dem Dach runterkommt. Und das möglichst, ohne dass er die Handgranate fallen lässt.
»Lieber Herr Bründl …«, sagte er, »… dieses sogenannte Erdhaus kann es nicht geben, weil es das nicht geben kann. Und bitte sagen Sie mir jetzt nicht, es stünde doch hier, denn es darf hier nicht stehen, und es wird auch nicht mehr lange stehen. Ich glaube sogar, wir sollten jetzt ganz schnell hier rausgehen, und das sollten wir tun, *ohne* dabei gegen diese Balken zu stoßen oder zu nah dran vorbeizu…«
Aber da war ich schon ein bisschen genervt, und bevor er zu Ende sprechen konnte, holte ich mit dem Fuß aus und trat gegen den Balken neben mir. Es krachte sauber, der Statiker rollte sich schreiend zusammen wie ein Igel und hielt seine Aktentasche über den Kopf.

Das hilft auf jeden Fall gegen einstürzende Erdhäuser.
Die Aktentasche? Ja, ganz bestimmt.

Es regnete ein bisschen Lehm, irgendwo knackte es noch mal, und das war's. Alles stand noch. Der Statiker faltete sich langsam wieder auseinander und war kalkweiß. »Tun … Sie … das … nie, nie, nie … mehr … wieder«, sagte er leise und schlich dann ganz vorsichtig, ohne mich aus den Augen zu lassen, so halb seitwärts aus dem Erdhaus.
Draußen schnappte er erst einmal ziemlich hektisch und recht flach ein paar Mal nach Luft. Als er sich wieder einigermaßen

beruhigt hatte, klappte er seine Aktentasche auf und holte eine Art Protokoll raus. Darauf hakte er dann Sachen ab. Beziehungsweise strich Dinge durch.

»Baustoffe: Holz und Lehm … Dachform: … Kuppelartig … Witterungsschutz: Holz und Lehm … Dachbelag: Holz und Lehm …«

»Und Gras«, ergänzte ich. »Und … Gras …«, schrieb der Statiker dazu. Er schaute mich an, seufzte und zerknüllte das Protokoll, ohne hinzuschauen, in der Hand.

Dann seufzte er noch einmal, ging erneut zum Eingang der Erdhütte und schaute sich alles ganz genau an.

Vom Eingang aus.

Ja klar, der hat sich da nicht mehr reingetraut.

Schließlich seufzte er ein letztes Mal und fragte mich nach meinem Plan. Ich hatte ja keinen Plan in dem Sinn, sondern nur eine Zeichnung, wie es fertig aussehen sollte. Die gab ich ihm. Er stutzte aber nur kurz, vermutlich hatte er sich so was schon gedacht. Und dann zeichnete er vier weitere dicke Balken mit seinem Kugelschreiber in die Zeichnung. Ziemlich nah neben meine vier Balken.

»So«, sagte er dann und drückte mir meine Zeichnung wieder in die Hand, »die bauen sie jetzt da noch rein, und zwar so, dass die ihre Pfetten stützen.«

Das sind die waagrechten Dachbalken?

Genau, da sollte ich die neuen Stützen drunter bauen.

Er befand meine Pfetten auch für zu dünn. Ich sollte wenigstens die Last besser verteilen. Ich nickte und fragte, was ich sonst noch machen solle, damit er mir diese Konstruktion offiziell abnimmt.

»Mich nie, nie, nie wieder anrufen«, sagte der doch glatt, schüttelte mir die Hand, packte sein Zeug und stapfte die Mainstreet runter Richtung Parkplatz.

Ich war natürlich richtig stolz und rief gleich den Nici an, der auch wie versprochen mit Sack, Pack und Frau zu uns reiste. Als er ein paar Tage später in der originalgetreuen Erdhütte stand, klappte ihm die Kinnlade herunter. Von diesem Tag an ging er nicht mehr weg. Der fühlte sich richtig wohl. Und ich freute mich.

Und die 50 000 Frauen mit dir.

Ganz so viele waren es dann doch nicht, aber du weißt ja …

Und wie ich das weiß.

Ja, da musste man drüberstehen. War manchmal hart.

Auf jeden Fall war ich lange Zeit der einzige Freizeitpark mit einer Mandan-Erdhütte. Bis der Chef eines anderen deutschen Freizeitparks auch eine baute. Ich weiß noch, wie er mich auf die Baustelle einlud, um mir zu zeigen, dass er das genauso gut konnte.

Natürlich war ich gespannt, wie er das anstellte. Er hatte ja jetzt nicht unbedingt meine Vorbildung, was die indianische Kultur anging, und vermutlich auch keine kilometerlangen Regale Fachliteratur mit zahlreichen Beschreibungen und Abbildungen von innen und außen. Das war damals ja noch lange vor Google und Co., da musste man solche Informationen noch in Büchern suchen, und die waren rar. Heutzutage gibt man den Buchtitel ein und kauft per Klick, egal ob Massenware oder Sammlerstück. Aber damals war das noch eine richtig spannende Sache, und man hat sich oftmals über ein Buch mehr gefreut als heute über ein originales Sammlerstück, das man auf Ebay günstig geschossen hat. Aber gut, es muss ja nicht jeder so ein Fanatiker sein, dachte ich mir damals. Und natürlich war ich neugierig.

Ich fuhr also hin und schaute mir dort erst einmal seine Zeichnungen an: professionelle Grundrisse, Dreitafelbilder und was weiß ich noch alles, von einem zweifellos gestandenen Architekten erstellt. Aber ich dachte die ganze Zeit, dass es nicht so gehen würde, wie die sich das vorstellten.

Wieso das denn?

Keine Ahnung, ich bin ja kein Architekt. Aber das hat mir irgendwie alles einen arg wuchtigen Eindruck gemacht.

Hast du ihm das gesagt?

Bin ich blöd? Kein Wort.

Natürlich ...

Ach, weißt du, er war halt gar so stolz, und irgendwie dachte ich: Warum macht der mir das nach? Ich war einfach ein bisschen ... verstimmt. Abgesehen davon kannte ich mich ja nicht so wirklich aus, es war nur so ein Bauchgefühl. Da wimmelte es ja nur so von Leuten, die so was beruflich machen, und ich dachte mir, die werden schon wissen, was sie da tun.

Das hast du dir nicht gedacht.

Hm, na ja, so was in der Art werd' ich mir schon gedacht haben.

Irgendwann nahte dann der Fertigstellungstermin, und ich bekam eine Einladung. Ich hatte schon geplant, da zähneknirschend hinzufahren. Aber pünktlich eine Woche vor der Eröffnung ist ihm das Ding zusammengebrochen.

Um Gottes willen! Mit Leuten drin?

Nein, es ist nix passiert. Aber es war, wie ich mir gedacht hatte. Es war zu schwer, das wars. Krach. Aus.

Ja, und dann?

Na ja, dann hat er es eben betoniert. Das hat auf jeden Fall gehalten.

Nicht sonderlich authentisch.

Nein, nicht sonderlich.

Heute gibt es einige Mandan-Erdhäuser, unter anderem im Bayerischen Wald in Pullman City oder im El Dorado, Templin, und sicher noch ein paar.

Alle betoniert?

Alle.

Und wieso stand deins ohne Beton?

Weil ich halt ein Fachmann bin für indianische Kultur.

Und warum noch?

Weil ich so eine perfekte Zeichnung gemacht hab.

Und warum noch?

Na ja … weil ich da nicht nur Erde draufgeschüttet hatte, sondern alles unterfüttert war mit Styropor.

Original authentisch-indianisches Styropor?

Ja klar. Mundgeblasen.

Dann ist ja gut.

KAPITEL 42:

Ingekaaf oder: Missemagugge

VON TOMMY KRAPPWEIS

Ich weiß, diese Kapitelüberschrift macht herzlich wenig Sinn, wenn man sie so liest. Das Erste klingt wie ein Regal von IKEA, und das komische Dings nach dem »oder« könnte sich den Lesern aus dem saarländisch-pfälzischen Raum erschließen – zumindest wenn man es laut sagt. Das immerhin milde Interessante an alldem ist: Es stammt alles aus dem Mund der gleichen Person, und zwar aus dem von Rattlesnake Joe alias Mehmet Aralli. Sie erinnern sich vielleicht an ihn.

Der hatte sich bei mir beworben, und ich hab natürlich sofort zugeschlagen. Der hat so toll zum Willi gepasst!

Das stimmt. Was für ein Sheriffsduo. Aber noch mal zurück zu der Geschichte, dass du ein Holster nähen lassen wolltest …

Ach, lass das doch jetzt.

Das muss erzählt werden, Heinz! Jetzt komm …

Ja, mein Gott, als ich wusste, dass der Herr Aralli bei uns anfangen würde, hatte ich diese fixe Idee, dass der kleine Hilfssheriff … dass er … na ja.

Du wolltest ein Revolverholster für den Willi nähen lassen, aus dem dann der Mehmet den Kopf rausstreckt und schießt.

Hast ja recht. Wir haben es dann aber gelassen, weil das Ganze nicht wirklich praktikabel war.

Ach was.

Der Mehmet war zu schwer.

Es gibt auch die Version, dass das Holster schon fertig war, aber keiner von euch sich getraut hat, es ihm vorzuschlagen.

Ach, das weiß ich doch alles nicht mehr.

Verstehe.

Mehmet war auf jeden Fall der Hilfssheriff in No Name City und im Gegensatz zu unserem kolossalen Sheriff Willie Roy Bean betrug seine Körpergröße ziemlich genau einen Meter.
Der Begriff »Liliputaner« wird heutzutage als abwertend empfunden. Stattdessen sagt man »kleinwüchsig«. Mir ist alles recht, was andere nicht beleidigt, und ich bin durchaus in der Lage, mir ein Wort ab- und dafür ein anderes anzugewöhnen. Mehmet war also kleinwüchsig beziehungsweise *ist* es. Denn er lebt ja noch und das hoffentlich auch lang und gesund.

Seine Ankunft in No Name City erlebte ich selbst nicht, habe sie aber oft genug erzählt bekommen. Darum würde ich sie gerne hier wiedergeben und ein paar eigene Erinnerungen dazustreuen.

Als Mehmet dem Ruf des Westens folgte und kurioserweise nach Süden reiste – er kam aus dem Safaripark Stutenbrock in Nordrhein-Westfalen –, war er schon seit längerem in Deutschland. Deutsch hatte er allerdings im Saarland gelernt, was dazu geführt hatte, dass er nun saarländischen Dialekt mit türkischem Akzent sprach. Das war manchmal schon ein recht abenteuerlicher Mix, an den man sich erst einmal gewöhnen musste. Fairerweise muss man sagen, dass sich das im Lauf der Jahre merklich besserte. Aber als ich nach No Name City kam, war ich manchmal etwas ratlos, wenn Sheriff Rattlesnake Joe das Wort an mich richtete. »Isch waren ingekaaf«, sagte er zum Beispiel und hielt eine Tüte

hoch. Er war also einkaufen gewesen, und das »ingekaaf« war eindeutig saarländischen Einschlags. Das konnte ich deswegen verstehen, weil meine Mutter aus dem Saarland stammt und meine Oma das dementsprechende Idiom pflegte. Mein Opa Herbert sprach zwar auch saarländisch, aber insgesamt so wenig, dass ich auf seinen Dialekt nur Rückschlüsse ziehen konnte. Seine Lieblingssätze waren: »Ei jo« und »Alles klar«. Zumindest Ersteres ließ klar auf seinen Dialekt und beides zusammen auf seine Lebenseinstellung schließen. Irgendwie passte einer der beiden Aussprüche immer auf alles, was meine Oma so sagte. Und die sagte deutlich mehr pro Tag.
Nun gut, entsprechend dieser Vorbildung wusste ich also auch etwas mit Mehmets »Macht Schuh Permasens« anzufangen, denn Pirmasens war dereinst das Mekka aller Schuhfetischisten. Dort standen zumindest damals noch mehrere Schuhfabriken, und man konnte besonders billig dem Lagerverkauf frönen, hurra.
Schon als Kind irrte ich durch große Hallen mit endlos scheinenden mannshohen Gängen aus Schuhkartons und musste alle paar Meter irgendwelche Sandalen anprobieren. Dort hatte man also Mehmets Cowboystiefel hergestellt. So weit, so klar.

Mehmet kam nach No Name City zusammen mit seiner damaligen Frau, Ruthchen. Seine Frau war ebenso kleinwüchsig, und die beiden wirkten auf mich immer wie ein perfektes Paar. Als ebendieses kamen sie zu Mehmets erstem Besuch an seiner neuen Arbeitsstätte mit dem Auto angefahren. Sah man Mehmet durch die Windschutzscheibe oder das Seitenfenster im Auto sitzen, wirkte er wie ein normalgroßer Mann. Das änderte sich nur, sobald er ausstieg. Denn natürlich war sein Auto speziell für Kleinwüchsige gestaltet. Die Pedale waren verlängert, und auch alles andere war so eingerichtet, dass er es mit Armen und Beinen komfortabel erreichen konnte.

In No Name City aber war nichts auf Kleinwüchsige eingerichtet – weder die Architektur noch die Mitarbeiter. Und genau das sorgte an diesem Tag für ein paar kuriose Situationen.

Hast du am Anfang noch vorgehabt, ihm von dem lustigen Holster zu erzählen?

Ganz ehrlich? Die Idee hab ich begraben, als ich ihn das erste Mal gesehen hab. In echt wirkte er einfach viel … massiger, ohne dass ich ihn jetzt dick nennen will.

Auf jeden Fall nicht holsterkompatibel.

Nein, und mir war das natürlich auch ein bisschen peinlich.

Hattet ihr das wirklich schon genäht …

Ja, Herrgott! Und jetzt reden wir über was anderes.

Okay.

Heinz Bründl empfing die beiden schon am Parkplatz und bot an, ihnen erst einmal den Park zu zeigen. Mehmet und Ruthchen willigten ein, und der Heinz stapfte los. Nach ein paar Schritten bemerkte er allerdings, dass sein üblicher, etwas forscher Schritt nicht zur Geschwindigkeit von Mehmet und Frau passte. Da die natürlich keine Veranlassung sahen, hinter Heinz herzurennen, sah sich dieser gezwungen, entweder sehr, sehr langsam zu schreiten oder eben immer wieder zu warten.

Ich bin eher keiner, der rumtrödelt.

Das stimmt. Aber du warst rücksichtsvoll.

Selbstverständlich. Aber für mich war das auch neu, ich hatte vorher noch nie einen Kleinwüchsigen kennengelernt. Das war sozusagen mein erster.

Du warst ganz toll, hat man mir erzählt.

Jaja, ausgelacht haben sie mich alle.

Weil sie dachten, du wärst gaga.

An sich wäre das gedrosselte Tempo vom Heinz nicht sonderlich berichtenswert, hinzu kam aber noch ein anderer Umstand, der dem Ganzen eine deutlich unterhaltsamere Komponente gab: Da Mehmet und Ruthchen nur einen Meter groß waren, wurden sie natürlich immer wieder von entsprechend dimensionierten Objekten verdeckt!
Dies konnten ein paar dekorative Fässer auf der Mainstreet sein oder die Brüstung eines Fensters, einer Veranda oder jedes andere halbhohe Ding. Und in einer Westernstadt gibt es eine Menge halbhohe Dinger.
Man stelle sich jetzt die Verwunderung der Kollegen im Saloon vor, als sie durch das Fenster neben der Schwingtüre ihren Chef sehr, sehr langsam die Mainstreet hinunterstaksen sahen. Immer wieder bleibt er stehen, deutet sinnlos herum und brabbelt dann irgendetwas. Dann schweigt er einen Moment, nickt, läuft in seinem üblichen Tempo weiter und aus dem Blickfeld, kommt aber plötzlich wieder zurück, brabbelt abermals und geht dann den gleichen Weg *noch einmal* aus dem Bild – diesmal aber gaaaanz laaaangsaaaam.

Die haben alle gedacht, jetzt ist es aus mit ihm.

Weil da ja ganz offensichtlich sonst niemand war, mit dem du hättest reden können.

Also weiter weg wär vielleicht schon jemand gewesen, aber eben nicht so nah, dass das zu meinem eher privaten Tonfall und dem Blick gepasst hätt ... Das muss schon seltsam ausgesehen haben.

Außerdem hast du ja nicht so gesprochen wie sonst.

Ja überhaupt nicht! Die beiden waren den bayerischen Dialekt ja kaum gewöhnt und der Mehmet damals schon gleich zweimal nicht. Also hab ich mich natürlich zusammengerissen und langsam und deutlich gesprochen.

Das hat bestimmt noch irrsinniger gewirkt.

Ja, wahrscheinlich war das besonders verwirrend für die anderen …

Noch viel verwirrter als alle anderen aber waren Patrick und Jean-Luc. Die beiden arbeiteten hinter dem Tresen der offenen Küche, und wie es der Gott des gnadenlos göttlichen Timings so wollte, kamen beide gerade dort an, als Mehmet und Ruthchen bereits *vor* dem Tresen im Schatten standen. Patrick und Jean-Luc aber konnten weder Mehmet noch seine Frau sehen. Dafür aber Heinz Bründl, der augenscheinlich alleine vor ihnen stand und in einem überdeutlich artikulierten Hochdeutsch mit bayerischem Einschuss sprach: »Hier gibt eees Pommes Frites, Chili con Carne und … äh … Westernwuarscht.«

So schlimm wird's nicht gewesen sein.

Ich glaub schon.

Patrick und Jean-Luc waren ja nun durchaus im Bilde über das Angebot der Küche, denn es war das Gleiche wie gestern, vorgestern und immerdar. Warum also fühlte sich ihr Chef befleißigt, ihnen das nun mitzuteilen? Und das noch dazu in dieser beunruhigend überdeutlichen Art?

»Das Personal bekommt pro Tag ein Essen, wenn abends was übrig ist, derf … also, *darf* man das natürlich auch … ähm … habeen«, sprach Heinz Bründl und drehte sich dabei weg.

Mich hatte die Sonne so geblendet, drum hab ich mich mit dem Rücken zum Tresen hingestellt.

Ja, das darfst du ja auch. Es war dadurch vermutlich nur noch skurriler für die beiden Franzosen.

Vermutlich, ja.

Stumm sahen Patrick und Jean-Luc zu, wie der ganz offensichtlich seines Verstandes beraubte Geschäftsführer von No Name City stolz auf die umliegenden Gebäude deutete: »Daa ist der General Store, der Biergarten vom Saloon und dort hinten durch geht ees zu der Mandan-Erdhütte vom Buffalo Child.«
Jean-Luc hielt es nicht mehr aus und hub an zu sprechen, doch Patrick hob nur die Hand zur Vorsicht.

Der hat gedacht, dass ich vielleicht schlafwandle oder so was und er hat einmal gehört, dass man solche Leute nicht aufwecken soll, weil die sonst einen Herzkasperl kriegen.
Ach so! Ja, das ist sogar keine dumme Annahme!

Warum sonst sollte der Heinz ihnen das alles erzählen? Das war, von einer Psychose oder Persönlichkeitsstörung einmal abgesehen, wirklich die einzig schlüssige Erklärung.
»In deem Hotel kann man nicht schlafen, das ist nur eine Dekoratiooon«, sprach der Heinz gerade, und bevor Patrick ihn stoppen konnte, entfuhr Jean-Luc ein süffisantes »Ach, wirklisch nischt …«
Da drehte sich der Heinz urplötzlich zu ihm um und herrschte ihn wütend an: »Ich red nicht mit dir, du Depp.«
Jean-Luc wich erschrocken zurück, und auch Patrick fuhr zusammen. Dieser Ausbruch kam nun wirklich sehr überraschend und war darum auch entsprechend wirkungsvoll.
Kaum hatte der Heinz den beiden aber wieder den Rücken zugekehrt, änderte er umgehend seinen Tonfall und bat ganz höflich um Entschuldigung!
»Bitte, bitte …«, murmelte Jean-Luc völlig überfordert und bedeutete Patrick eine Wischi-Waschi-Geste mit der Hand vor der Stirn.

Die müssen gedacht haben, ich brauch einen Arzt.
Gut, dass sie nicht den Sani-Peter gerufen haben.
Ich hätt mir aber kein Holz zwischen die Zähne schieben lassen wie du.
Da hätte der Mehmet sein Engagement ganz sicher auch noch mal überdacht.
Wahrscheinlich. Er hat ja schon vor den Platzpatronen Angst gehabt und bei der Stuntshow immer geschossen, ohne hinzuschauen.
Das ist untertrieben. Er hat die Augen zugemacht, den Kopf in die andere Richtung gedreht und mit der anderen Hand das Ohr zugehalten, das dem Colt am nächsten war.
Ja, aber das hat immer sehr lustig ausgeschaut.
So wie du für den Patrick und den Jean-Luc.
Ja, vermutlich …

Die beiden sahen dem Heinz stumm zu, wie er ein paar Meter weiterschlurfte, sich ab und zu unschlüssig hin und her bewegte, um dann wieder ein paar Meter zurückzutappen. Dabei redete er unentwegt und erklärte irgendwem, der nach seinem eigenen Bekunden ja weder Jean-Luc noch Patrick zu sein schien, was sich um ihn herum befand.

Irgendwie war es fast schade, als sich der scheinbar völlig seiner selbst verlorengegangene Mann, der einst Heinz Bründl war, in Richtung der Erdhütte bewegte und das kleinwüchsige Paar ihm quer über die Mainstreet folgte. Denn erst jetzt löste sich das Mysterium für die beiden Franzosen auf.

Leider sorgte diese erleichternde Erkenntnis vorerst nicht für eine Entspannung der Situation, sondern für das Gegenteil. Denn sobald sie Mehmet und Ruthchen sahen und ihnen urplötzlich klarwurde, welchem Missverständnis sie noch bis vor wenigen Sekunden erlegen waren, begannen sie doch tatsächlich laut zu lachen und konnten sich gar nicht mehr beruhigen.

Das war so peinlich!
Kann ich mir vorstellen …
Ich hätt die zwei Franzosen am liebsten in ihrem Risotto erstickt.

Man stelle sich diese Situation vor: Der Heinz führt gerade zwei Kleinwüchsige durch die Westernstadt, immer drauf bedacht, nichts falsch zu machen, sie nicht abzuhängen und dabei deutlich zu sprechen. Im Hinterkopf hat er außerdem, dass er bis vor dreißig Minuten dachte, er müsste noch eine Anprobe mit dem Holster machen …

Jetzt hör doch mal auf mit dem Schmarrn.
Wenn's aber doch so lustig ist!
Ja, für dich.
Allerdings, und zwar sehr.

Holster hin oder her, auf jeden Fall ist es keine sonderlich angenehme Situation, wenn man mit zwei Kleinwüchsigen umherläuft und dann hinter einem plötzlich zwei Leute anfangen, Tränen zu lachen und auf die beiden kleinen Menschen zeigen.

Ich hab gedacht, jetzt schneid ich die gleich in ihr eigenes Chili rein! Fangen diese zwei Deppen das Lachen an!
Wie peinlich …
Aber wie, ich wär am liebsten im Sand versunken. Ich bin dann aber gleich hin und hab die beiden

zusammengestaucht, dass sie sofort das Lachen eingestellt haben.

Das glaub ich dir sofort.

Das darfst auch glauben.

Natürlich löste sich die ganze Sache schließlich auf, Mehmet und Ruthchen waren in solchen Missverständnissen ja leider schon leidgeprüft und alles andere als nachtragend. Andererseits konnte Mehmet selbst auch ganz schön austeilen.

Aber echt. Ich hab alle paar Wochen einen neuen Hut für ihn gekauft, weil er den immer an euch kaputt gehauen hat.

Stimmt, ich erinnere mich. Was macht er denn eigentlich heute? Arbeitet er immer noch Hüte auf?

Der ist dem Wilden Westen treu geblieben und arbeitet in Pullman City im Bayerischen Wald als »Marshall Big Joe«.

»Rattlesnake Joe« hat mir besser gefallen.

Ja, mir auch.

Ich hätt ihn schon gern in dem Holster gesehen …

Gibst du jetzt eine Ruh mit dem Schmarrn!

Hihi.

KAPITEL 43:

Aslan Dschinotrii oder: Der singende Löwe

VOM TOMMY KRAPPWEIS

Die seltsame, lautmalerische Wortschöpfung »Aslan Dschinotrii« ist Teil eines Liedes, das der Mehmet gerne sang. Genau genommen ist es der Titel eines Liedes, dessen Melodie sattsam bekannt ist. »Aslan Dschinotrii« singt man anstatt einer Textstelle, die im Original lautet: »Banjo on my knee.«

Richtig, es ist die türkische Version von »Oh Susanna«. Wobei in der türkischen Fassung die Susanna zwar vorkommt, aber nicht direkt besungen wird. Stattdessen wird hier der angeblich großartigste Cowboy von allen ausgiebig gefeiert: Aslan Dschinotrii. Wer mag das sein? Wyatt Earp? Pat Garrett? Jesse James? Nein, kleiner Tipp: Es ist keine historische Persönlichkeit, die hier besungen wird, sondern ein Schauspieler.
John Wayne? Clint Eastwood? Nein, das wäre dann doch ziemlich weit hergeholt.

Warum erzähle ich das hier, wenngleich hieraus ziemlich sicher keine große Katastrophe, Schlägerei oder wenigstens irgendetwas milde Schockierendes resultieren wird? Nun, es scheint mir ein hübsches Beispiel dafür zu sein, wie wir den drohenden Lagerkoller bewältigten. Man beschäftigte sich eben mit irgendeiner Nichtigkeit und molk diese so lange, bis sie entweder

erschöpfend geklärt oder wirklich vollends langweilig gequatscht war.
Innerhalb eines in sich abgeschlossenen, weitestgehend energieerhaltenden Systems, wie es No Name City nun einmal darstellte, war es mitunter regelrecht erholsam, wenn man etwas hatte, das einen beschäftigte und womit man sich und auch alle anderen für eine gewisse Zeit ablenken oder vielleicht sogar ein bisschen nerven konnte.
Auf eine gewisse Art und Weise war das wie Gehirnurlaub. Am ehesten entspricht es vielleicht den berühmten »bunten Schraubenziehern« der Arbeiter am Fließband. Welche Farbe mag ich wohl heute bekommen? Oh, es ist Rot! Wie schön, den hatte ich schon lange nicht mehr, welchen hast du denn? Ah, blau, ja die sind seltener, glaub ich, kann das sein? Hab gehört, dass es auch lila Schraubenzieher gibt, irgendwer hat gestern in der Kantine erzählt von diesem Typen, der die Gummimuffen nach Haarrissen untersucht, und der habe einen in Lila und gebe ihn nicht mehr her. Denke, wir sollten bei dem Kerl mal vorbeischauen. Ich glaube, mit Sand gefüllte Socken hinterlassen keine blauen Flecken …

Jetzt schweifst aber wieder sauber ab.
Du unterschätzt den Lagerkoller, Heinz.
Ja, grundsätzlich.

Die Suche nach dieser ebenso geheimnisvollen wie letztlich für mich eigentlich völlig unerheblichen Person namens Alsan Dschinotrii beschäftigte mich immerhin gut und gerne ein paar Tage lang. Und nicht nur mich! Denn natürlich nervte ich auch alle Kolleginnen und Kollegen in No Name City mit diesem Lied, das ich immer und immer wieder lautmalerisch vortrug, teilweise mit Unterstützung von Mehmet, der überhaupt nicht fassen konnte,

dass hier in Deutschland noch niemand von Dschinotrii gehört hatte! Wo er doch in der Türkei so bekannt war!
Hatte man dort vielleicht eigene, osmanische Western gedreht, so wie wir unsere Karl-May-Filme? Und deren Hauptdarsteller hieß eben Aslan Dschinotrii und war so eine Art türkischer Lex Barker?
Vieles sprach dafür, denn der Name »Aslan« war mir nicht nur durch den Löwen in »Chronicles of Narnia«, sondern auch als Familienname eines türkischstämmigen Mitschülers bekannt. Mangels Internet war ich dann aber recht bald trotzdem kurz davor aufzugeben.

Ich glaube, es war unser Sprecher, Auskenner und Tiersammler Klaus Ortner, der irgendwann auf die Lösung kam, als er das »Aslan« einfach mal für einen Moment ignorierte und den Nachnamen rein phonetisch auf sich wirken ließ. Bei dem geheimnisvollen türkischen Supercowboy namens »Dschinotrii« handelte es sich natürlich um *»Gene Autry«* mit dem Beinamen »The singing Cowboy«. Der war tatsächlich ein richtiger Superstar, nur eben nicht in Deutschland und schon gar nicht Anfang der Neunziger.

Gene Autry war einer der populärsten amerikanischen Westerndarsteller der dreißiger Jahre und gleichzeitig ein äußerst erfolgreicher Country-Sänger seiner Zeit. Er spielte in etwa neunzig hektisch heruntergekurbelten B-Movies den zumeist singenden Helden und ist dem deutschen TV-Publikum meiner Generation durch die Serie »Western von Gestern« zumindest optisch bekannt.
Und dieser Gene Autry, der außerdem mit der Single »Rudolph, the red-nosed reindeer« einen wahnwitzigen Multimillion-Seller verbuchen konnte, war anscheinend in der Türkei so bekannt, dass man ihm diese Übersetzung von »Oh Susanna« widmete.

Ach ja, das mit dem Löwen, das kam mutmaßlich wie folgt zustande: Recherchen im Heute, Hier und Jetzt ergaben nämlich, dass der Herr Gene Autry noch stärker eingetürkischt wurde als gedacht, um ihn innertürkisch möglichst les- und sprechbar zu gestalten. Sein vollständiger Name wurde nämlich kurzerhand zusammengefasst und gab dem Filmstar nun seinen Nachnamen: »Cinotri«. Und weil man nun dadurch des Vornamens verlustig gegangen war, gab man ihm einfach einen neuen: »Aslan«, der Löwe. Somit löst sich das Rätsel jetzt, zwei Jahrzehnte nach Mehmets Ohrwurm und sieben Jahrzehnte nach Gene Autrys großer Filmkarriere, endlich auf:

In »amerikan kovboylar aslan cinotri« steckt »der amerikanische Cowboy Gene Autry«

Geht's dir jetzt besser?

Ja, Heinz. Jetzt geht's mir besser.

KAPITEL 44:

Der Das Hemd Teil 1 oder: Haben Sie meinen Kanarienvogel gesehen?

VON TOMMY KRAPPWEIS

Ich würde gerne die Geschichte vom Das Hemd erzählen, darf ich?
Freilich, hast sie ja oft genug gehört und kennst ihn ja persönlich.
Du sagst dann schon, wenn was falsch ist, oder?
Verlass dich drauf.
Tu ich.

Zunächst klären wir vielleicht mal auf, warum hier so ein grammatikalischer Stunt vollzogen wird. Wenn von einer Person namens Das Hemd die Rede ist und dann so Sätze wie »Kennst du den Das Hemd?« rauskommen, wirkt das ja erst einmal befremdlich. Der Heinz sagt auch manchmal »der Hemd«, aber irgendwie ist das ja noch falscher, weil es ja nun einmal *das* Hemd heißt und nicht *der* Hemd.
Also taufte ich den Mann in meinem Kopf irgendwann Das Hemd, übernahm somit den Artikel in den Namen und irgendwie wurde es dadurch gleichzeitig einfacher und komplizierter. Mal sehen, wie wir so durch das Kapitel kommen …

Das Hemd ist ein hagerer, großer Lackl, wie man in Bayern sagen würde. Tatsächlich kommt er aber aus dem Rheinland, und entsprechend ausgeprägt ist auch seine Mitteilsamkeit. Stellen Sie sich bitte jetzt noch einen hohen, schwarzen Cowboyhut vor und darunter ein etwas ausgezehrtes Gesicht mit Schnurrbart. Und ein Glasauge. Zusammen mit dem ebenfalls dem rheinländischen Klischee zuzuordnenden Drang, grundsätzlich die in Bayern geltenden Mindestabstände zwischen Personen zu unterschreiten, ergibt das erst einmal ein recht einfaches, aber durchaus zutreffendes Bild. Dann steht der Das Hemd sozusagen vor Ihnen.

Sein Auge verlor Das Hemd dereinst, weil ihm sein Kanarienvogel entfleucht war. Das klingt jetzt vielleicht etwas seltsam, weil einem der kausale Zusammenhang zwischen fehlendem Auge und Kanari nicht gleich einleuchtet. Und doch ist es wahr. Denn Das Hemd ging auf die Straße, um ebenjenen Vogel wieder zu finden, und fragte dann natürlich alle Leute, ob sie das Tierchen vielleicht vorbeiflattern gesehen hätten. Diese Frage einer Rockerbande zu stellen, die gerade mit ihren Motorrädern am Straßenrand Rast machte, stellte sich als folgenschwere Fehleinschätzung von Hilfsbereitschaft heraus. Die Frage »Hat jemand von euch meinen Kanari gesehen?« konnte seitens der Motorradgang nämlich nicht so recht eingeordnet werden. Vermutlich wurden sie eher selten nach entlaufenen Haustieren gefragt, ja ich argwöhne sogar, dass sie ganz generell kaum zu irgendwelchen Fragen konsultiert wurden, außer vielleicht: »Wo waren Sie am 13.04. in der Zeit zwischen zehn und zwölf?« und »Haben Sie dafür eine Waffenbesitzkarte?«.
Also wurde die Frage nach dem Verbleib des Kanarienvogels als eine Art freche Verarsche gesehen und entsprechend beantwortet, indem man dem Das Hemd mit dem Messer ein Auge ausstach. Das erschwerte die Suche nach dem Vogel zusätzlich, und er wurde nie wiedergefunden.

Dafür hatte Das Hemd nun ein Glasauge, und wäre es nicht zu makaber, könnte man fast annehmen, dass er regelrecht dankbar war für diesen zusätzlichen Showeffekt.

So falsch ist das gar nicht. Er hat's schon gerne mal rausgenommen, um damit die Leute ein bisschen zu schocken.
Ich weiß … ich weiß das sehr genau …

Ich durfte sein Glasauge auf der Theke des Saloons mehrfach bestaunen, sosehr ich auch versuchte, es zu vermeiden. Denn Das Hemd hatte ein regelrecht perfides Geschick entwickelt, es immer in Momenten herauszupfriemeln, in denen man wirklich nicht damit rechnete. »Pok«, schon lag es wieder vor einem, und man starrte entweder auf das Glasauge oder in die leere Augenhöhle vom Das Hemd. Beides bereitete ihm diebische Freude, und entsprechend oft wandte er diese Technik der kalkulierten Destabilisierung auch an.

Ich glaub ja, dass er deswegen auch immer so viele Frauen rumgekriegt hat.
Weil er sein Glasauge rausnahm? Wo ist da der erotisierende Faktor, bitte?
Na ja, Mitleid vielleicht. Ich hab immer gesagt: »Hemd, irgendwann stech ich mir auch ein Aug aus.«
Blöd, wenn es sich dann gar nicht als der entscheidende Faktor herausgestellt hätte.
Auf jeden Fall hat Das Hemd immer genau die Frauen abgeschleppt, auf die alle anderen scharf waren.
Vielleicht hatte er noch eine andere Strategie?
Ich glaube ja, der hat die einfach blöd gequatscht.
So einfach geht das?
Für ihn anscheinend schon.

Eine der ersten Der-Das-Hemd-Anekdoten, die man mir angedeihen ließ, war die Sache mit der Schwarzfußindianerin. Es muss sich hierbei laut Aussage verschiedenster Quellen um das hübscheste, begehrenswerteste Mädchen diesseits des Rio Bravo gehandelt haben, denn die meisten Sätze in dieser eigentlich recht überschaubaren Anekdote gingen immer dafür drauf, die junge Frau zu beschreiben.

Die war schon wirklich brutal hübsch.

Ich weiß, du hast es mir mehrfach …

Ich kann die gar nicht direkt beschreiben, es ist einfach …

Heinz, ich weiß.

Nein, weißt du nicht. Die war wie, ich weiß nicht, ich hab noch nie so ein hübsches Mädchen gesehen gehabt. Die war so um die 22 Jahre alt und so was von dermaßen schön, also das war schon fast abartig.

Heinz, bitte halt an dich.

Du hast keine Ahnung.

Aber ich bekomme langsam eine basische Vorstellung, danke.

Machen wir es kurz, damit wir weiterkommen. Das Mädchen kam in des Heinzens Trading Post in der Dreimühlenstraße, der Heinz ließ den Das Hemd mit dem Mädchen kurz alleine, und als er zurückkam, waren die beiden verschwunden. Er ging hoch in die Wohnung, und dort rammelte Das Hemd gerade das schönste Mädchen der Welt auf dem Bärenfell vor dem Kamin.

Auf meinem Bärenfell.

Ich finde, danach hätte es *sein* Bärenfell sein müssen.

Hm, irgendwie hast du recht. Ich hab's danach auch entsorgt.

Aber wie hat er das geschafft, Heinz? Wie hat er sie so verdammt schnell rumgekriegt?

Er hat sie schwindlig geredet.

Verbale K.-o.-Tropfen?

So was, ja.

Der Das Hemd redete wirklich wie ein Wasserfall, in einer hohen Geschwindigkeit und nahezu ununterbrochen. So lange, bis er hatte, was er wollte. Einmal machte ich den Fehler, in seine Trading Post zu kommen, die er als Zelt auf einem Event aufgebaut hatte, wo wir auch mit dem Red Grizzly Saloon standen. Wenige Minuten später hatte ich einen sündhaft teuren Hut gekauft, außerdem eine Hose, die farblich genauso wenig zu dem Hut passte wie von der Weite her um meine Hüften, Hosenträger, wie ich sie in Farbe und Form bereits besaß, und dazu noch einen kleinen Haken aus Messing, den man irgendwo annähen konnte, falls man sich mal was an die Klamotten hängen wollte … Ich könnte schwören, dass die Sache mit dem Haken wirklich Sinn gemacht hatte, als Das Hemd es mir beschrieb. Jetzt stand ich da mitten auf dem Platz, die Hände voller Zeug, auf dem Kopf zwei Hüte und in der Tasche einen kleinen Messinghaken, dessen Sinn sich mir nicht mehr erschließen wollte.

Einen Sinn hatte es schon, dass du den gekauft hast.

Welchen denn?

Das Hemd hat aufgehört zu reden.

Verdammt, du hast recht.

Ich sag's doch: Das war seine Strategie.

So geschickt er darin war, Menschen um den Verstand zu quatschen, so geradezu tollpatschig war er im Einschätzen von Situationen. Die zuvor beschriebene Situation mit der Motorradgang ist ja schon genug Beweis dafür. Allerdings gibt es noch ein paar weitere kleine und große Anekdoten, welche diese Theorie allesamt untermauern. In Stahlbeton. Fangen wir mal mit einem kleinen Beispiel an: Heinz Bründl hatte sich da nämlich einmal einen Kamelhaarmantel gekauft …

Das ist kein kleines Beispiel! Das war eine Tragödie!
Ich meine jetzt im Vergleich zum Augeausstechen …
War der Kamelhaarmantel eine Tragödie.
Also gut.

Kommen wir also zu einem Beispiel von epischer Tragweite. Der Heinz hatte dieses Kleidungsstück für etwa 800 DM erstanden, was damals enorm viel Geld war. Leider machte er den großen Fehler, den Mantel nicht irgendwo einzusperren, wo nur er den Schlüssel zu hatte.

Ich hätt einfach Das Hemd einsperren müssen, das wär sinnvoller gewesen.
Man muss dazu wissen, dass der eine Zeitlang bei dir gewohnt hat.
Ja, auf dem Bärenfell.
… was …
Er hat auf dem Bärenfell vorm Kamin geschlafen.
Das heißt, er hat die Schwarzfußindianerin streng genommen in seiner Bettstatt genagelt?
Theoretisch ja, aber es war ja wie gesagt mein Bärenfell. Er hat nur drauf geschlafen.
Wie ein Hund?
Nein, mein Hund war ja der Bobo, und der hat woanders geschlafen.
Ich weiß doch, ich meine, warum …

Weil Das Hemd mir leidgetan hat. Also hab ich ihn eine Zeitlang bei mir aufgenommen, und der einzige freie Platz war eben das Bärenfell.
Wenn du das so sagst, klingt das alles logisch.
Hab ich vielleicht vom Hemd gelernt.

Am gleichen Tag abends kam der Heinz nach Hause, und das Erste, was er sah, war, dass sein sündhaft teurer Kamelhaarmantel nicht mehr am Haken im Flur hing. Interessanterweise war sein erster Reflex, Das Hemd zu konsultieren. Dabei stellte sich heraus, dass der Mantel ob seiner Dicke und Schwere wohl nicht auf dem Haken an der Garderobe verblieben, sondern irgendwann davon heruntergeglitten war.

Genau. Und vor der Garderobe stand dummerweise eine Kiste mit Flohmarktsachen, die der Das Hemd verkaufen sollte.
Jetzt lag da aber auch noch ein kostbarer Mantel drauf.
Und der Das Hemd hat sich gedacht: Das ist aber schade drum.
Hatte er ja auch recht.
Dieses Rindviech hätt doch fragen können, bevor er den kaputt schneidet und sich dann eine Jacke draus macht!

Tatsächlich hatte der Das Hemd die Sache wieder einmal etwas falsch eingeschätzt. Anstatt sich zu wundern, warum auf der Kiste plötzlich ein nagelneuer, sündhaft teurer Kamelhaarmantel lag, und vielleicht wenigstens bis zum Abend zu warten, um dann den Heinz ob des Mantels zu konsultieren, hatte er einfach nur zugegriffen, das wertvolle Kleidungsstück zerschnitten und sich daraus mit groben Stichen eine urige Jacke genäht.

Ich bin ausgeflippt.

Davon geh ich aus. Hat er die Jacke wenigstens noch?

Keine Ahnung. Ich hab ihm gesagt: Wenn ich dich jemals mit der Jacke sehe, dreh ich dir den Kopf auf den Rücken.

Aha. Somit hat jetzt keiner mehr was von dem Kamelhaar.

Besser keiner als der.

Du bist nicht gerade der Typ, der leicht vergibt, oder?

Nein.

Okay.

Das weitere Beispiel für des Das Hemds verhängnisvollen Hang zur Fehleinschätzung hat definitiv ein eigenes Kapitel verdient, und das folgt jetzt.

KAPITEL 45:

Der Das Hemd Teil 2 oder: »Heeeiiiiinz!«

VON TOMMY KRAPPWEIS

Die Geschichte trug sich zu, als No Name City noch kein Freizeitpark war, sondern eine tatsächlich namenlose Westernstadt, die der Heinz mit seinem Verein extra für das Jahrestreffen der deutschen Cowboy-Clubs in Ising aufgestellt hatte.

Richtig. Das war nur für die Leute aus den Vereinen und nicht öffentlich. Wir hatten aber das Interesse der Dorfjugend und anderer ich-nenn-sie-mal-gewaltbereiterer Gruppen unterschätzt, unsere Westernstadt zu besuchen. Als das alles noch ein Vereinstreffen war, wär das schon allein versicherungstechnisch nicht möglich gewesen. Da waren wir in mehreren Bereichen schon tief in der dunkelgrauen Zone. Sanitär, Sicherheitspersonal und so weiter …

Also nicht dran zu denken, das Gelände öffentlich zugänglich zu machen?

Völlig unmöglich. Und wir wollten das natürlich auch nicht. Fremde Leute in Freizeitlook, Kirchweihgewand oder Biker-Klamotten zwischen den ganzen Cowboys und Indianern? Das wäre schade gewesen.

Das hat den Ausgesperrten aber nicht so gut gefallen?

Überhaupt nicht. Es hatte auch schon ein paar erste

Handgreiflichkeiten gegeben, und so was eskaliert ja leider schnell. Wir hatten Angst, dass die sich zusammenrotten und so eine Art Großangriff starten würden, Feuer legen oder so was.

Um Gottes willen …

Ja, das war gar nicht so abwegig.

Ausgerechnet den Das Hemd dafür zu rekrutieren, unter der Woche auf das Gelände aufzupassen, scheint mir auch heute noch nicht die brillanteste aller möglichen Lösungen gewesen zu sein, aber gut. Das Hemd war da und vergleichsweise günstig zu bekommen. Wenn ich das richtig verstanden habe, drängte er sich sogar richtiggehend auf, weil er dem Heinz einen Gegenwert für dessen Gastfreundschaft bieten wollte. Eventuell wollte er ihn auch milde stimmen wegen des Kamelhaarmantels, so genau ist das heute nicht mehr nachvollziehbar.
Auf jeden Fall sollte nun der Das Hemd auf den Saloon, die anderen Gebäude und natürlich die historisch authentische Ausstattung aufpassen.

Und Das Hemd hatte Angst vor Rockerbanden.

Ja, er hat gemeint, da wären welche.

Und er hatte mit Rockerbanden schlechte Erfahrungen gemacht.

Allerdings. Es war ja nur noch ein Auge übrig, und das wollte er schon ganz gerne behalten.

Wer könnte es ihm verdenken.

War also eine Nachtwache ganz basisch betrachtet sicher keine dumme Idee, beging der Heinz bei der Ausgestaltung der weiteren sicherheitstechnischen Aspekte dann leider einen folgenschweren Fehler.

Das war im Nachhinein betrachtet wirklich dumm.
Du hast den Das Hemd bewaffnet.
Das war saublöd, ich weiß das.
Und trotzdem hast du es getan.
Er hat mich blöd gequatscht!
Hm.

Wegen der nachvollziehbaren Angst vor oben genannten Rockerbanden bestand Das Hemd nämlich darauf, sich wenigstens zur Abschreckung zu bewaffnen. Da er selbst über keinerlei Waffen verfügte außer seinem Mundwerk, setzte er just dieses ein, um demjenigen Blut ins Ohr zu labern, der ihm da behilflich sein konnte – dem Heinz. Denn der hatte schon damals eine stattliche Sammlung historischer Waffen aus dem Wilden Westen zusammengetragen.

Das Hemd nötigte den Heinz also zur Herausgabe zweier musealer Schießprügel: eines Sechsschüssers für Platzpatronen und eines alten Vorderladergewehrs, beides damals für Erwachsene frei verkäuflich und verhältnismäßig ungefährlich. Wen wundert es, dass der Heinz irgendwann aufgab, damit Das Hemd nur endlich seinen Mund hielt. So verließ der Heinz das Gelände mit gemischten Gefühlen. Einerseits war der Gedanke an Das Hemd mit einem historischen Revolver im Gürtel und einem großen Bärentöter auf dem Rücken nicht sonderlich beruhigend, andererseits wollte auch der Heinz nicht, dass irgendwer seine Westernstadt über Nacht vandalisierte.

Man versetze sich bitte in folgende Situation: Heinz Bründl fährt nach einem anstrengenden Tag von Ising heim Richtung München. Seit vielen Tagen stampft er zusammen mit viel zu wenig Leuten diese Westernstadt aus dem Boden, und er ist, wie alle anderen, am Ende seiner Kräfte. Der Gedanke an Schlaf ist kurioserweise das Einzige, was ihn wach hält. Doch kaum steigt er zu Hause aus dem Auto, hört er oben in der Wohnung schon das Telefon.

Es hat geklingelt, bis ich durch die Tür, die Treppen hoch und in die Wohnung reingerumpelt bin.
War wohl dringend.
Kann man so sagen, ja.

Ich mach's mal ein bisschen spannender, weil ich will, dass es nicht so schnell vorbei ist: Dem Das Hemd war wohl doch ein bisschen mulmig zumute gewesen, und so hatte er die Zeit bis Einbruch der Dunkelheit sinnvoll genutzt, um sich ein bisschen in Rage zu fantasieren. Mit seinem einen einzelnen Argusauge spähte er in die Nacht, analysierte potenzielle Feindbewegung im Unterholz des nahe liegenden Waldrands und übte sich im Zielerfassen über die rostigen Kimme und Korn der antiken, überlangen Flinte.

Da erspähte er etwas …

Etwas weiter unten, auf dem angrenzenden Feld nahe dem Seeufer, schälten sich drei dunkel gekleidete Gestalten aus dem noch dunkleren Dunkel des Waldes. Sofort suchte Das Hemd Deckung und sprang ein wenig sehr ungelenk hinter …, was wohl? Natürlich hinter ein klassisches Fass, wie es schon unzähligen Westernhelden als Sicht- und Kugelschutz gedient hatte. Kaum hatte er all seine überlangen, hageren Gliedmaßen halbwegs deckungsgleich mit dem Fass eingeklappt, wagte er einen zweiten vorsichtigen Blick hinunter zum Ufer. Innerhalb der nun folgenden Schrecksekunde brach sich der Schweiß auf des Das Hemds

Stirn die Bahn, denn inzwischen hatten sich die mysteriösen Gestalten vermehrt! Das Hemd zählte mindestens zwölf Personen! Und zu welchem Moloch muss seine Panik angeschwollen sein, als das Licht des fahlen Mondes ihm enthüllte, dass sie alle *Helme* trugen!

Worte vermögen kaum zu beschreiben, wie der Das Hemd sich nun gefühlt haben mag. Lief vor seinem verbliebenen Auge nun noch einmal dieser horride Moment ab? Das Messer direkt vor ihm? Der fatale Stich? Der unaussprechliche Schmerz? Wir wissen es nicht, könnten es bestenfalls erahnen und wünschen uns, niemals solcherlei Pein ausgesetzt zu sein.

Wie aber soll man jetzt den namenlosen Horror beschreiben, der Das Hemd nun heimsuchte, als er in den Händen seiner Häscher plötzlich Feuer aufflammen sah?

Für den einsamen Nachtwächter auf der verlassenen Mainstreet der namenlosen Westernstadt war klar: Diese Hurensöhne wollten die Häuser abfackeln und ihm dann im Schein der lodernden Flammen auch noch sein letztes Auge nehmen!

Doch kampflos würde er sich nicht ergeben, oh nein, er würde ihnen eine Schlacht liefern, wie sie Ising noch nie erlebt hatte …

Den langsamen Marsch von »Für eine Handvoll Dollar« im Kopf dröhnend, erhob sich das Hemd langsam hinter dem Fass. Ohne den Feind aus dem Auge zu lassen, legte er die uralten Waffen vor sich, lud den Revolver bis zur letzten Kammer und stopfte die beiden Läufe des Bärentöters. Dann machte er sich bereit zu sterben …

Du hattest ihm auch Munition gegeben!?

Nur Platzpatronen natürlich! Aber du weißt ja …

Ja, man kann es nicht oft genug sagen: Bei echten Waffen ohne

Druckauslass kann das Mündungsfeuer allein schon lebensgefährlich sein.
Natürlich nicht auf die Distanz, die Das Hemd da überbrücken wollte.
Aber das wussten seine ominösen Angreifer ja nicht.
Nein ...

Eine mächtige Ruhe legte sich über Das Hemd, wie er sie bislang nicht gekannt hatte. Im Angesicht des Todes fokussierten sich seine Sinne wie nie zuvor, die Bewegungen wurden effizient, der Blick fürs Wesentliche so klar wie das Wasser des Chiemsees.
Das Hemd wusste, er hatte zwei Chancen: Entweder konnte er den Feind auf die lange Distanz mit Schüssen abschrecken, oder er musste sie im Nahkampf mit Hilfe des Mündungsfeuers erlegen. Die doppelläufige, schwere Flinte hatte nur zwei Schuss pro Ladevorgang, dafür war ihr Knall ohrenbetäubend und der Lichtblitz schlichtweg kolossal. Stand er aber dem Angreifer Auge in Auge gegenüber, würde er keine Zeit mehr haben, immer und immer wieder den Bärentöter zu stopfen. Hier sollte darum der Revolver zum Einsatz kommen. Das Hemd nickte. Das war sein Plan.

Obwohl es bei Platzpatronen nicht arg viel Unterschied macht, ob man aus acht, dreißig oder achtzig Metern auf das Ziel schießt, pirschte sich Das Hemd so nah wie möglich an den Feind heran. Er nutzte jede Deckung, für die sich dank seiner schlanken Statur gerade die vielen Verandapfosten ganz hervorragend anboten, und näherte sich dem ersten Gebäude der kleinen Westernstadt, das dem Feind am nächsten lag.
Wie des Schicksals Fügung mutete es ihm an, dass sich auf der Veranda des Sheriff's Office ein weiteres Fass befand. Mit einem weitestgehend sinnlosen Hechtsprung prallte Das Hemd gegen

das leere Gefäß und atmete zunächst ein paar Mal stoßend durch die Zähne, ganz so, wie er das in zahllosen Filmen gesehen hatte. Gerade hatte der Soundtrack zwischen seinen Ohren den Song gewechselt und die ersten Töne der berühmten einsamen Mundharmonika angestimmt. Das Hemd beschloss, wenigstens noch so lange zu warten, bis die Gitarren einsetzten … Dann würde er losschlagen …

Doch der Feind machte ihm einen Strich durch die Rechnung, denn im selben Moment fiel der Schein von Feuer auf seine Deckung … Waren sie ihm innerhalb der wenigen Sekunden schon so nahe gekommen? »Verdammt«, fluchte Das Hemd. Nun war es also so weit … Jeder Tag war ein guter Tag, um zu sterben. Der Heinz würde ihn morgen mit leer geschossenen Kammern zwischen den Trümmern vorfinden und wissen, dass sein Das Hemd sich für ihn und seinen Traum geopfert hatte … für den Traum der Westernfans im ganzen Land … einer Westernstadt am Chiemsee … Er wusste, sein Freund und Mentor Heinz würde verfügen, dass die über tausend Gäste aus ganz Deutschland seiner Bestattung beiwohnen würden … eine indianische Feuerbestattung … und alle würden ihre Hüte vor ihm ziehen und seiner gedenken. »Der Das Hemd«, würden sie sagen, »ein echter, wahrer Held«.

Er stand auf.

Er legte an.

Und schoss …

Darf ich jetzt?
Ja, jetzt darfst du.

Also, am Telefon war der Einsatzleiter der Freiwilligen Feuerwehr von Ising ...
Was die dunkle Kleidung erklärt.
Und die Helme.
Und das Feuer ...

Wie das nämlich bei Freiwilligen Feuerwehren oftmals so ist, konnte man sich erst nach Feierabend der regulären Jobs auf freiem Feld treffen, um eine längst fällige Löschübung abzuhalten. Offensichtlich befand sich diese Örtlichkeit, auf der nun bald ein ansehnliches Feuerchen den frisch polierten Spritzen entgegenlodern sollte, in unmittelbarer Nähe des Geländes, auf dem Das Hemd patrouillierte.
Und nun befanden sich die Freiwilligen der Freiwilligen Feuerwehr von Ising im Zustand ganz und gar unfreiwilliger Todesangst.

»Da schießt wer aus Ihrer Westernstadt auf unsere Leute!«, hat der Einsatzleiter ins Telefon gebrüllt.
Und die Feuerwehrleute haben sich auf den Boden geworfen?
Ja, und hinter Bäumen verschanzt! Was tust du denn, wenn plötzlich jemand mit einem Bärentöter auf dich schießt und nicht aufhört?
Mich hinlegen oder hinter Bäumen verschanzen.
Logisch.

Plötzlich war der Heinz also wieder hellwach, hetzte die Treppe hinunter und sprang ins Auto. Alle Geschwindigkeitsregeln missachtend, raste er die Autobahn entlang zurück zum Chiemsee und war nicht einmal eine Stunde später am Ort des ungleichen Duells angelangt.

Kaum trat er aus dem Wald auf die Lichtung, wo er die einseitig Eingekesselten vermutete, wurde er sofort von mehreren Händen gepackt und hinter den nächsten Baum gerissen. »Da schießt wer! Gehen 'S in Deckung!«, schrie man ihn an. Doch mein Chef löste sich aus dem Griff der nach wie vor panischen Feuerwehrleute, winkte ab und sprach die denkwürdigen Worte: »I woass scho. Des hamma glei.«

Dann stand er auf, schritt hinaus auf das offene Feld, wo das Feuer einsam niederbrannte, und stellte sich direkt davor, um gesehen zu werden. Als Antwort krachten zwei donnernde Schüsse durch die Dunkelheit. Die Feuerwehr warf sich augenblicklich wie ein Mann zu Boden und bewies dadurch ein bemerkenswertes Maß an Drill.
Doch der geheimnisvolle Mann vor dem Feuer ließ sich nicht durch die Schüsse beeindrucken. Im Gegenteil: Im Schein der Flammen hob der Heinz beide Hände und winkte. Und dann rief er dem bewaffneten Verrückten in der Westernstadt etwas Seltsames zu, was den Feuerwehrleuten zwangsläufig vorkommen musste wie eine Art Formel oder Abbruchcode:

»Hemd! Hey! HEMD!«

Und tatsächlich wurde es augenblicklich still. Der Irre hatte das Feuer eingestellt …

»Heinz? HEINZ! Verdammt, haben sie dich erwischt!? Ich hau dich raus!«, tönte es vom Sheriff's Office herüber. Tatsächlich erhob sich nun die schlaksige Gestalt von Das Hemd hinter seiner Deckung, zog theatralisch den Revolver und rannte dem sicheren Heldentod entgegen auf seinen Boss und die Feuerwehr zu. Ja, Das Hemd rechnete mit allem, nur nicht mit:

Hemd, du Rindviech, spinnst du? Dua de Spritzn weg, oder du fangst dir a soihane Watschn ei, dassd moanst, da Blitz hod di gschdroaft![1]

Das hat der Das Hemd als Rheinländer verstanden?

Ich glaub, die Intension war ihm klar.

Sein Glück.

Aber echt. Ich hätt' ihn vielleicht sonst direkt erschlagen müssen.

Und das hätt' er wirklich nicht verdient.

Na ja, wenn ich an den Kamelhaarmantel denk …

So nahm dieses höchst einseitige und vermutlich bislang einzige Western-Shootout in Ising am Chiemsee ein verhältnismäßig glimpfliches Ende. Die Missverständnisse konnten geklärt werden, und wie das in Bayern manchmal so ist, genügte letztlich eine herzlich ausgesprochene Ausnahmeregelung für die Mitglieder der Freiwilligen Feuerwehr Ising, um bei der Eröffnung zusammen mit den deutschen Westernfans eine bis tausend Maß Bier zu heben.

Aber nicht unkostümiert, oder?

Schmarrn. Die haben sich dann natürlich alle authentische Kleidung besorgt.

In deiner Trading Post.

Kann schon sein …

1 Hemd, du Dummkopf, bist du noch Herr deiner Sinne? Lege den Revolver nieder oder laufe Gefahr, von mir eine Ohrfeige verabreicht zu bekommen, die in ihrer Intensität einem Blitzeinschlag nicht unähnlich ist.

KAPITEL 46:

Indianer hüben und drüben oder: Steine oder Sockel

VON HEINZ BRÜNDL

Es ist schön zu sehen, wie sich die Haltung der USA in Bezug auf ihre eigentlichen Ureinwohner und deren Nachfahren langsam ändert. In den Sechzigern hat man das schon ein bisschen gespürt, aber so richtig passiert ist eigentlich erst in den letzten zwei Jahrzehnten was.
Die Genehmigung sogenannter Indianerkasinos etwa wirkte sich auf die Wirtschaftslage der Indianer positiv aus. Seit 1998 dürfen Indianer in Amerika auf ihrem Stammesterritorium Glücksspielkasinos betreiben, die nicht vom Staat kontrolliert werden. Natürlich muss man auch das kritisch sehen, aber die USA sparen sich so große Summen, die vorher als soziale Unterstützung geleistet werden mussten, und die indigenen Völker haben die Gelegenheit, sich wirtschaftlich selbst zu versorgen. Allein im Jahr 2007 betrieben 230 Stämme insgesamt 425 Kasinos in 28 Bundesstaaten und nahmen dabei 26,5 Milliarden Dollar ein.

Das Verrückte ist, dass bei uns in Deutschland durch Karl May und seinen »edlen Wilden«, Winnetou, die Indianer einen ganz anderen Stellenwert eingenommen haben und vor allem damals viel positiver wahrgenommen wurden als in Amerika. Manche in Deutschland lebenden Indianer wurden ja richtiggehend als Helden verehrt, und wir haben das in No Name City auch gespürt.

Ich weiß noch gut, wie ein junger Mann mal zu uns in die Westernstadt kam und im Schlepptau eine hübsche junge Frau indianischer Abstammung hatte. Die hatte er auf einer USA-Reise in South Dakota kennengelernt. Ein paar Wochen später schickte er ihr ein Flugticket, damit sie ihn in Deutschland besuchen kam, was sie dann auch tat.
Da er witzigerweise in Poing wohnte, dachte er sich, es wäre doch vielleicht für seinen Besuch ganz nett, Europas authentischste Westernstadt zu besuchen.

Du hast erzählt, sie war gar nicht so arg bewandert in der ganzen Indianersache.
Ja, gar nicht, die war ganz baff, dass ich ihr so viel von ihrer eigenen Herkunft erzählen konnte.
Und dass alle so nett zu ihr sind.
Genau, nicht nur wegen ihrem Aussehen, sondern einfach, weil sie indianisch war. Und das war für sie natürlich unglaublich.

Man muss das vielleicht etwas deutlicher in Relation setzen, damit man ihr Erstaunen besser nachvollziehen kann. Zu Hause in Sturges hatte man sie oft mit Steinen beworfen, und in Deutschland hob man sie in einer nachgebauten Westernstadt auf einen Sockel.
Natürlich war das auch nicht richtig, denn sie war ja genauso ein Mensch wie du und ich. Aber wenn jemand in seiner Heimat so behandelt wurde, dann darf der oder die sich gerne hier in Deutschland auf einem Sockel davon erholen, finde ich.

Sie hat doch dann später bei uns gearbeitet, im Erdhaus.
Logisch, der Nici hat sie gleich vereinnahmt und musste ihr

dann erst einmal das Tanzen beibringen. In der nächsten Saison kam sie dann zu uns.

Eine Indianerin, die in Deutschland indianische Tänze lernt …

Ja, schon verrückt.

Eigentlich ist es sogar noch verrückter, denn die Indianer in den USA führen im Allgemeinen mehr so eine Art Showtanz vor. In Deutschland legt man viel mehr Wert auf historische Richtigkeit, es muss immer alles einem gewissen Anspruch genügen, denn man will ja was lernen. Das nervt zwar manchmal auch ein bisschen, aber in dem Fall find ich das natürlich gut. Also lernte die Indianerin in Poing bei München in einer Mandan-Erdhütte die uralten Tänze ihres Volkes von einem Cherokee-Choctaw-Indianer namens Buffalo Child.

Und keiner schmiss mehr mit Steinen nach ihr.

Nein, aber Applaus bekam sie, und alle wollten Fotos mit ihr machen.

Sehr schön.

Ja, das hat sie auch gesagt. Im kommenden Jahr hat sie dann sogar einen Freund mitgebracht. Der war Apache.

Komm mit, die sind alle verrückt nach Indianern!

Ohne Schmarrn, ich denke mal, so ähnlich wird sie ihm das verkauft haben. Weil's ja auch stimmte.

Ich weiß es noch wie heute: Irgendwann unterhielten wir uns über ihre Familie und ihre Herkunft. Und dann sagte sie doch glatt so beiläufig, ihre Urgroßmutter sei verwandt gewesen mit Crazy Horse.
Und Crazy Horse ist natürlich *der* Indianer schlechthin, wie soll man sagen … also *der* »Widerstands-Indianer«.

Der Gegner von General Custer am Little Bighorn!

Richtig, 1876. Der war das. Custer hatte ein Dorf angegriffen, Crazy Horse schlug den Angriff zurück, ritt ihm nach und rieb die Truppe am Little Bighorn komplett auf.

Und mit dem ist sie verwandt?

Ehrlich gesagt, war ich zuerst schon sehr skeptisch, aber dann hat sie mir ihren Stammbaum mitgebracht, und es gab keinen Zweifel: Vor mir stand ein Nachkomme von Crazy Horse.

Und so ein ansehnlicher Nachkomme.

Hübscher als der Crazy Horse auf jeden Fall.

Eines Tages musste sie dann aber plötzlich für eine Woche zurück in die USA, weil ihre Urgroßmutter gestorben war. Ich hab Ihr selbstverständlich freigegeben und ihr eine alte Adlerfeder in die Hand gedrückt. Diese Adlerfeder war ein wertvolles Sammlerstück. Ich hab sie gebeten, diese Adlerfeder, wenn möglich, ins Grab zu ihrer Urgroßmutter zu legen.

Das Einführen solcher Dinge ist eigentlich strengstens untersagt, aber sie hat es tatsächlich geschafft, die Feder einzuschmuggeln. Und bei der Beerdigung ihrer Urgroßmutter konnte sie die original indianische Adlerfeder in deren Grab legen.

Verdammt Heinz, jetzt bin ich gerührt.

Ja, das … das war schon … na ja.

Ich hab auf jeden Fall lange mit ihr Kontakt gehalten. Bei einem Gastspiel im Hansapark war sie dann viel später noch mal dabei. Inzwischen hatte sie ihr erstes Kind.

Von dem Typ aus Poing?

Nein, von dem Apachen, auch ein saunetter Kerl.

Ja, ich erinnere mich. Weißt du, ob die noch zusammen sind?
Soweit ich weiß, schon.

Mittlerweile hat sie drei Kinder. Und als ich sie vor ein paar Jahren noch einmal engagierte, tanzten da nicht nur sie und ihr Mann, sondern auch ihre drei Kinder.

Und keiner wird nach ihnen mit Steinen werfen.
Keiner.

KAPITEL 47:

Anfang und Ende oder: Ende und Anfang

VON TOMMY KRAPPWEIS

Das Ende von No Name City war ebenso tragisch wie skurril und eigentlich genau darum so passend. Wie so oft vermischen sich hier Tatsachen mit Legenden und Anekdoten mit bitterer Wahrheit. Wilhelm P. wollte angeblich ein Hotel irgendwo in Bayern bauen, doch nun herrschte seit einem halben Jahr ein Baustopp, der Unsummen verschlang. Und diese Unsummen mussten leider irgendwie ausgeglichen werden.
Und so ging No Name City das Geld aus, obwohl es nach wie vor rentabel lief. Der Aufwand für die Shows wurde heruntergefahren, dafür der Eintrittspreis erhöht, und diese Rechnung ging eben nicht auf.

Ich war da ja schon weg.

Ich auch. Ich war schon in Köln und hab bei RTL ein TV-Format für Disney moderiert. Aber das war schon damals für mich unvorstellbar: No Name City ohne Heinz.

Ich konnte das alles nicht mehr mit ansehen.

Jetzt, wo Sie, liebe Leser, in den letzten etwa 250 Seiten gehört haben, wie alles entstand, wie viel Herzblut in allem steckte, welche Leidenschaft und was für eine Liebe zum kleinsten Detail, stellen Sie sich bitte vor, was für eine harte Entscheidung es für meinen damaligen Chef gewesen sein muss, dass alles sich selbst zu überlassen.

Das alles war auf meinem Mist gewachsen. Jedes einzelne Schild hab ich nach authentischen Vorbildern von Hand malen lassen, jedes noch so kleine Requisit war entweder ein Original oder es sah dem Original verdammt ähnlich. Ich war selbst jahrelang in den Shows dabei, hab Hunderte Male die Bank überfallen …

… bist vom Pferd gefallen …

Stimmt! Das haben wir ganz vergessen! Das Pferd hieß Laterndl, und ich …

Heinz, wir sind gerade so schön in der Abschlussmelancholie.

Ja, aber das war ganz lustig, weil …

Warte. Ich übertrag dir das Kapitel, sonst ist ab hier alles fett gedruckt, und das ist blöd zu lesen.

Okay.

–

So, jetzt bin ich fett gedruckt, Heinz, und du bist normal.

Ja, das ist besser.

Also, leg los. Ich wart so lang. Aber bitte nicht so ausufernd, wir müssen langsam zum Schluss kommen.

Also gut, ich mach's ganz kurz.

In den ersten Jahren war ich noch Teil der Stuntshow, und mein Auftritt begann immer damit, dass ich zusammen mit den anderen Bankräubern in die Stadt geritten kam. Das Pferd, auf dem ich thronte, hieß »Laterndl« – also die kleine Laterne, was nicht zwangsläufig bedeuten muss, dass dieses Pferd auch eine Leuchte war.

Die meiste Zeit kamen wir eigentlich ganz gut miteinander aus, das Laterndl und ich. Aber eines schönen Tages kurz vor dem Auftritt gestattete ich mir, die Zügel hängen zu lassen, um mir den Staubmantel zurechtzuzupfen. In dem Moment machte mein Ross einen recht unerwarteten Schritt nach hinten und das resultierte auf meiner Seite in einer subtilen, vorübergehenden Stabilitätsschwankung. Nur ein kleines »Hoppala«, und der Griff nach den Zügeln, mehr war das nicht. Dies genügte allerdings dem Laterndl, um abzuspeichern, dass dieser gewichtige Kollege da oben auf dem Rücken nicht festgenietet war. Anders gesagt: Wenn man sich entsprechend unerwartet gebärdete, konnte man ihn eventuell loswerden.

Und so kam es, dass das Laterndl eines denkwürdigen morgendlichen Banküberfalls beschloss, einfach mal nicht anzuhalten.

Wie meinst du das genau?
Wie ich es sage.

Wir drei Bankräuber sprengen im Galopp in die Stadt, die anderen halten an der Bank, ich aber nicht. Um mich rum an die 2000 Zuschauer, vor mir stehen sie in mehreren Reihen hintereinander, die Kinder ganz vorn, und mein Pferd will nicht anhalten. Da hab ich die Panik gekriegt, die Zügel angezogen und das vermutlich ein bisschen zu abrupt. Daraufhin ist das Laterndl stehen geblieben.

Du aber nicht.
Nein, ich bin sozusagen weitergeritten.

Kurz vor der ersten Zuschauerreihe, vielleicht zwei Meter vor dem ersten dicken Kind mit seinem Eis, bin ich dann in den Bo-

den eingeschlagen. Direkt neben ein offenes Whiskeyfass, das wir als Abfalltonne hingestellt hatten. Wenn ich da drin gelandet wäre, hätt ich mir mehrere Knochen gebrochen. Oder dem Kind, wenn ich auf dem gelandet wär. Also war ich im Nachhinein ganz froh, wie es gelaufen ist.
Ich hör noch, wie der Undertaker das Ganze mit einem Witz überspielt und über sein Mikro sagt: »Da können wir jetzt ein paar Schubkarren voll Sand hinfahren, bis wir das Loch wieder zugeschüttet haben.« Und 2000 Menschen lachen, weil sie denken, das wäre Teil der Show. Meinen nächsten Satz allerdings haben sie auch gehört, und der war dann weniger lustig. Ich war in dem Moment nur saumäßig wütend auf das Viech, bin aufgesprungen und hab gebrüllt: »Geh her, du dreckada Heidda, i schdich di obb!«[2]

Zumindest die Zuschauer aus Bayern werden das verstanden haben.
Ja, und meine Tochter, die Bianca. Die hat dann so Angst um das Pferd gehabt, dass sie es ein paar Wochen lang in einen anderen Stall gestellt hat.
Vielleicht, weil sie nicht wollte, dass du Pferdesalami für die Trading Post draus machst.
Ich war drauf und dran … und grün und blau.
Hattest du dich verletzt?
Spring du einmal in vollem Galopp von einem Pferd, und dann frag ich dich noch mal.
Nein danke, hab's schon kapiert.

2 »Komm zu mir, du schmutzige Schindmähre, auf dass ich deinem Dasein vermittels eines Messers ein vorzeitiges Ende bereite.«

An der Hüfte war irgendwas abgesplittert, und das hatte sich dann eingekapselt. Ich war grün, schwarz und lila an der Seite bis runter zum Knie, wie ein Regenbogen. Und als dann mein Geburtstag war, wo die Brasilianerin aus der Torte gesprungen ist …

Ich erinnere mich. Das ist Kapitel 21.
Genau …

… da wollten dann alle, dass ich mit ihr Samba tanze. Und ich hab immer gesagt: »Ich kann nicht, mir tut alles weh von dem Sturz.« Aber natürlich hat mir keiner geglaubt. Also bin ich dann rauf auf die Bühne, hab die Hose aufgeknöpft und runtergelassen. Dann war alles klar.

Oh … okay. Das ist vielleicht ein ganz guter Schluss für dieses Kapitel.
Ich glaub, da gibt's auch ein Foto, wo ich …
NEIN. Ich meine … passt schon. Danke. Lass uns jetzt wieder wechseln.
Von mir aus.

–

Danke. Also, Heinz, wir waren gerade beim Ende von No Name City, was man ja durchaus auch als den Anfang von etwas Neuem bezeichnen könnte.
Ja, ich hatte parallel schon daran gearbeitet, einen mobilen Westernsaloon zu bauen: den Red Grizzly Saloon. Und als No Name City dann pleiteging, zogen die besten Leute mit mir los.

Der Anfang vom Ende war in No Name City eigentlich eingeläutet, als die Brauereien nicht mehr lieferten. Ein Freizeitpark ohne Getränke ist nicht denkbar und ein Saloon ohne Bier erst recht nicht. Ich kann mich noch daran erinnern, dass mir Long John erzählte, wie sie in voller Cowboymontur in den nahe gelegenen Supermarkt einfielen, um Cola zu kaufen, weil auch die aufgrund der ausstehenden Zahlungen nicht mehr geliefert wurde. So starb No Name City einen unrühmlichen und letztlich unnötig frühzeitigen Tod.
Aber den Traum einer authentischen Umgebung für Westernfreunde hatte Heinz nicht aufgegeben, und so fand ich mich nach meinem Intermezzo als geschniegelter, gestriegelter und meiner langen Haare beraubter TV-Moderator für den Disney-Konzern plötzlich wieder in vertrauter Umgebung …

KAPITEL 48:

Hey, Red Grizzly growl oder: Ein Westernzirkus in Deutschland

VON TOMMY KRAPPWEIS

Ich kann mich nicht erinnern, dass ich bis dato bei irgendwas so viel Spaß hatte wie bei den Veranstaltungen mit der fahrenden Westernstadt mit Namen »Red Grizzly Town« vom Heinz Bründl. Wir standen auf der Americana in Nürnberg, neben Sportgeschäften, auf Messen quer durch Deutschland und für mehrere Monate im Hansapark an der Ostsee, wo ich zum ersten Mal die komplette Stuntshow choreographieren durfte.
Ich hatte zu Hause ein aufwendiges Playback mit orchestraler Musik aus dem Soundtrack von »Die Glorreichen Sieben« geschnitten und dieses kraft meiner Vorstellung, so gut es ging, auf den Ablauf angepasst, der in meinem Kopf war.
Ich weiß noch, wie nervös ich war, denn ich hatte ja nichts als die Namen der Darsteller, die ich natürlich alle aus dem Red Grizzly Saloon kannte, das Wissen um ihre Talente und eine ungefähre Vorstellung davon, wie lang man brauchte, um von der Kulisse des Bankgebäudes bis zu den Schwingtüren des Saloons zu laufen, oder welche Zeit der Stuntman Sören Schaper in etwa benötigte, um getroffen vom Balkon zu fallen.
Der erste Schuss von Marshall Cyrus Thibeault sollte den Boden des Balkons durchschlagen, und der zweite sollte treffen. Darum bastelten wir ein Metallgitter, auf das wir Theaterstaub und Balsaholz plazierten. Wenn Cyrus den Lauf der Schrotflinte nah

genug von unten an das Gitter hielt und abdrückte, flog der Belag durch das Mündungsfeuer in die Luft, als hätte er scharfe Munition geladen und durch die Holzbalken geschossen.

Zusätzlich dazu sollten nicht nur diese, sondern möglichst alle Schüsse in der Show perfekt auf die Musikakzente passen. Immer und immer spielte ich im Kopf die Show durch, und das in einem Set, das ich noch gar nicht genau kannte, aber hoffte einigermaßen abschätzen zu können.

Ich kann mich ehrlich gesagt nicht erinnern, ob ich jemals wieder so zufrieden und stolz auf irgendetwas war wie auf diesen Moment, als ich das erste Mal das Playback über die Boxen laufen ließ und für die zugegebenermaßen anfangs eher skeptischen Kollegen nacheinander ihre Rollen zur Musik vortanzte. Ich war nervös und flatterig, aber trotzdem passten fast alle Akzente, alle Wege, jeder Schuss. Nur am Ende hatte ich viel zu knapp kalkuliert, Cyrus hätte viel zu schnell die beiden Schüsse abzugeben, und Sören konnte unmöglich so schnell von dem Balkon hechten. Da ich meinen Achtspur-Rekorder und alle verwendeten Musiken mitgebracht hatte, bauten wir das Ende einfach noch einmal neu, und so spielten wir in den nächsten Monaten Tag für Tag zwei- bis dreimal diese eine Show immer und immer wieder.

Und als wäre das nicht schon genug Erfüllung eines langgehegten Traums, gestattete mir der Heinz, dass ich die Rolle des Fotografen in der Show als mein großes Vorbild Buster Keaton bestreiten durfte. Keaton selbst hatte ja mehrere Western gedreht und darin vor der Kamera gestanden. Sein Meisterwerk »The General« erzählt zum Beispiel von dem Raub eines Zuges während des Bürgerkriegs und der Jagd des Zugführers, um seine geliebte Lokomotive wieder zurückzuholen.

Ein bisschen arg bleich hast du dich manchmal geschminkt.

Ja, ich wollt eben aussehen, wie ein lebendiger Stummfilm.

Aber dafür hast du gut zum Long John gepasst.

Da hast du recht.

Long John gab im Red Grizzly Saloon nämlich den Undertaker, der den Gästen grünlichen Schnaps aus seinem sargförmigen Flachmann einflößte und dann auf seine Taschenuhr sah, als würde er das baldige Ableben abwarten.

Außerdem hatten wir natürlich verschiedene Showacts im Saloon. Unter anderem spielten wir zusammen mit Frankie eine Lynchnummer, in der ich ahnungslos ausgeraubt und dann für dieses vermeintliche »Vergehen« auch noch im Saloon aufgehängt werden sollte. Dazu musste wieder einmal einer der voll besetzten Tische geräumt werden und die Leute lachten Tränen, wenn Long John schon einmal Maß von mir nahm, während Frankie mir bedeutete, die Schlinge gefälligst festzuziehen, bevor ich sprang.

Der Red Grizzly Saloon hat mir auch immer sehr viel Spaß gemacht.

Ich denke da heute noch sehr gern dran zurück, Heinz. Und auch an No Name City.

Ja, ehrlich gesagt, ich schon auch. Das war so eine wilde Zeit, und manchmal mein ich schon, es war damals auch irgendwie einfacher …

Ich weiß nicht, vielleicht denkt man das immer über die Vergangenheit. Kann doch auch sein, dass wir nur einfach naiver und ahnungsloser waren und darum einfach mehr Schmarrn gemacht haben.

Das weiß ich nicht. Aber was anderes weiß ich ganz genau.

Was denn?

Ich würd alles exakt genauso noch einmal machen.

Ich auch, Heinz. Und weißt du was?

Was?

Am liebsten wieder bei dir.

Das ist ja nett. Das ehrt mich.

Nein. Mich. Und wie.

Bonusmaterial

Ich hab da noch eine Anekdote, die nicht so direkt in die Westernthematik passt, sich aber während eines Messejobs mit dem Red Grizzly Saloon zugetragen hat. Nachdem in dem Vorgänger zu diesem Buch mit dem Namen »Das Vorzelt zur Hölle« auch schon ein Bonuskapitel enthalten war, das nicht so hundertprozentig zur Campingthematik passte, hab ich mir gedacht, dass ich das jetzt einfach zur Tradition erkläre. Also viel Spaß mit der nun folgenden Geschichte …

Wie heißt du?
Oder: Der größte Zufall meines Lebens

Der Red Grizzly Saloon stand auf einer Messe in Braunschweig mit dem klingenden Namen »Harz & Heide«. Diese Messe gibt es seit dem Jahr 2008 nicht mehr, weil die Besucherzahlen stetig abgenommen hatten. Als wir dort mit unserem mobilen Saloon standen, war dieses Problem noch nicht abzusehen. Ich war irgendwas zwischen 20 und 22 Jahren alt und im Saloon angestellt als eine launige Mischung aus Prügelknabe, Stuntman, Comedian und gelegentlicher Taschendieb.

In letzterer Funktion stahl ich eines schönen Tages einer der hübschesten Frauen auf dem gesamten Erdenrund die Brieftasche. Gemäß dem Ablauf dieser Nummer wurde ich dann auf der Bühne auf den Kopf gestellt und dabei fielen mir unzählige Portemonnaies, Zigarettenschachteln, Feuerzeuge und Schlüssel aus allen möglichen und unmöglichen Taschen, Socken und Ärmeln. Beim reumütigen Zurückgeben des Diebesguts, an dessen Ende immer die chaotische »Lynchnummer« stand, erhaschte ich einen Blick des Mädchens und war sofort hin und weg.

Erstaunlicherweise schien sie trotz meiner Rolle als Depp vom Dienst auch irgendwie an mir interessiert zu sein, denn sie suchte immer wieder Blickkontakt, lächelte, so dass mir fast das Herz zersprang, und blieb tatsächlich bis zum Ende, als die Messe die Pforten schloss. Ich erfuhr, dass ihr Name Nicole war, und sie stellte in verheißungsvolle Aussicht, eventuell morgen wieder zu kommen, wenn sie jemand finden würde, der ihren Hund sitten könnte.

In der Nacht schlief ich unbequem. Mein Blut kochte, die Lenden pochten, und ich war insgesamt schon arg Sturm-und-drangig aufgeladen.

Nach einer anstrengenden Nacht, in der ich nur auf der Seite oder auf dem Rücken geruht hatte – an Schlaf war gar nicht zu denken –, sprang ich in meine Westernklamotten und verbrachte die ersten Shownummern des Tages im Wesentlichen damit, Richtung Schwingtüre zu starren.

Und tatsächlich, so in etwa gegen 15:00 Uhr kam sie tatsächlich herein. Die Zeit stand still, ein Windzug ließ ihre Bluse spielerisch um ihre atemberaubenden Kurven flattern … ich biss mir auf die Lippen und versuchte, der unbändigen Versuchung zu widerstehen, sie sofort an mich zu reißen. Ich rannte auf Nicole zu, hechtete über einen Tisch, rollte mich ab, stand auf und … riss sie an mich.

Natürlich rein professionell, so aus Showgründen.

Nicole lachte und blieb abermals den ganzen Nachmittag.

Am dritten Tag war es dann so weit. Sie war wiedergekommen, wieder geblieben, und es schien mir nun einigermaßen sicher, sie zu fragen, ob wir vielleicht nach meinem Arbeitstag im Saloon … Sie willigte ein und lächelte so, dass mir schwindelig wurde.

Wir trafen uns auf irgendeinem Platz in Braunschweig und aßen irgendwo draußen irgendetwas, das so aussah wie eine Pizza und höchstwahrscheinlich auch eine solche war. Ich weiß es nicht mehr, denn ich war beschäftigt damit, Nicole anzustarren, als wäre ich der Das Hemd persönlich. Hätte ich ein Glasauge gehabt, ich hätte es laufend rausgeholt. Wäre ich Pierre Bento gewesen, ich hätte von meiner Zeit am Hochseil erzählt, als Nello hätte ich vom Bogenschießen gefachsimpelt und irgendwas auf der Flöte gespielt, als Long John ihr den kompletten Inhalt des sargförmigen Flachmanns eingeflößt, als Mehmet das Lied von »Aslan Dschinotrii« vorgetragen, und hätte es mich irgendwie weitergebracht, ich hätte auch Kaninchen an die Decke genagelt, auf die Feuerwehr geschossen und hier auf dem Marktplatz in Braunschweig eine Erdhütte ausgegraben, um darin mit dieser Frau zu »Indian Girl« zu tanzen, bis Toni Nugget die Polizei in Poing davon überzeugt hätte, ihn als County Marshall einzusetzen.

Stattdessen schlug Nicole vor, wir könnten doch zahlen und dann ein bisschen spazieren gehen. Schon bei der Silbe »biss…« war ich Feuer und Flamme für den Vorschlag, riss mein Portemonnaie heraus, warf dem Kellner irgendwelche Scheine entgegen und zog mit Nicole von dannen.

Das Nächste, an was ich mich erinnere, ist irgendein Weg, der bergauf geht. Das weiß ich deswegen noch, weil alle naselang Bänke dazu einluden, sich zu setzen und hemmungslos aneinander herumzufummeln.

Nachdem Nicole aber eher zu den schüchternen Frauen zählte und ich nichts riskieren wollte, rückte diese Möglichkeit vorerst in weite Ferne, und ich entschloss mich dazu, stattdessen *noch mehr* zu labern.

Das arme Mädchen ...
Heinz, das ist *mein* Bonusmaterial, und die Geschichte spielt außerhalb meiner Arbeitszeit!
Jaja, schon gut. Das Hemd wär stolz auf dich.

Auf der Suche nach einem Gesprächsthema, das wir noch nicht mehrfach durchdekliniert hatten, erinnerte ich mich in meiner Not schließlich an Nici alias »Buffalo Child« und seine Masche mit dem Handgelenk. Also stoppte ich – zufällig vor einer der Bänke –, fasste Nicole mit beiden Händen an den Handgelenken und fragte: »Wie heißt du eigentlich?«
Sie schaute mich an, als wäre ich ein Depp, der ich auch war, und antwortete: »Weißt du doch. Nicole.«
Ja, das wusste ich natürlich, aber den Nachnamen, den hatte sie mir noch nicht mitgeteilt. Darum fragte ich sie danach und war erstaunt über die Antwort ...

»Den sag ich dir nicht.«

Einen Moment lang standen wir so da, ich schaute sie fragend an, sie schaute zurück. Tausendundein Grund rasten durch meinen Kopf, was sie nun dazu veranlasst haben mochte, mir ihren Namen nicht zu verraten. Wollte sie nicht, dass ich sie im Telefonbuch fand? Hatte sie einen Freund oder Ehemann, den ich sonst aus Versehen am Telefon haben könnte? Oder hatte sie schon beschlossen, dass ich einfach zu scheiße war und sie darum am liebsten inkognito bleiben wollte? Hieß sie am Ende gar nicht Nicole? ... Verdammt.

Ich fragte noch einmal, aber wieder schüttelte sie den Kopf. »Ich will dir meinen Nachnamen nicht sagen.«
»Warum nicht?«

Die Antwort überraschte mich: »Weil ich den blöd finde.«
Ach sooooooo, atmete ich innerlich auf. Das war ja nun kein wirkliches Problem. Sie mochte also ihren Nachnamen nicht, und darum sollte ich ihn schlicht und ergreifend nicht hören. Als könnte mich ein noch so saublöder Nachname davon abbringen, diese Frau zu begehren. Während ich innerlich noch aufatmete, sprach ich äußerlich die Worte: »So ein Unsinn, ich kann mir nicht vorstellen, dass dein Nachname so doof ist.«
»Doch« sagte Nicole, und sie sah dabei wirklich ziemlich ernst aus: »Ich find meinen Nachnamen echt scheiße. Der klingt furchtbar, und ich wollte nie so heißen, hätte ihn am liebsten schon als Kind geändert.«
Ich runzelte die Stirn und erging mich in einer weiteren Floskel. Sie wendete sich ab und antwortete sinngemäß entsprechend den obigen Argumenten. So ging es eine Weile hin und her, denn jetzt wollte ich natürlich erfahren, wie dieser unglaubliche Name wohl lauten könnte.
Doch Nicole blieb hart. Im Gegenteil, je mehr ich bohrte, desto härter blieb sie sogar, und ich merkte bald, dass meine Felle nicht nur davonschwammen, sondern geradewegs von einer ganzen Sturmflut Richtung offenes Meer gespült wurden. Trotzdem konnte ich nicht aufhören nachzufragen. Ich wollte nicht aufgeben und ich wollte ihr natürlich auch beweisen, dass ihr Name – egal, wie bescheuert er auch war – bei mir auf keinen Fall den Effekt haben würde, den sie von vielen anderen Menschen offenbar gewohnt war.
Inzwischen war es dunkel geworden, Nicole war kalt, aber sie war so genervt von meiner Fragerei, dass sie meine angebotene Jacke kühl ablehnte und sich anschickte, den Weg hinunter zum Marktplatz zu gehen, ohne wirklich auf mich zu warten. Ich hatte sie also genervt und verletzt, obwohl ich das Gegenteil bezweckt hatte – oder genau deswegen.

In meiner Hilflosigkeit rief ich ihr hinterher: »Meine Fresse, was soll denn das jetzt! Wie schlimm kann dein Nachname schon sein, solange du nicht Kratochwil heißt, oder … oder …«
Ich stockte, denn Nicole war plötzlich stehen geblieben. Ganz langsam drehte sie sich zu mir um und schaute mich an. Dann sprach sie sehr leise: »… du hast in meinen Pass geschaut …«
Ich hatte nicht nur nicht in ihren Pass geschaut, sondern auch im ersten Moment überhaupt nicht begriffen, was eigentlich passiert war. Doch dann dämmerte mir in dräuender Düsternis, dass ich gerade in diesem Moment den wahrhaft größten Zufall meines gesammelten Daseins bisher und in Zukunft erlebt hatte. Ich hatte den nächsten halbwegs albernen Namen ausgesprochen, der mir in den Sinn gekommen war, und *genau das war ihr Nachname.*

Die arme Nicole stand völlig unter Schock. Hatte sie vielleicht bislang noch annehmen können, dass ihr Name eventuell doch nur für sie und im ärgsten Fall noch in Braunschweig und Umgebung irgendwie ungewöhnlich und darum Ziel von Spott und Hohn sein mochte, war ihr diese Rückzugsmöglichkeit nun auch ein für alle Mal genommen.
Der Blödi aus dem Westernsaloon hatte ihren Namen als Beispiel für einen doofen Namen verwendet, ohne ihren Namen zu kennen. Denn sie war sich natürlich vollkommen sicher, dass sie ihn mir nicht genannt hatte – nannte sie ihn doch so gut wie nie, eben weil sie ihn so beschissen fand.

Nun ist ja »Kratochwil« gar nicht so arg albern, ich weiß auch gar nicht genau, wie ich überhaupt draufkam. Im hintersten Eck meines Hirns befindet sich eine milchige Wolke, in der ganz entfernt die schemenhafte Erinnerung an irgendeine Satirezeitschrift im Stil von MAD, dem damaligen »Kaputt« oder »Titanic« schwebt und sich langsam um sich selbst dreht. Eine Art

Preisausschreiben oder Bestenliste mit blöden deutschen Nachnamen hovert vor meinem geistigen Auge, und ich glaube mich zu entsinnen, dass ich da auf einer Zugreise oder in der S-Bahn den Namen »Kratochwil« aufgeschnappt und mir offensichtlich gemerkt hatte. Tja, und nun war er als das erste Beispiel für »saudummer Name« aus meinem Hirn und von dort direkt in Nicoles Ohren gehechtet und hatte somit all meine Chancen unwiederbringlich zerstört, eventuell doch noch näher an sie heranzukommen als die vier Meter, die sie nun von mir entfernt stand.

Gut, dass Nicole damals noch nicht ihre spätere wahnwitzig erfolgreiche Bodybuilding-Karriere gestartet hatte, denn vermutlich hätte sie mir dann einfach die Nase eingeschlagen. Heute ist Nicole ganz und gar nicht mehr schüchtern, dafür glücklich verlobt und demnächst noch glücklicher verheiratet, die Bodybuilding-Karriere ist lange beendet, und man muss somit auch keine Angst mehr vor ihr haben.

Bis heute ist das der größte und seltsamste Zufall, der mir jemals zugestoßen ist, und als wir uns vor etwa zwei Jahren auf Facebook wieder begegneten, war das Erste, an das wir uns erinnerten, dieser denkwürdige Abend, an dem ich aus Milliarden von theoretischen Namensnennungsmöglichkeiten ausgerechnet den ihren erraten hatte.

Was soll jetzt noch kommen …

… dachte ich und hatte ja keine Ahnung. Denn dann kam die Sache mit dem Fernsehen, und das ist eine andere Geschichte.

Tommy Krappweis
März 2013